LES MAUVAISES ÉPOUSES

ZOE BRISBY

LES MAUVAISES ÉPOUSES

roman

ALBIN MICHEL

© Éditions Albin Michel, 2023

*À celles d'hier, d'aujourd'hui et de demain
qui ont osé, osent et oseront.*

«Now I am become Death, the destroyer of worlds.»

Robert Oppenheimer

1

Un couple parfait

Las Vegas, 22 avril 1952

C'est d'abord un flash aveuglant. Ils ont beau fermer les yeux, la lumière s'y infiltre quand même. L'obscurité de leurs paupières closes ne forme qu'une barrière bien légère face à l'éclat luminescent.

Ensuite, quelques secondes qui paraissent flotter. Et, pendant cet instant volé, tout le monde retient sa respiration.

Puis, vient le champignon. Cet énorme nuage qui déchire le ciel devenu orange. Ils le voient monter toujours plus haut jusqu'à former une boule blanche. En son centre, une épaisse fumée rouge incandescente.

Enfin, arrive le bruit. Ce vrombissement qui les transperce et vient les secouer jusque dans leurs jambes. Certaines se bouchent les oreilles en gloussant. D'autres tentent de rester stoïques.

Pour finir, la chaleur. Ils sont en chemisettes et robes légères mais le thermomètre s'affole et ils doivent s'éponger le front.

L'onde de choc a toujours quelque chose d'amusant. Ils sentent la terre trembler sous leurs pieds. Les verres remplis de cocktails s'entrechoquent dans une mélodie presque habituelle. Les olives des margaritas valsent. Les jupes se soulèvent. Les chapeaux quittent les têtes.

Ce n'est pas leur première explosion atomique mais le plaisir est toujours intact. La Terre tremble et l'Homme reste impassible. Chacun ressent, plus ou moins consciemment, la jouissance du pouvoir. Rien ne peut résister aux États-Unis d'Amérique. Pas même le désert du Nevada.

À quelques kilomètres seulement du site de lancement, sur la base militaire Nevada Test Site, Summer et son mari, Edward, organisent un barbecue « atomique ».

Celui du mois dernier, chez les Foster, était une telle réussite que Summer sent une pression sur ses épaules d'hôtesse irréprochable. Après tout, c'est elle qui a toujours organisé les plus belles réceptions d'Artemisia Lane. Elle a voulu faire les choses en grand. Tous leurs voisins et amis sont présents. Elle ne veut pas faire honte à Edward.

Elle a mis les petits plats dans les grands. Tout est « atomique », pour être à la mode. Les cocktails et même les petits-fours. Elle a suivi les conseils de cette publicité vantant les mérites de la coiffure « atomique » et regrette amèrement sa permanente volumineuse qui lui donne l'air d'avoir mis les doigts dans la prise. Mais les voisines adorent, alors...

– Vous ne croyez pas que cela pourrait être dangereux ? s'alarme Mrs Burns, du 32 Artemisia Lane.

Quelques rires moqueurs.

– Dangereux ?

– L'explosion était tout de même monumentale.

– Spectaculaire, vous voulez dire ?

Edward s'avance vers Mrs Burns avec la nonchalance d'un guépard prêt à sauter sur sa proie. Summer frissonne. Elle le sait dans son élément, il n'y a pas plus grand défenseur de la bombe atomique que son mari.

Mrs Burns se sent mal à l'aise tout à coup. N'a-t-elle pas été un peu stupide ? Comment pourraient-ils risquer quoi que ce soit ?

Edward pose une main sur son épaule.

– Nous sommes à vingt kilomètres, il n'y a absolument rien à craindre.

Il humecte son index et le lève comme le lui ont appris les scouts dans sa jeunesse.

– En plus, nous ne sommes même pas dans le sens du vent.

Mrs Burns affiche un sourire contrit. Les conversations peuvent reprendre. On félicite la maîtresse de maison pour ses cocktails divins. On passe de table en table pour échanger les derniers ragots de la base. On commente l'explosion comme s'il s'agissait d'un feu d'artifice.

Summer observe Edward virevoltant d'un groupe à l'autre. Elle aime les barbecues. C'est le moment où son mari paraît le plus heureux. Il est beau avec ses lunettes de soleil, seule protection nécessaire contre l'explosion. Il charme, taquine, plaisante.

Elle aime aussi l'image qu'ils renvoient. Eux, le couple parfait. Ceux chez qui il faut absolument être reçu. Lui, le chef du département scientifique de la base, et elle, la douce Summer qui prépare les meilleurs roulés aux saucisses. Oui, les Porter, un couple parfait.

Paradoxalement, elle déteste aussi les barbecues. Edward ne lui accorde aucun regard. Sauf pour lui signifier qu'il faut remplir un verre ou desservir une table. Summer fait semblant d'apprécier le moment où elle s'allonge sur l'une des chaises longues au bord de la piscine mais elle est en veille. Toujours à l'affût. Toujours en quête du regard approbateur d'Edward.

Peut-on à la fois aimer et détester quelque chose ? Summer hausse les épaules. Oui, la preuve, elle aime Edward autant qu'elle le déteste. Ce qu'elle abhorre par-dessus tout, c'est le sentiment d'infériorité qu'elle ressent. Se voir à travers les yeux de son mari peut devenir insupportable.

Parfois, il lui arrive de se dissocier de son propre corps. Son esprit s'évade, et elle observe la scène comme une personne extérieure. Comme si elle était au cinéma. Elle aimerait tant être dans un de ces films où Cary Grant, le sourire enjôleur, séduit de superbes femmes ! Mais pour l'instant, elle est là, les cheveux collants de laque et la robe coincée dans un repli de sa chaise longue. Elle se voit, seule, au milieu des autres. Elle fait ce qu'elle sait faire. Ce qu'elle fait depuis toujours. Être parfaite et transparente. Parfaitement transparente.

– *Charlie* est deux fois plus puissante qu'Hiroshima !

Summer sort de sa torpeur pour reporter son attention sur la conversation qui anime les invités. Mike, le bras droit d'Edward, explique à un groupe médusé les ressorts de la bombe H.

– *Charlie* ?

– C'est le nom que lui donne l'Agence de l'énergie atomique.

– C'est drôle de lui donner un nom, glousse une invitée en sirotant une gorgée de cocktail.

Mike prend cela comme une invitation à poursuivre son exposé.

– Deux cents journalistes ont été conviés au spectacle. L'explosion est même diffusée à la télévision.

Summer comprend le signal et allume immédiatement le téléviseur. Le champignon de fumée s'affiche en noir et blanc sur l'écran. On voit les journalistes rassemblés sur les bords du lac du Yucca. Ils portent tous des masques noirs pour se protéger les yeux.

– C'est quand même mieux en couleurs ! intervient Edward.

Une salve de rires lui répond.

– Quelle chance d'habiter si près du lieu de lancement ! estime Lucy, la femme de Mike.

– Et dire que certains touristes font des kilomètres pour venir...

Chacun se félicite de cette opportunité tandis que Summer apporte une fournée de cupcakes « atomiques ». Les conversations s'orientent sur la guerre froide et la nécessité pour le pays de tenir ses ennemis à distance. Summer décroche. La politique ne l'a jamais vraiment intéressée. Son ennemi à elle est intérieur.

2

Des escarpins rouges

Charlie est arrivée le même jour que l'explosion de *Charlie*. Une bombe en a remplacé une autre.

Les derniers invités viennent de quitter le jardin, Summer est en train de sortir la poubelle quand elle aperçoit le camion de déménagement. La maison voisine s'est à peine vidée, la semaine dernière, de ses habitants. Mais en temps de guerre froide et de quasi plein emploi, les logements de la base ne restent jamais longtemps inoccupés.

Une paire d'escarpins rouges. Voilà ce que Summer voit en premier de Charlie. *Vulgaire.* Jamais elle n'oserait porter de pareilles chaussures. Aucune des femmes d'Artemisia Lane, d'ailleurs. Quel manque de savoir-vivre !

Summer s'attarde près de la poubelle. Elle veut voir à qui elle a affaire. Les escarpins sont suivis de deux longues jambes gainées dans des bas couleur chair. Une main aux longs ongles grenat ferme la portière.

Deux yeux noirs fixent Summer. Elle se sent idiote quand elle lisse sa robe jaune pâle. La femme hoche imperceptiblement la tête. Summer se demande ce qu'elle doit faire. En bonne voisine, il faudrait aller se présenter, mais quelque chose la retient. Elle n'a pas le temps de se décider, la femme lui a déjà tourné le dos, ses talons claquent sur l'allée bitumée.

Summer rentre chez elle avec un drôle de sentiment. Edward est de dos. Il est assis sur une chaise de jardin et fume une cigarette. Elle peut souffler. La cigarette de fin de journée est signe de contentement. Elle peut être fière d'elle, elle a rempli sa mission.

Elle débarrasse quelques assiettes en carton et vient s'asseoir à côté de lui. Une volute de fumée s'échappe de la bouche de son mari. Il lui prend la main. Elle ne vit que pour ces moments-là. Ceux où elle existe enfin. La chaleur de ce contact lui paraît aussi intime qu'un baiser.

Edward travaille beaucoup. Il passe des heures au bureau à expérimenter, analyser, tester. Il est en charge des études sur les conséquences environnementales des bombes atomiques. Ils ont été jusqu'à recréer une ville fantôme. Edward n'aime pas qu'elle l'appelle comme cela. C'est pourtant ce qu'elle est, une ville peuplée de fantômes. Des mannequins qui habitent des pavillons de banlieue vides imitant à la perfection les leurs.

Les équipes scientifiques ont planté cent quarante-cinq pins pour étudier les retombées des explosions sur la végétation. Mais l'expérimentation ne s'arrête pas là. Si seulement... Le cœur de Summer se serre à la pensée de ces pauvres souris, chiens et autres animaux qui servent de cobayes.

L'autre soir, Edward est rentré en riant. Ces soirs-là sont rares, alors Summer a sauté sur l'occasion. Elle lui a servi un whisky *on the rocks*, son préféré, et lui a demandé ce qui le faisait tant rire.

– Nous avons habillé les cochons avec des uniformes militaires !

Il a avalé une gorgée, hilare. Summer a froncé les sourcils.

– Pourquoi ? Vous vouliez faire une farce ?

Il l'a regardée avec un air affligé.

– Décidément, tu ne comprendras jamais rien à la science, ma pauvre Summer...

Mais elle n'a pas eu envie de lâcher.

– Pourquoi l'avoir fait, alors ?

Il a posé son verre sur la table basse et s'est mis à soupirer.

– Pour étudier les effets des radiations sur les tissus.

Un dernier rire lui a échappé au souvenir des militaires porcins. Le débat était clos.

Edward a raison. Summer n'arrive pas à comprendre le sens de tout cela. Elle ne voit pas l'intérêt de faire souffrir inutilement des animaux. Lui se moque, la trouve idiote. Les animaux n'ont pas d'émotions, voyons ! Elle est ridicule avec son sentimentalisme !

Elle est mal à l'aise. Si les équipes d'Edward font leurs tests sur les cochons, c'est parce qu'ils sont proches de l'humain. Donc, quand on les habille et qu'on les laisse brûler sous le feu impitoyable de l'explosion, n'est-ce pas comme si nous nous brûlions nous-mêmes ? Évidemment, elle ne partage pas cette pensée avec son mari...

Il lui a fait visiter la ville-test une fois, mais elle a détesté. Ces mannequins qui les représentent prêts à fondre d'une minute à l'autre, elle prend cela pour un mauvais signe. Cette cuisine qui ressemble à s'y méprendre à la sienne, ce jardin parfaitement entretenu, cette fausse femme d'intérieur avec un tablier noué sur sa robe, c'est elle ! Elle, qui vit sous la menace constante d'une bombe atomique.

Edward lui jure qu'ils ne craignent rien. Les scientifiques sont formels, il n'y a aucun danger à vivre si près du lieu de lancement. Le gouvernement ne permettrait jamais que ses soldats courent le moindre risque.

Ils peuvent donc sans aucune inquiétude profiter de leur jolie maison et de la douceur de cette fin d'après-midi dans le jardin.

– Nous avons de nouveaux voisins, l'informe-t-elle.

Edward retire sa main et lui lance un regard interrogateur. Elle a envie qu'il la regarde plus longuement, alors elle poursuit :

– J'ai vu la femme. Le mari était déjà rentré.

– Comment est-elle ?

Summer se mord la lèvre. Elle ne sait pas comment décrire la nouvelle.

– Elle portait des escarpins rouges.

Son mari ne s'attendait certainement pas à cette réponse. Il semble surpris. Elle aime cette attention. Elle sait que cela ne va pas durer. Demain, il repartira travailler et elle redeviendra transparente. Leurs soirées seront silencieuses, seulement entrecoupées par la radio qu'Edward allume « pour se changer les idées ».

Summer aimerait être capable de lui changer les idées. Au début, elle a essayé. Elle a tenté de se montrer vive et intéressante. Après tout, elle a fréquenté l'université avant de se marier. Mais tous les sujets sont tombés à plat. Elle l'ennuyait lorsqu'elle parlait de l'actualité. Truman qui autorise l'utilisation du napalm en Corée du Nord ? *Et alors ?* Le sénateur McCarthy qui dresse une liste noire des cinéastes ? *Nous n'habitons pas Hollywood !*

Elle s'était alors plongée dans des lectures scientifiques pour être à la hauteur. Elle avait bêtement pensé qu'ils pourraient ainsi discuter pendant le dîner. Mais à peine avait-elle commencé à deviser sur l'atome et l'hydrogène qu'Edward s'était tendu. Il n'aimait pas qu'elle parle de ce qu'elle ne connaissait pas. Il voulait « se changer les idées ». Et elle, elle devait faire la vaisselle.

– Tu devrais aller lui porter un panier de muffins demain. Pour l'accueillir.

Summer repense à la taille menue de la voisine parfaitement serrée dans une jupe fourreau.

– Je ne crois pas qu'elle soit du genre à manger des muffins…

Son mari chasse une mouche imaginaire.

– L'important, ce n'est pas les muffins ! Tu dois te présenter. Tu es la femme du directeur scientifique du NTS, c'est ton rôle.

Il écrase son mégot dans un cendrier. La conversation est terminée. Il se lève et se dirige vers la chambre. Summer entend de l'eau couler puis l'interrupteur de la lampe qu'il éteint. Assise, seule, sur sa chaise de jardin, elle contemple les étoiles. Depuis combien de temps n'a-t-elle pas observé ce spectacle ? Elle se demande si, un jour, l'Homme sera capable de naviguer dans l'espace. Elle imagine des astronautes en train de marcher sur la Lune. Edward se moquerait sûrement d'elle si elle évoquait cette idée !

Elle aperçoit un verre de cocktail oublié sur la table. Elle s'en saisit et le boit d'un trait. Elle secoue la tête sous l'effet de l'alcool et se met à rire. Non, elle ne doit pas lui en parler. Il serait capable d'envoyer dans l'espace des cochons vêtus d'uniformes militaires.

3
Rock'n'roll

23 avril 1952

À Artemisia Lane, c'est l'effervescence. Les matinées sont toujours très chargées. Les maisons frémissent d'une routine parfaitement huilée.

Les hommes se préparent pour aller travailler. Complet-veston, cravate et chapeau. Les femmes leur cuisinent de bons petits déjeuners qu'ils n'ont pas le temps d'engloutir. Ils se contenteront d'un toast attrapé à la va-vite. Mais c'est l'intention qui compte.

Les épouses, qui se sont levées plus tôt pour se rendre « présentables », sont déjà soigneusement coiffées et maquillées grâce aux conseils avisés de *Vogue*. Les robes sont repassées, les tailles marquées, les jupons sagement au-dessous du genou.

Sur le pas de la porte, elles rectifient une dernière fois la cravate et le gilet. Les maris leur donnent un baiser et s'en vont à la base tandis qu'elles leur adressent un salut de la main.

Les portes claquent, et c'est le branle-bas de combat qui commence. Balai, aspirateur pour certaines, et serpillière. On brique, on récure, on polit.

Pendant ce temps, les enfants jouent sur les pelouses parfaitement tondues en attendant le bus scolaire. Ils font du vélo, se lancent le ballon ou cherchent à s'attraper en riant. Les mères les apostrophent, ils ne doivent surtout pas se salir !

Summer décide de laisser passer cette heure critique. Elle patiente en écoutant la radio. Certains journalistes reviennent sur l'explosion d'hier. L'accent est mis sur la fierté d'être américain et sur la nécessité absolue de se défendre contre la menace communiste. Le spectacle est raconté avec moult détails pour permettre à ceux qui n'ont pas eu la chance d'y assister de se l'imaginer.

Elle regarde l'horloge. C'est bon, elle peut y aller.

Elle attrape le panier en osier qu'elle a garni des cupcakes « atomiques » de la veille. En traversant son allée, les graviers crissent sous ses ballerines. Sans en connaître la raison, elle a l'impression d'aller au-devant des ennuis.

Elle s'offre un moment de répit et regarde autour d'elle. Toutes ces maisons identiques, alignées les unes à côté des autres. On se demande ce qu'elles font là, plantées au milieu du désert du Nevada.

Quand Edward a obtenu sa promotion et qu'ils ont dû déménager pour venir s'installer à Las Vegas, Summer était loin d'être ravie. Cette ville au taux de criminalité élevé, tous ces casinos qui ramutaient des personnes peu recommandables ! Mais heureusement, depuis que les essais nucléaires ont commencé, la municipalité tente de redorer l'image de Las Vegas grâce à ce nouveau tourisme « atomique ». Elle édite même un almanach des explosions assorti des meilleurs points de vue pour pique-niquer en observant la bombe en famille.

Summer traverse la pelouse fraîchement tondue. Ici, le gazon, c'est sacré. Obtenir un tel vert dans un environnement si hostile tient de la gageure, mais c'est ça l'Amérique. Le dimanche, les maris en chemisette sortent la tondeuse. Ils se saluent d'un jardin à l'autre et entament leur besogne. Ils sont récompensés par une citronnade maison apportée par leur épouse sur un joli plateau décoré d'un napperon.

Summer prend une grande inspiration et frappe à la porte de sa voisine. Elle sera seule, son mari étant sûrement déjà parti, comme tous les autres, pour la base. Personne ne répond. Elle insiste un peu tandis que le panier commence à peser. Elle colle une oreille contre la porte et entend de la musique. Il y a bien quelqu'un. Serait-il possible que la voisine l'évite intentionnellement ?

La femme du directeur scientifique s'enhardit et cogne plus fort. Des talons s'approchent de la porte puis, enfin, le bruit d'un verrou.

La voisine est habillée tout en noir. Elle porte un caleçon et un chemisier. *Vulgaire.*

Elle prend le temps de détailler Summer des pieds à la tête. *Impolie.*

Elle tire sur une cigarette et rejette la fumée sur le côté. *Vulgaire.*

Elle laisse un silence. *Impolie.*

Enfin, elle tend sa main aux ongles grenat.

— Charlie.

Par réflexe, Summer attrape cette main à la peau beaucoup plus douce qu'elle ne s'y attendait.

— Summer.

Un moment de blanc suit ces présentations. Summer se souvient pourquoi elle est venue et lui tend le panier de cupcakes.

— Au nom de toutes les femmes de la base, je vous souhaite la bienvenue à Artemisia Lane.

Charlie lève un sourcil moqueur.

— Suis-moi. Il doit bien être l'heure de boire un verre quelque part dans le monde.

Summer reste un moment immobile alors que l'autre lui a déjà tourné le dos. Elle souffle, serre le panier contre elle pour se donner du courage et s'avance dans le couloir.

Quand elle rejoint Charlie dans la cuisine, la voisine est en train d'agiter un shaker en argent avec la maestria de celle qui a l'habitude. Elle vient à peine d'écraser son mégot qu'elle tire déjà une autre cigarette de son étui.

— Tu en veux une ?

Summer secoue la tête tandis qu'une volute élégante sort de la bouche de Charlie. Elle n'a essayé qu'une fois. Le goût âcre lui a déplu. Elle n'a pas aimé non plus la sensation de tournis. Malgré les publicités qui vantent les mérites des cigarettes, elle n'a pas réussi à s'y mettre. Encore une chose qu'elle rate.

Charlie a un sourire sarcastique, presque piquant. Oui, Summer se sent piquée et devenir toute rouge. Mais la voisine n'est pas cruelle et l'invite à s'asseoir dans le salon en même temps qu'elle verse une mixture bleue dans deux verres. Elle ajoute dans chacun un cure-dents orné d'une olive.

– À la tienne !

Elle n'attend même pas que Summer prenne le sien. Peut-être sait-elle déjà qu'elle ne le boira pas. Qui, à Artemisia Lane, boirait un cocktail à onze heures du matin ?

Summer sent l'œil de Charlie aussi incisif qu'un scalpel. Sans qu'elle sache exactement pourquoi, elle s'empare alors du verre et avale une gorgée du liquide azuré. S'ensuit une brûlure acidulée qui la fait tousser.

Charlie rit et lui tape dans le dos.

– C'est peut-être un peu trop corsé pour toi. La prochaine fois, je t'en ferai un plus léger.

Summer se dit qu'il n'y aura jamais de prochaine fois. Elle replace une mèche de ses cheveux blonds derrière son oreille brûlante. Elle hésite entre partir en courant et rester pour en savoir plus sur cette femme qui ne ressemble en rien à ses amies de la base.

– Que fait votre mari ?

Le métier des époux est le sujet le plus neutre qu'elle ait pu trouver. C'est, en même temps, celui de prédilection au NTS. Ils ont beau habiter tous au même endroit et faire des barbecues atomiques le week-end, la hiérarchie n'en est pas moins présente.

Charlie se lève paresseusement du canapé et, avec une grâce féline, se dirige vers le poste de radio. Elle augmente le son, et la musique envahit la pièce. C'est fort, ça bouge, ça fait battre le cœur.

– Qu'est-ce que c'est ? Du boogie ? demande Summer, prise entre l'envie de se boucher les oreilles et

le tressautement inattendu de sa jambe qui marque le rythme.
— Du rock'n'roll !
— Oh ! J'en ai entendu parler.
— C'est l'avenir.
Charlie se met à danser. Elle ondule dans un nuage de fumée blanche. Summer fait la moue.
— Je ne suis pas certaine que ça va marcher...
Charlie rit et vient s'effondrer sur le canapé.
— Je pense que nous allons devenir amies.

4

Pas d'histoires

27 avril 1952

Les cris ont commencé un soir.
Edward est rentré d'humeur morose. Il ne veut jamais parler dans ces moments-là. Summer se demande ce qui a bien pu se passer. Les cochons militaires ont-ils mal rôti ? Les mannequins de cire mal fondu ? Les pins se sont-ils mal embrasés ?
Lucy, la femme de Mike, lui a dit qu'ils étaient en train d'analyser le lait des vaches élevées aux alentours de la base. Elle s'est alors moquée. Comment pourrait-il y avoir un lien entre les vaches et la bombe atomique ? Summer l'a imitée par politesse mais s'est quand même demandé si elle ne devrait pas réduire sa consommation de lait, au cas où.
Edward regarde la télévision pour se « changer les idées » tandis que Summer, dans la cuisine, s'occupe de la vaisselle. Il fait bon en cette soirée, et elle ouvre la fenêtre au-dessus de l'évier. Une brise chaude vient lui caresser les

épaules. Elle entend, en fond sonore, les voix des présentateurs à la télévision.
C'est à cet instant précis, entre le rinçage d'un couteau et le récurage d'une assiette, qu'elle l'entend. Un cri. Violent. Désespéré.
Elle laisse tomber l'assiette dans l'eau savonneuse et se met sur la pointe des pieds pour se pencher par la fenêtre. Elle écoute mais rien ne vient plus troubler la quiétude sérotinale d'Artemisia Lane.
A-t-elle rêvé ? Le bruit venait-il du téléviseur ? Ses mains toujours recouvertes de la mousse parfum citron du liquide vaisselle s'accrochent au cadre de la fenêtre. Elle est tendue, crispée. Elle sait qu'il va se passer quelque chose.
– Arrête !
Cette fois, elle a bien entendu.
– Je t'en supplie...
Elle laisse sa vaisselle en plan et traverse le couloir d'un pas déterminé. Sur le perron, elle s'immobilise. Comme un chien de chasse, à l'affût. Summer observe, attentive, la douceur de cette soirée, les lueurs orangées qui s'échappent des vitres des maisons. Elle voit sa voisine d'en face en train de coucher ses enfants.
Un autre. Un cri de douleur, ou plutôt un gémissement. Il provient de la maison voisine, celle de Charlie. Et puis, un bruit sec, mat. Sur quoi cogne-t-on ? Sur qui ?
Summer fait un pas en avant sans même s'en rendre compte. Elle tend l'oreille. Jamais elle n'a été aussi concentrée. Chaque son lui parvient avec une acuité inédite. Les grillons, quelques voitures au loin, les bruits du désert.

Encore un pas. Elle est maintenant sur la pelouse. La lumière chez sa voisine s'éteint alors, plongeant le jardin dans l'obscurité.

Summer attend un peu mais il ne se passe plus rien. Se fait-elle un cinéma ? Edward lui dit souvent qu'elle a trop d'imagination, qu'elle devrait s'inscrire à un club de lecture pour s'occuper. Elle n'est pas idiote, elle sait que l'intimité des maisons peut cacher des secrets bien gardés. Mais pas ici, pas à Artemisia Lane.

Et puis, Charlie n'a pas le profil d'une femme battue. Si tant est qu'il y ait un profil…

Summer essuie ses mains mouillées sur son tablier tout en continuant à fixer la maison silencieuse et obscure. Elle a dû se tromper, mal interpréter ces bruits. Peut-être qu'il s'agissait encore de cette nouvelle musique, le rock'n'roll.

Charlie lui a fait une drôle d'impression. Summer ne sait pas si elle l'apprécie ou si elle s'en méfie. En tout cas, cette femme dégage un tel sentiment de force qu'il est inenvisageable de l'imaginer ployer sous les coups de son mari.

– Que fais-tu dehors ?

La voix d'Edward, dans l'entrebâillement de la porte, la fait sursauter.

– J'ai entendu quelque chose.
– Quoi donc ?
– Un cri.
– C'était sûrement un coyote.

Il s'apprête à repartir dans le salon quand Summer le rattrape par la manche de son gilet. Elle regarde autour d'eux pour vérifier qu'ils sont bien seuls et chuchote :

– Le cri venait de chez eux.
Elle fait un geste en direction de la maison voisine.
– Et ?
Summer pose ses poings sur ses hanches.
– Que sais-tu du mari ?
– Il s'appelle Harry et travaille à la sécurité.
Edward a une moue un peu méprisante.
– Ce n'est pas un gradé. Il est chargé de surveiller le périmètre durant les explosions.
– L'as-tu déjà rencontré ?
– Nous nous sommes simplement croisés.
– Qu'en as-tu pensé ?
Edward soupire en se massant les tempes.
– Pourquoi toutes ces questions ? Je croyais que la femme t'avait fait mauvaise impression.
Summer se mord la lèvre. Elle-même ignore la réponse. Pourquoi s'enquiert-elle d'un simple cri ? Chez une voisine qu'elle connaît à peine, de surcroît... Parce qu'il ne s'agissait pas d'un simple cri. Elle y a perçu une telle douleur et une si grande détresse.
– Je crois qu'il la bat.
Voilà, c'est dit.
Edward fronce les sourcils et la ramène à l'intérieur en tirant sur les bords de son tablier.
– Summer, ne t'en mêle pas ! Ce ne sont pas nos affaires.
– Mais tu te rends compte ! Peut-être qu'il la frappe...
– Tu n'en sais rien. C'est tout à fait toi, ça. Toujours à imaginer le pire.
– Je sais ce que j'ai entendu.
– Un coyote !

– Un cri de femme suivi d'un coup.
– Peut-être qu'ils se disputaient. Ce n'est pas ton problème.

Edward pointe sur elle un doigt accusateur.

– Aucune ingérence dans la vie des autres, c'est la règle pour vivre en bonne intelligence à la base. Je te préviens, je ne veux pas d'histoires.

Il lui adresse un regard sévère et s'en retourne à son émission. Cette fois, il a vraiment besoin de se changer les idées.

Summer reprend sa vaisselle là où elle l'a laissée. Elle frotte avec hargne une pauvre assiette qui ne lui a rien demandé. Elle sait, au fond d'elle. Peut-être que les femmes sont connectées entre elles pour pouvoir reconnaître la nature d'un cri. Elle sait.

Elle pose l'assiette récurée sur le séchoir en bois. C'est décidé. Demain, elle ira rendre visite à Charlie. Après tout, c'est Edward qui avait insisté pour qu'elle l'accueille dignement. Elle pourrait même lui proposer de rejoindre un club de lecture.

5

L'after-shave et la laque pour cheveux

4 mai 1952

Summer n'a pas vu Charlie depuis une semaine. Elle est bien passée chez elle mais personne ne lui a ouvert. Edward a vu Harry au travail, c'est donc qu'ils ne se sont pas absentés.

Mais aujourd'hui, Charlie sera forcément présente. Une réception au QG, personne ne peut y déroger. Le commandant remettra une médaille à un obscur gradé que Summer n'a jamais rencontré.

Cela fait partie de la vie mondaine de la base. On discute, on se fait bien voir par la hiérarchie. Tout le monde sait que les principales promotions ont été obtenues durant ces réceptions. Les épouses sont partie intégrante de ce processus. Elles doivent charmer la « commandante » et distiller quelques anecdotes mettant en valeur leur formidable mari tout en la complimentant sur sa tenue. Derrière chaque homme de pouvoir, il y a une femme.

La réception est lancée et les conversations vont bon train. Chacun y va de son souvenir de guerre. Attention, toutes les guerres ne se valent pas. Les batailles de 1941, oui ; la guerre de Corée, non.

Summer a appris que certains sujets d'actualité pouvaient être sensibles. Elle fera donc comme d'habitude, elle se taira et se contentera de sourire aux gradés avant d'aller rejoindre la cohorte des épouses.

Pourtant, aujourd'hui, la femme du directeur scientifique se prépare avec plus d'entrain. Elle se sent investie d'une mission. Même si elle se demande encore si elle n'a pas rêvé, impossible d'oublier le cri entendu la semaine précédente.

Tout en enfilant une élégante robe de soie verte – la préférée d'Edward car elle fait ressortir ses yeux – elle s'interroge sur la meilleure façon de procéder. Doit-elle confronter directement Charlie ? Faire comme si de rien n'était ?

Elle soupire en enfilant ses bas. Elle improvisera. Elle verra bien comment Charlie l'accueillera. Le mieux serait qu'elle l'aborde quand elle sera seule.

Summer retient un juron. Son bas est filé et elle n'en a pas un autre d'avance. Il ne lui reste plus qu'à se changer. Edward ne va pas être content. Elle va chercher une robe de crêpe noire qui descend jusqu'aux chevilles.

À quoi peut bien ressembler le mari de Charlie ? Petit et trapu, le regard mauvais. Elle fait la moue. N'est-elle pas trop dure avec cet homme qu'elle ne connaît même pas ? Elle n'a aucune preuve, un simple cri dans la nuit ne fait pas de lui un criminel.

Edward ne veut, bien sûr, pas en entendre parler. Il insiste pour qu'elle rejoigne le club de tricot. Elle participe déjà à de nombreuses activités de la communauté, elle n'a pas envie d'y ajouter du tricot. *Tu as tout pour être heureuse*, lui martèle son mari.

Elle est assise sur le coffre en bout de lit, perdue dans ses pensées, quand il vient la chercher.

– Tu es prête ?

Elle secoue la tête pour se remettre les idées en place, se lève et se dirige vers l'armoire.

– Je mets mes chaussures et nous pouvons y aller.

Il la regarde de haut en bas avec un léger froncement de sourcils.

– Tu n'as pas mis la robe verte ?

– J'ai filé mon bas.

Il affiche une moue mécontente mais ne dit rien. Le temps joue pour Summer.

– Dépêche-toi, nous allons être en retard.

Lorsqu'ils arrivent, l'air de la salle de cérémonie sent l'after-shave et la laque pour cheveux. Certaines femmes de gradés ont également vaporisé quelques gouttes de *Trésor* de Lancôme qui vient à peine de sortir. La suprématie cosmétique est une des armes dont elles disposent pour imposer leur pouvoir sur les autres, qui s'extasient sur cette senteur nouvelle et luxueuse.

Comme l'espérait Summer, Edward la délaisse pour aller bavarder avec des collègues. Elle scrute alors l'assistance dans l'espoir d'y trouver Charlie. Elle déambule près du buffet, salue quelques connaissances et fait le tour de la salle. Elle est sur le point de la croire absente quand, enfin, elle l'aperçoit. Seule, un verre de chardonnay à la main, sur le balcon surplombant le splendide paysage de sable orangé.

Summer s'avance pour la rejoindre mais elle est happée par un groupe de femmes dont Lucy, la femme du bras droit d'Edward, qui lui fourre d'autorité un mini-hot-dog dans les mains.

– Qu'en penses-tu ? Ils sont bons, n'est-ce pas ? Le commandant a insisté pour que j'en prépare une fournée.

Avec une modestie feinte, elle rougit. Summer la gratifie d'un sourire en jetant un œil à Charlie, toujours sur le balcon. Lucy capte son regard.

– Tu lui as déjà parlé ?
– À qui ?

Lucy désigne Charlie d'un geste dédaigneux. Heureusement, l'intéressée lui tourne le dos.

– Charlie ? Oui, une fois.
– Et alors ?
– Alors quoi ?

Lucy s'impatiente et rajoute un nouveau hot-dog sur la serviette de Summer.

– Comment tu la trouves ? Vulgaire, non ?

Les autres femmes marquent leur assentiment d'un gloussement.

– Elle n'est même pas venue se présenter au club de lecture, dit l'une.

– Ni à la réunion des femmes du vendredi, renchérit l'autre.

– Elle reste toujours seule dans son coin.

– Elle se croit meilleure que nous…

– Il paraît qu'ils viennent de New York.

Elles partagent toutes un vigoureux hochement de tête comme si cela expliquait tout.

– Elle est peut-être tout simplement timide, hasarde Summer.

– Pas avec des chaussures comme celles-là, lui rétorque Lucy.

Summer savait bien que ces escarpins porteraient préjudice à la voisine, ce n'était qu'une question de temps.

– Les New-Yorkaises se croient toujours supérieures, explique Lucy en agitant ses poignets afin que toutes puissent sentir les effluves de *Trésor*.

Summer a l'impression d'étouffer. Est-ce à cause du parfum ou de l'atmosphère ? Elle manque même de s'étrangler avec son petit-four.

– Ça va ?

– Je ne me sens pas très bien. Je vais aller prendre l'air sur le balcon.

– Il ne faudrait pas que tu sois malade. On pourrait croire que c'est à cause de mes mini hot-dogs…

Les autres partent d'un grand éclat de rire tandis que Summer s'éloigne et recrache discrètement le reste de son sandwich dans sa serviette. Ils ne sont même pas bons, ces hot-dogs.

6

Un sourire de star de cinéma

Enfin libre, Summer profite de la lumière crépusculaire et de l'air frais. Avant, elle appréciait les réceptions. Avant, elle aimait ces discussions qui maintenant lui semblent bien futiles, rien de plus qu'une vaine dépense d'énergie.

Avant quoi exactement ? À bien y réfléchir, cela coïncide avec l'arrivée de sa voisine. Simple hasard du calendrier ? Sûrement.

Charlie est de dos. Elle s'appuie à la balustrade pour boire son vin. Summer se sent idiote. Pourquoi se sent-elle toujours idiote en présence de Charlie ?

Elle s'avance vers elle avec un raclement de gorge. La buveuse solitaire se retourne. Summer ne peut distinguer ses traits à cause de la lumière rasante du soleil. Sa voisine est nimbée d'une aura orangée qui lui donne des airs de madone.

– J'espérais que tu serais là, l'interpelle la voix rauque de Charlie.

Summer fait quelques pas pour se rapprocher. Elle aimerait paraître nonchalante et détachée mais elle se tord la cheville et se rattrape de justesse.

– Eh bien toi, tu ne supportes vraiment pas l'alcool.
Summer tente de rire. N'est-ce pas le meilleur moyen pour se sortir d'une situation embarrassante ? Elle s'appuie à la balustrade. Elle peut enfin voir le visage de Charlie.
Un vilain hématome violet, que le fond de teint ne réussit à cacher qu'en partie, lui barre l'œil gauche. Son bras est également replié.
– Que t'est-il arrivé ?
Elle s'était demandé si elle la tutoierait ou si elle la vouvoierait. La décision s'est imposée d'elle-même.
Charlie a une brève grimace gênée qu'elle s'empresse de camoufler sous un sourire de façade.
– Oh ça, ce n'est rien du tout.
Elle voudrait balayer tout ceci d'un revers de bras mais il lui fait trop mal, alors elle se contente de hausser les épaules. Sauf que ça aussi, ça fait mal. Avant que Summer ait le temps de lui poser la question, elle ajoute :
– Je suis tombée dans l'escalier.
– Le 27 avril au soir ?
Charlie est surprise. Elle ne s'attendait pas à cette réaction. N'importe quelle autre femme lui aurait simplement souhaité bon rétablissement.
– Je ne sais plus quand exactement.
Summer hésite. La manœuvre est délicate. Que cherche-t-elle à faire exactement ? Obliger Charlie à avouer ? S'assurer qu'elle ne devient pas folle ? Prendre soin de sa voisine ?
Quelque chose la pousse à agir, elle doit savoir.
– J'ai essayé de te voir la semaine dernière...
Charlie passe une main dans ses cheveux.

– J'étais très occupée.
Summer a l'impression d'être au bord d'une piscine. Soit elle plonge, soit elle reste sur le bord.
– Je t'ai entendue crier.
Summer a plongé.
Elle pensait que Charlie démentirait ou trouverait une excuse mais elle ne dit rien. Elle se contente de la fixer de son regard scalpel. Summer croit d'abord y lire de la colère. Leurs yeux ne se quittent pas. S'ensuit une lutte intérieure, chacune refusant d'abandonner.
Charlie inspire profondément et Summer remarque une lueur dans ce regard noir impénétrable. Peut-être du respect. Peut-être une reddition. Elle semble sur le point de dire quelque chose mais est interrompue.
– Ma chérie ! Tu es là, je te cherche depuis tout à l'heure.
Un homme souriant s'avance vers elles. Ce ne peut pas être lui, le mari de Charlie. Le trapu, la bête sanguinaire. Il se meut avec une grâce naturelle qui le rend immédiatement séduisant. Summer s'en veut lorsqu'elle s'assure, par réflexe, qu'aucun frisottis ne vient déformer ses rouleaux parfaitement formés.
– Mais tu n'es pas seule ! À qui ai-je l'honneur ?
Sa voix est chaude et envoûtante.
– Harry, voici Summer Porter. Summer, je te présente mon mari.
Il lui attrape la main et y dépose un léger baiser. Summer rougit.
– Enchantée de faire votre connaissance.
Un peu plus et elle ferait une révérence. Il l'intimide et lui fait penser à Gene Kelly.

– Voici donc la charmante femme d'Edward.

Summer a forcément imaginé ce cri. Comment un homme aussi distingué, aussi charmant, aussi souriant, pourrait-il battre sa femme ? Elle s'est fait des idées. Décidément, Edward a toujours raison, elle a beaucoup trop d'imagination. Le club de tricot ne lui ferait sans doute pas de mal, tout compte fait.

Et puis, Charlie n'est pas du genre à se laisser frapper. Pas elle. Cette femme est un roc, cela se voit au premier regard.

Ils échangent quelques banalités. *Oui, le déménagement s'est bien passé. On se fait bien à la chaleur du Nevada. Nous avons été très bien accueillis. Tout le monde à la base est si gentil...*

– Et si nous retournions à l'intérieur ? Je ne voudrais pas que le commandant pense que je me suis échappé ! plaisante Harry avec un sourire de star de cinéma.

Summer rit et acquiesce. Elle est tellement soulagée. Ce qu'elle peut être stupide, parfois. Heureusement qu'elle n'a rien dit d'irréparable à Charlie. Elle se serait ridiculisée et Edward aurait encore dû rattraper ses bêtises.

Harry pose alors une main sur l'épaule de sa femme et l'entraîne vers la salle, une main dans son dos. Summer s'immobilise. Elle se sent faiblir et se rattrape à la balustrade. La pierre fraîche lui fait du bien.

Elle l'a vu. C'était imperceptible mais elle l'a vu.

Le frisson qui a parcouru le bras de Charlie quand son époux l'a touchée. Quelque chose n'allait pas.

Elle ferme les yeux pour se rejouer la scène. Des yeux écarquillés, une peau qui manifeste son mécontentement. De la peur, voilà ce que c'était.

7

Homme d'intérieur

6 mai 1952

Charlie rend visite à Summer deux jours plus tard. Son hématome est un peu moins noir et elle arrive mieux à plier le bras.

– C'est donc à cela que ressemblent les petites sauteries du commandant ?

Summer sourit en leur servant une limonade dans le jardin. Charlie s'est déjà installée sur une chaise longue et laisse le soleil caresser son visage.

– Je croyais que je n'aimerais pas la chaleur du désert mais on s'y fait vite.

– Nous ne sommes qu'en mai, c'est encore agréable. Nous verrons ce que tu diras en plein été.

Celle qui prend un bain de soleil lui décoche un regard noir avant de siroter sa boisson. Summer en profite :

– À propos de l'autre fois, je voulais te dire…

Elle désigne l'œil de Charlie qui se lève et s'éloigne nonchalamment.

– Tu te sers de ta piscine ?
– Euh... Pas vraiment. Edward disait qu'il fallait absolument en avoir une.

Charlie dégrafe sa robe et laisse entrevoir un maillot de bain bleu marine. La robe tombe à ses pieds. Elle s'approche du bord. Elle laisse échapper un petit cri lorsqu'elle trempe un orteil dans l'eau.

– Je la croyais plus chaude !

Summer est bouche bée. Les courbes parfaites de Charlie sont marquées d'une multitude de cicatrices plus ou moins anciennes, plus ou moins grandes, plus ou moins profondes. Des éclairs violets côtoient de sombres nuages bruns dans son dos, sur ses bras et ses hanches. C'est une tempête qui s'est acharnée sur ce corps.

La nageuse remarque son regard.

– Je suis très maladroite...

Summer voudrait ajouter quelque chose. Des paroles rassurantes. Des mots d'encouragement. Des phrases de soutien. Quelque chose ! Mais elle est paralysée.

Charlie a déjà plongé la tête sous l'eau. Quand elle émerge, elle a le sourire d'une enfant qui patauge dans les vagues.

– Tu viens ?
– Je ne me baigne jamais.
– Tu ne sais pas profiter de la vie.

Charlie fait encore quelques longueurs puis se hisse avec grâce sur le rebord. Elle passe sa langue sur ses lèvres pour en ôter l'eau fraîche. Summer lui a préparé une serviette dont elle s'entoure. Elle s'ébroue et ses cheveux font tomber des gouttes qui viennent s'écraser dans l'herbe.

– Tu n'as pas d'enfant ? lui demande Charlie en la rejoignant sur une chaise longue.

Summer sent un étau lui enserrer la poitrine. La question qu'elle redoute tant. Celle qui la fait se sentir vide et inutile.

– Non.

– Pourquoi ?

N'importe qui d'autre aurait eu la délicatesse de ne pas pousser plus loin l'interrogatoire. Mais ce n'est pas le genre de Charlie, qui prend le temps d'observer le jardin fleuri, la piscine, le salon parfaitement rangé à travers la baie vitrée avant de reporter son attention sur son hôtesse et d'ajouter :

– Tu ferais une mère parfaite.

Au son de sa voix, impossible de savoir s'il s'agit d'un compliment ou non. Summer préfère lui renvoyer la question.

– Et toi ?

– Moi ? Je ferais une mère terrible.

– Ce n'est pas ce que je voulais dire...

Charlie lui sourit.

– Je sais bien.

Elle sort une petite brosse de son sac et commence à se peigner les cheveux. Elle ne semble éprouver aucune gêne. Cette femme est à l'aise en toute situation.

– Je verrais bien une ribambelle de petites têtes blondes courir dans ce jardin.

Summer ferme les yeux et les imagine, elle aussi.

– J'aurais beaucoup aimé mais je ne peux pas en avoir.

Ça y est. Elle a avoué son secret. Étrangement, cela fait du bien. Même si les mots rendent la réalité plus tangible. L'absence plus réelle.

Charlie la fixe de ses yeux noirs. Elle attend la suite, alors Summer la lui livre.

– J'ai fait plusieurs fausses couches depuis que nous sommes arrivés ici. J'ai une santé fragile. Je suis souvent fatiguée. Et, après chaque explosion, je saigne du nez. Edward dit que c'est normal, que certaines personnes mettent plus de temps à s'accoutumer.

– Je suis désolée.

– J'ai perdu espoir de voir un petit Edward Junior jouer dans la piscine.

Elle cache sa tête entre ses mains.

– Je m'en veux, si tu savais.

– Mais enfin, pourquoi ? Tu n'es pas responsable.

– Edward mérite d'avoir une femme capable de lui donner un enfant. Je crois que c'est à cause de cela qu'il s'est éloigné de moi.

Summer se pince les lèvres. A-t-elle eu raison de se confier ainsi ? Elle ne pensait pas en dire autant. Elle ne savait même pas qu'elle en pensait tant ! Pourtant, entendre ces mots qui lui encombraient l'esprit sans qu'elle soit capable d'y faire le tri lui enlève un poids.

Elle se tourne vers Charlie.

– Et toi ? Pourquoi n'as-tu pas encore d'enfant ?

Les ongles grenat sont en train de lutter avec les derniers boutons de sa robe tandis qu'elle se rhabille.

– Je ne serais pas une bonne mère. Je cuisine mal, je n'aime pas faire le ménage…

Elle allume une cigarette.
- Je fume...
- J'ai vu ta maison, elle est très jolie. Tu es tout de même une bonne femme d'intérieur.
- Il n'y a que des plantes d'intérieur, pas des femmes ! Comme s'il fallait être arrosée deux fois par semaine pour vivre. Je ne suis pas faite pour être posée dans un coin, simplement décorative !

Ce discours fait étrangement écho chez Summer. Il reflète exactement ses sentiments, même si elle n'a jamais osé les verbaliser.
- As-tu déjà entendu parler d'hommes d'intérieur ?

La femme au foyer rit comme s'il s'agissait d'une blague.
- Bien sûr que non.
- Pourquoi ?
- Eh bien, parce que cela n'existe pas.
- Pourquoi ?

Summer se mord la lèvre. C'est vrai, pourquoi ?
- Imagine si les rôles étaient inversés.
- J'irais à la base et Edward resterait à la maison.

Elle a chuchoté, comme si elle craignait de dire une bêtise.
- Exactement !

Summer se prend à imaginer la situation et s'enhardit.
- Je rentrerais du travail épuisée et j'écouterais la radio pour « me changer les idées » tandis qu'il me préparerait un bon repas.
- Tout à fait !
- Ensuite, il ferait la vaisselle et je regarderais la télévision.

– Parfaitement !
– Et j'irais libérer les cochons !
Charlie va hocher la tête quand elle s'interrompt.
– Quoi ?
Summer se laisse glisser sur la chaise longue et sourit. Elle ressent une joie libératrice. Là, allongée dans le jardin à siroter une citronnade, elle est bien. La vie avec Charlie paraît étrangement plus facile. Si seulement il n'y avait pas tous ces bleus pour rappeler que le rêve et la réalité sont deux choses différentes.

8

Ne pas faire de vagues

10 mai 1952

Le soir, des cris, à nouveau.

Des hurlements sourds et pourtant si puissants qu'ils perforeraient les os. Summer est-elle la seule à les entendre ? Ils s'infiltrent en elle, lui nouent l'estomac et l'empêchent de respirer.

Elle finit de badigeonner la dinde et la place dans le four. Edward l'a rapportée de la ferme de la ville fantôme, encore une qui ne supporte pas la radioactivité. Summer s'essuie le front. Finira-t-elle comme cette dinde ? Une fois devenue inutile, qu'est-ce qu'Edward fera d'elle ? À nouveau, elle se sent comme une souris de laboratoire, observée, scrutée, testée, méprisée.

Un cri la ramène à la réalité de cette soirée. Le moment n'est pas aux tergiversations existentielles. Edward lui reproche souvent ces instants durant lesquels elle s'échappe dans son monde intérieur. Il se moque d'elle et la trouve idiote.

Un bruit sec, dur. Une batte de baseball qui cogne une table ? Des images, toutes plus violentes les unes que les autres, viennent hanter l'esprit de Summer. Harry, cet homme affable et séducteur, serait-il capable de frapper sa femme avec une batte de baseball ?

Doit-elle aller chercher Edward ? Elle soupire. Il la raillera sans doute. Il dira qu'elle lit trop de romans policiers. *Ce genre n'est pas fait pour les femmes. Tu devrais lire des romans d'amour...*

Mais Summer n'aime pas les histoires à l'eau de rose, elle n'y a jamais cru et n'y croit toujours pas. Surtout maintenant. Elle préfère les enquêtes, les inspecteurs qui résolvent des meurtres et mettent les criminels derrière les barreaux à la dernière page. Elle a adoré se plonger dans l'atmosphère électrique de *L'Inconnu du Nord-Express*. Cette Patricia Highsmith est certainement une romancière à suivre. Et le mystère de *Noyade en eau douce* de Ross Macdonald ! Summer adore ces histoires !

Elle enlève son tablier et se dirige vers le bureau de son mari. Elle marque un arrêt. La porte est fermée. Le code est clair. Elle ne doit pas le déranger. Des bribes de conversations à la radio s'échappent. Edward aime écouter les émissions du soir lorsqu'il rapporte du travail à la maison.

Summer trépigne devant cette porte close et se mord la lèvre. Elle caresse le bois du bout des doigts en espérant trouver le courage de briser la routine. Et si elle se trompe ? De quoi aura-t-elle l'air ? Elle ne peut pas porter des accusations sans preuve. Mais le corps couvert de bleus de sa voisine n'est-il pas une preuve suffisante ?

Elle serre les poings de toutes ses forces et se remémore le dos de Charlie, ses ecchymoses, le paysage dévasté qu'était ce corps. Pourquoi le lui a-t-elle montré ? Rien de ce que fait Charlie n'est dû au hasard, elle avait forcément un plan. Était-ce un appel à l'aide ?

Les ongles de Summer lui rentrent dans les paumes mais elle ne les sent même pas. Pourquoi sa voisine l'a-t-elle choisie, elle ? Tu parles d'un choix judicieux ! Elle, la femme la plus effacée de la base…

Ne pas faire de vagues. On le lui a répété toute son enfance. *Ne pas se faire remarquer. Respecter les règles.* Sa mère ne voulait même pas qu'elle aille à l'université. *Tu ne trouveras jamais un mari !* L'objectif de toute femme était donc de se marier. La vie n'était réduite qu'à la quête d'un homme, d'une maison, d'une situation.

Selon ces critères, Summer a réussi. Elle est la femme du chef scientifique du NTS, possède une des plus jolies maisons de la base. Mais la vie se résume-t-elle à cela ? Ne peut-elle pas exister par elle-même ? Les femmes peuvent voter depuis trente ans, est-ce suffisant ?

Elle appuie son front contre la porte et ferme les yeux. Pourquoi n'est-elle pas capable de profiter de ce qu'elle a ? Beaucoup de femmes lui envieraient sa situation. Lucy, par exemple ! La femme de Mike, le bras droit d'Edward, lui rappelle sans cesse la chance qu'elle a et ne manque pas de noter, par de multiples réflexions, à quel point elle manque d'envergure.

Pourquoi Charlie n'a-t-elle pas été demander de l'aide à la femme de Mike plutôt qu'à elle ? Lucy est si forte, si déterminée, si... prête à écraser ceux qui se mettent en travers de son chemin.

Découragée, elle ouvre les yeux et constate que ses ongles ont entaillé ses paumes. De petites marques rouges en arc de cercle, stigmates de son indécision.

Elle entend le générique des informations à travers la porte. Elle tend l'oreille. Les cris ont cessé. La batte ne frappe plus. Le calme d'Artemisia Lane règne à nouveau sur les maisons jumelles.

Les effluves du poulet en train de griller la rappellent à la cuisine. Pourtant, elle est incapable de bouger. Ses jambes sont en plomb et son esprit embrumé. L'odeur se fait plus forte, signe qu'elle doit retourner aux fourneaux sous peine de voir son repas brûler.

Elle prend une grande inspiration et tente de retrouver le contrôle de son corps récalcitrant. Elle expire et sent peu à peu ses forces revenir quand, tout à coup, la porte s'ouvre. Edward fixe sur elle un œil étonné tout en fronçant les sourcils.

– Qu'est-ce que tu fais plantée là ?

Elle ne trouve rien à dire. Les mots sont bloqués dans sa gorge impuissante. Il la regarde avec dédain puis lève la tête en humant l'arôme de volaille.

– Le repas est prêt ?

Il n'attend même pas la réponse et se dirige vers la cuisine. De toute façon, elle est incapable de lui en fournir une.

9

Une terre aussi sèche

13 mai 1952

Le soleil de mai darde ses rayons caniculaires sur le désert du Nevada, auréolant Artemisia Lane d'une lumière crue et sèche. L'horizon est barré d'une ligne floue.

La tête cachée sous un large chapeau, Summer retient une larme qu'elle attribue à la luminosité trop forte. L'air est sec et le souffle chaud du désert renvoie des odeurs de cactus. Une belle journée pour un enterrement.

Elle observe autour d'elle ses voisins vêtus de noir. Tous, sauf Lucy qui a choisi d'arborer une superbe robe d'un bleu profond qui fait ressortir ses yeux. Elle ressemble à un saphir au milieu de pauvres cailloux. La femme du bras droit d'Edward se donne de grands airs et ça marche, tout le monde la regarde, subjugué. Summer trouve cette attitude mesquine et vulgaire mais semble être la seule à le remarquer, le charme de Lucy envoûte l'assistance.

Summer essuie une perle de transpiration sur son front tout en remarquant que la peau de Lucy reste, elle, parfaitement nette et sèche. Mais l'heure n'est pas à la jalousie. Elle fixe le grand portrait posé sur des tréteaux devant le catafalque. Le regard de la défunte transperce Summer qui réprime un frisson. Qu'aurait-elle pu faire pour l'aider ? Certainement pas la laisser seule...

Un dernier coup d'œil au cercueil. Il a été fermé, contrairement à la coutume permettant un ultime adieu. Mais ici, dans le désert, en pleine canicule, la manœuvre est risquée. Et puis, la rumeur affole Artemisia Lane. Il paraît qu'elle a été retrouvée dans un état pitoyable. Double raison de laisser ce cercueil fermé. Les secrets sont mieux enterrés.

Summer s'assied sur un banc de l'église. L'air est plus frais et sent l'encens. Elle s'évente avec la main et contemple l'assemblée. Lucy se lève et va jusqu'à l'estrade à la manière d'un de ces mannequins que l'on peut voir depuis un moment dans les défilés de mode lancés par Eleanor Lambert à New York. L'allure fière de celle qui se sait observée, elle se dirige vers le cercueil, y jette un regard pénétré, mais trop bref pour être sincère, et repart s'asseoir au premier rang.

Summer a un mouvement de recul lorsqu'elle aperçoit le mari de Charlie non loin de là. Il porte un costume sombre parfaitement ajusté à sa carrure sportive. Elle frémit quand leurs regards se croisent. Harry lui adresse un sourire, elle s'empresse de baisser la tête.

L'église devient soudain silencieuse. Le brouhaha des conversations cesse, laissant la place à l'homélie du prêtre qui s'est installé derrière le pupitre, juste à côté du portrait. Summer sent le regard de la défunte qui ne la lâche pas. Le poids de la culpabilité lui serre la poitrine. L'air est trop sec, l'encens trop fort, la lumière trop vive. Elle est au bord du malaise.

Edward, assis à ses côtés, ne remarque pas son mal-être. Ses mains sont sagement posées sur son pantalon que Summer a repassé ce matin. Il écoute paisiblement la voix douce de l'homme d'Église.

– Mrs Creeks nous a quittés. Elle est partie rejoindre Notre Seigneur…

Pauvre Mrs Creeks ! Mourir seule dans une maison uniquement peuplée de chats. La vieille dame, veuve d'un des cadres de la base, était pourtant si vive. Elle sortait peu mais avait toujours un mot gentil pour chacun. Quand elles se croisaient à l'épicerie, elle ne manquait jamais de demander à Summer des nouvelles d'Edward. Elle partageait ses recettes ou expliquait comment réussir une quiche. *Le secret est dans la pâte !* lui disait-elle, la mine malicieuse.

Mrs Burns, au premier rang, essuie délicatement ses yeux à l'aide d'un mouchoir en tissu d'un blanc immaculé. C'était sa meilleure amie. Toutes les deux veuves, toutes les deux d'un autre temps, elles s'épaulaient l'une l'autre. En tant que vétérantes, elles jouissaient d'un certain respect à la base. D'ailleurs, personne n'aurait osé les appeler par leurs prénoms, elles étaient Mrs Creeks et Mrs Burns. Désormais, ne reste de ce duo que Mrs Burns.

C'est elle qui a découvert le corps sans vie de la malheureuse, tombée dans sa douche, le crâne fracassé contre le rebord en faïence. Summer ne peut qu'imaginer son désarroi. Elle s'en veut tellement de ne pas avoir rendu visite à Mrs Creeks. Si seulement elle était allée lui restituer le livre qu'elle lui avait emprunté, elle aurait peut-être pu l'aider, la relever et l'emmener à l'hôpital. Au lieu de cela, Mrs Creeks s'est vidée de son sang dans la solitude la plus complète. *L'Attrape-cœurs,* de Salinger, restera à jamais pour Summer le souvenir d'un acte manqué.

Mrs Burns se tourne vers elle et lui lance un regard empreint de douceur. L'endeuillée semble avoir le don de lire au plus profond du cœur. Summer regrette de ne pas en savoir plus sur cette femme discrète et bienveillante qui a connu la rigueur de la guerre et la perte d'un époux. Summer se fait la promesse de lui rendre bientôt visite.

Mrs Burns se lève et rejoint l'estrade. Elle déplie la feuille sur laquelle elle a écrit son discours. Les gorges se nouent. Le silence est total, recueilli. Lucy laisse échapper un reniflement éploré pour se faire remarquer.

Tandis que la meilleure amie de la défunte s'applique à lui rendre un dernier hommage, Summer laisse ses pensées vagabonder. Une rafale brûlante s'infiltre dans l'église par la porte restée ouverte. Comment pourront-ils enterrer le corps dans une terre aussi sèche ? Elle secoue la tête. Elle s'en veut de penser à des considérations aussi triviales.

Que va-t-il se passer ensuite ? L'église est pleine, mais qui se souviendra de Mrs Creeks ? Summer fronce les sourcils. Et elle, qui se souviendra d'elle après sa mort ? Elle imagine cette nef remplie de ses voisins venus lui dire adieu. Lucy, faisant encore des siennes, se jettera-t-elle sur Edward pour enfin devenir l'une des femmes les plus en vue de la base ? Abandonnera-t-elle Mike sans aucun scrupule pour soulager un ego aussi vaste que le désert ? Et surtout, Edward se laissera-t-il faire ?

Summer aime croire qu'ils sont unis par une réelle affection mais elle en doute parfois. Particulièrement depuis qu'ils se sont rendu compte qu'elle ne pouvait pas lui donner d'enfant. Lucy, avec ses hanches généreuses, serait sûrement la mère parfaite.

Sans Summer, la vie à la base ne changerait pas. Tout resterait à l'identique, les matins pleins d'effervescence, les femmes accompagnant leurs maris jusqu'à la porte en leur souhaitant une bonne journée, les barbecues le dimanche, la ville fantôme, réplique ironique de la leur, le spectacle des explosions atomiques.

Summer a besoin d'un but. La vacuité de sa vie est en train de la dévorer. *Trouve-toi un hobby*, lui répète Edward. Mais le tricot, la cuisine ou la peinture ne lui suffisent pas. Elle croise et décroise les jambes. Elle n'en peut plus de rester immobile, au sens propre comme au figuré.

Elle envie la légèreté de Charlie, son apparente nonchalance. Charlie écoute de la musique, se baigne dans la piscine et fume. Mais Charlie a le corps couvert de bleus et crie le soir. Et puis, Charlie n'est pas là. Pourquoi est-elle absente ?

Summer reporte son attention sur Mrs Burns, qui a terminé son discours et vient se rasseoir sur le banc. À côté d'elle, Harry la couve d'un regard protecteur. Il vient lui passer le bras autour des épaules. La vieille dame range son mouchoir, lui adresse un sourire froid et le repousse avec élégance. La mâchoire du gentleman déchu se contracte mais il n'ose rien dire.

Décidément, Summer l'aime bien, cette Mrs Burns.

10

La tête au niveau du cœur

10 juin 1952

La pelouse assoiffée se fait piétiner par des dizaines de chaussures. Des escarpins à petits talons pointus, des souliers fraîchement cirés. Au grand dam d'Edward qui a eu beau l'arroser, le gazon n'est pas à son maximum. Heureusement, celui des voisins est dans le même état. L'honneur est sauf.

Il se balade au milieu de ses invités, virevolte d'un groupe à un autre. Il est heureux. Le commandant de la base vient de lui annoncer qu'un nouveau crédit allait être alloué à ses recherches. Le gouvernement semble enfin avoir compris l'importance de ses travaux. Si les États-Unis restent la plus grande des nations, c'est en partie grâce à ses découvertes. La bombe atomique les sauvera du communisme, il en est certain !

Il n'en a pas encore parlé à Summer. De toute façon, elle ne comprend rien à son travail. Comme d'habitude, elle fait du sentimentalisme et n'aime pas quand il évoque ses expériences sur les animaux. Elle ne saisit pas l'enjeu. Griller les cochons d'abord, les communistes ensuite !

Il se remémore sa terrible déception quand elle est venue visiter la ville-test. Le fruit de son labeur. Elle a même semblé effrayée. Ah, les femmes et leur sensiblerie !

Il regarde sa montre et s'écrie :

– Dans dix minutes !

Un mélange d'exclamations lui vient aux oreilles. Une bombe va exploser aujourd'hui et il en est très fier.

– Un nouveau feu d'artifice ! s'écrie Lucy en frappant joyeusement dans ses mains.

Edward la regarde avec envie. Non qu'elle lui plaise, même s'il faut avouer qu'avec sa rousseur, ses yeux mutins et son corps plantureux, elle n'a rien à envier à Rita Hayworth. Mais ce n'est pas ce qui le séduit, le plus important pour le chef de la base est qu'elle semble parfaitement comprendre les enjeux de son travail et qu'elle connaît à merveille les codes qui régissent le milieu. Si seulement son épouse pouvait se comporter ainsi plutôt que d'être ce moineau effrayé et sans envergure.

Il avait apprécié cet aspect fragile chez elle à leurs débuts. Cela réveillait son côté protecteur. Il n'y a rien de plus valorisant qu'une femme en détresse ! Elle avait quitté l'université juste avant leur mariage. Il ne voyait pas l'intérêt pour elle de continuer. Il avait une brillante carrière devant lui et il lui fallait une femme à ses côtés pour le soutenir.

Il doit quand même reconnaître qu'elle tient bien son rôle, la maison est parfaitement entretenue et elle organise les meilleurs barbecues d'Artemisia Lane. Edward jette un œil à sa femme en train de s'agiter près du buffet. Elle débarrasse les assiettes qui traînent, renouvelle les plats, range les couverts. Il éprouve une certaine fierté à la voir s'activer. Il faudra qu'il la félicite ce soir, elle lui en sera reconnaissante. Enfin, s'il y pense... Pour l'instant, il a des invités dont il doit s'occuper.

Summer sent un liquide chaud couler de son nez. Elle n'a pas le temps de rattraper la goutte de sang qui vient s'écraser sur sa belle robe blanche. La tache rouge imprègne le coton.

Elle s'empresse de placer sa tête en arrière pour ne pas contaminer l'assiette de petits-fours qu'elle tient. Elle utilise une serviette pour stopper l'hémorragie. C'est toujours comme ça, les jours d'explosion. Elle se sent fatiguée et perd ses cheveux, mais Edward dit qu'elle fait des histoires. Les femmes sont de petites choses fragiles, c'est bien connu.

Charlie la débarrasse de l'assiette et la force à s'asseoir sur un fauteuil. Summer ne s'assied jamais pendant les barbecues qu'elle organise, mais là, elle fait une exception.

– Penche la tête en avant.

Summer n'obtempère pas.

– Non, il faut au contraire mettre la tête en arrière. Tout le monde le sait.

– Eh bien, tout le monde se trompe. Il vaut mieux laisser le sang s'écouler plutôt que de l'avoir dans la gorge.

Summer lui lance un regard dubitatif, alors Charlie poursuit :

– Si tu gardes la tête au niveau du cœur, ça ralentira le saignement.

Les arguments sont valables, la blessée obéit donc. Après un petit moment, elle sent son nez redevenir sec. Soulagée, elle relève enfin la tête.
— Comment sais-tu tout cela ?
Charlie a un sourire triste et hausse les épaules.
— Je saigne souvent du nez.
Summer voit très bien de quoi elle parle. Un coup de poing ou une claque peuvent vite causer un saignement. Même si, depuis quelque temps, les cris se sont faits rares. Une parenthèse bienvenue.
La voix d'Edward leur parvient depuis le jardin :
— Heure H moins une minute !
Les invités se regroupent autour de la piscine pour jouir de la meilleure vue. Certains chaussent leurs lunettes de soleil. Summer remarque que Mrs Burns préfère s'éloigner. Elle la rattrape.
— Vous ne voulez pas voir l'explosion ?
La vieille dame s'arrête et la regarde avec douceur.
— Je ne raffole pas de ce genre de spectacle.
Summer est choquée et soulagée. À la base, il n'est pas bien vu de critiquer la bombe atomique. C'est presque un blasphème ! Mais Mrs Burns semble au-dessus de cela. Elle pointe la tache rouge sur la robe de Summer.
— Vous non plus, à ce que je vois.
Par réflexe, Summer cache la tache avec sa main.
— Oh, ce n'est rien, juste un petit saignement de nez. Mon mari dit qu'il n'y a aucun lien avec les bombes.
— Dix, neuf, huit…, entonnent joyeusement les convives.

Mrs Burns rentre dans la maison. Summer est indécise. Doit-elle la suivre et se cacher à l'intérieur ? Elle en a envie. Mais Edward le prendrait très mal. Son rôle de femme du chef scientifique est d'être à ses côtés lors des événements importants.

– Vous êtes sûre de ne pas vouloir venir ? Les autres ont l'air de bien s'amuser...

La vieille dame lui lance un regard sévère.

– Il n'y a rien de joyeux à célébrer la mort.

Elle ferme la porte vitrée au moment où l'éclair luminescent les aveugle. Le souffle chaud décoiffe Summer tandis que l'énorme nuage atomique s'élève majestueusement dans le ciel azuré.

11

J'ai aimé chaque minute

De petits groupes se sont formés. Certains sont installés sur les chaises longues près de la piscine, d'autres profitent de la fraîcheur du salon tandis que les plus malins se sont stratégiquement placés à côté du buffet.

Summer a troqué sa robe tachée contre une légère robe bain de soleil d'un rose poudré. Elle ressemble à une poupée. Elle passe les plats et s'assure que personne ne manque de rien.

Mrs Burns est sortie de son abri et profite de l'ombre d'un parasol en devisant avec une jeune femme que Summer a déjà aperçue mais à qui elle n'a jamais parlé. La vingtaine pétillante et le front volontaire, ses cheveux sont rassemblés sur le haut de son crâne en une coque crêpée d'où s'échappent quelques mèches rebelles. Ses lèvres rouges laissent entrevoir une rangée de dents blanches quand elle se met à rire.

– Un rafraîchissement ? leur propose la maîtresse de maison.

– Avec plaisir, par cette chaleur..., répond la jeune femme en s'emparant d'un cocktail.

– Mrs Porter, avez-vous déjà fait la connaissance de Miss Johnson ? demande Mrs Burns avec un geste élégant.

– Penny, rectifie la jeune femme en tendant la main à Summer.

Summer pose son plateau et essuie ses paumes sur sa robe.

– Enchantée de faire votre connaissance. Il me semble que nous nous sommes déjà croisées mais je ne me rappelle plus à quelle occasion.

– Dans le bureau de votre mari, une fois, lorsque vous êtes passée lui rapporter le dossier qu'il avait oublié chez vous. Je viens de rejoindre l'équipe des secrétaires.

Summer se souvient maintenant. Edward lui a déjà parlé de cette nouvelle recrue qu'il trouve bien trop arrogante à son goût.

– Vous aimez ce travail ?

Penny hausse les épaules en reprenant une gorgée de son cocktail.

– Ma foi, oui. Tant qu'il me permet d'avoir un toit et de me nourrir, je ne demande pas plus.

– Vous êtes mariée ?

Mrs Burns et Penny échangent un regard complice, elles semblent avoir déjà abordé le sujet.

– Penny ne souhaite pas se marier, répond la vieille dame à sa place.

La jeune femme pose ses mains sur ses hanches.

– Je n'en vois pas l'intérêt.

Summer, estomaquée, s'assied sur le fauteuil voisin. Décidément, elle aura fait deux fois entorse à son propre règlement aujourd'hui.

– Vous n'en voyez pas l'intérêt ? Mais pour vous établir, voyons. Avoir un foyer, fonder une famille.

Penny secoue la tête.

– J'ai déjà un foyer. Je préfère être libre.

Summer rit un peu trop fort.

– Se marier ne signifie pas perdre sa liberté.

– Je veux pouvoir décider de mon avenir sans avoir à rendre de comptes à un mari. Je travaille, je gagne de l'argent, j'en fais ce que je veux.

Summer n'en revient pas d'un tel discours. Pas étonnant qu'Edward la trouve insolente. Cette Penny a des idées révolutionnaires et n'a pas la langue dans sa poche.

– Et vous, Mrs Burns, vous ne pouvez pas cautionner de telles pensées ? s'enquiert Summer, à la recherche de quelqu'un pour soutenir son point de vue. Le mariage est ce qui peut arriver de meilleur à une femme, n'est-ce pas ?

Mrs Burns attrape une mini-quiche atomique et mâche longuement.

– J'ai aimé chaque minute passée en compagnie de mon époux.

Summer soupire, soulagée. Elle va enfoncer le clou quand la vieille dame continue, l'air songeur :

– Mais, sur les soixante secondes de ces minutes, il y en avait bien vingt où il m'énervait. Ce qu'il pouvait être agaçant parfois !

Penny éclate de rire.

LES MAUVAISES ÉPOUSES

Mrs Burns finit sa quiche avec un regard taquin. Devant cette mine malicieuse et le rire franc et communicatif de Penny, Summer se laisse gagner par leur bonne humeur. Soudain, elle capte le regard plein de reproche d'Edward. Elle se lève brusquement, reprend son plateau, salue les deux femmes et s'active au service de ses autres invités tandis que son mari, satisfait, retourne à sa discussion avec Mike et Lucy.

Elle distribue donc ses boissons pendant un moment. Quand son plateau s'est vidé, elle se dirige vers la cuisine pour le remplir. C'est alors qu'elle remarque Charlie en train de siroter un cocktail atomique à l'ombre d'un arbre. Summer lance un regard prudent en direction de son mari et décide de la rejoindre.

– Tu as apprécié le spectacle ? lui demande Charlie en la voyant approcher.

Summer pense à Mrs Burns qui ose affirmer son opposition à la bombe.

– Non, pas vraiment.

– Pourquoi ?

– Je n'aime pas ça.

– Ton mari est le chef scientifique de la base et tu n'aimes pas les explosions atomiques ? s'esclaffe Charlie.

Summer l'imite. Il faut reconnaître l'ironie de la situation.

– Et toi ? Tu apprécies de voir ces bombes ?

– Absolument ! J'aime ce déferlement de rage, cette puissance qui nous bouleverse jusque dans nos tripes. La terre qui tremble. Ce déchaînement des éléments m'émeut.

Summer acquiesce en se disant que ce discours reflète parfaitement le caractère excessif de sa voisine. Avec Charlie c'est tout ou rien, il n'y a pas de place pour le tiède. Encore une fois, elle remarque à quel point elles sont différentes.

Summer observe Charlie. Le dos appuyé contre le tronc du chêne, elle porte un pantalon qui dévoile des chevilles fines et des escarpins aux talons un peu trop hauts pour Artemisia Lane. Son chemisier est volontairement ouvert d'un bouton de trop et laisse deviner une poitrine généreuse. Un style que les femmes de la base sont loin d'apprécier, à en juger par les regards en biais que certaines lui lancent.

– Harry n'est pas là ? demande Summer, l'air de rien.

Elle a décidé de ne pas brusquer les choses et de laisser sa voisine venir à elle.

Charlie a une brève moue et un mouvement de recul inconscient. Son corps réagit plus vite que son esprit.

– Il est d'astreinte. Il est sur le site pour coordonner la surveillance de l'explosion.

Summer est surprise. Elle savait que Harry travaillait à la sécurisation de la bombe mais elle ignorait qu'il la côtoyait d'aussi près.

– Comment ça se passe ? Que fait-il exactement ?

– Il se trouve à quelques mètres du lieu de lancement dans une tranchée.

– Mais n'est-ce pas dangereux ?

Charlie a un petit rire narquois et lève un sourcil.

– Si.

Un moment de silence durant lequel Charlie semble pensive, puis elle ajoute :
– Il se pourrait qu'un jour il ne revienne pas.
Au ton froid et sévère qu'elle a employé, Summer comprend que si Harry devait un jour périr lors d'une mission, Charlie ne serait pas une veuve éplorée. Loin de là.

12

Des compliments et des réflexions

1er juillet 1952

L'épicerie est le lieu de rencontre par excellence. Mieux qu'un salon de thé ou une bibliothèque, les femmes s'y retrouvent et échangent les dernières nouvelles, panier contre panier. Au milieu des rangées de conserves et de céréales, c'est là qu'on en apprend le plus sur ce qui se passe réellement à la base. Les ragots gonflent entre les allées aussi vite qu'un soufflé au four.

Au début, Summer appréciait ces moments légers où la charge du quotidien et l'ennui existentiel disparaissaient pendant quelques précieuses minutes. Elle faisait même des réserves d'anecdotes pour divertir ses amies entre deux achats. Unetelle qui avait fait brûler son rôti, une autre qui faisait appel à une aide extérieure pour un jardin qu'elle disait entretenir seule... Elles riaient et repartaient chez elles préparer le dîner avant le retour de leurs époux.

Flânant devant les étagères, Summer espère ne pas croiser Lucy qui ne manque jamais de l'assommer avec le récit de ses exploits culinaires. Après avoir garni son panier des articles figurant sur la liste de Mrs Burns, à qui elle a proposé de s'occuper de ses courses, elle se dirige vers l'étal de viande. Mince ! Lucy est en pleine discussion avec un groupe de femmes qui l'écoutent bouche bée. Summer n'a pas le temps de faire demi-tour que déjà Lucy l'interpelle. Elle soupire. Elle n'a pas le choix et rejoint le groupe.

L'une des femmes, tout excitée par ce qu'elle vient d'apprendre, rapporte :

– Summer ! Tu n'as pas entendu la dernière nouvelle ? Le mari de...

Lucy tousse bruyamment. Elle n'a pas l'intention d'en laisser une autre dévoiler le scoop. La fautive se tait et baisse les yeux. Lucy reprend donc :

– J'ai appris que Harry, le mari de Charlie, s'était fait renvoyer de son ancien travail.

Un murmure choqué parcourt les autres femmes qui ont pourtant déjà été mises au courant.

Summer fronce les sourcils.

– Comment le sais-tu ?

Lucy se mord l'intérieur des joues, elle n'aime pas partager ses sources, ou peut-être déteste-t-elle seulement avoir à partager la vedette.

– C'est Mike qui me l'a dit.

Summer sent une bouffée de jalousie l'envahir. Mike parle de son travail à son épouse. Leurs soirées doivent être riches et animées. Il doit partager des anecdotes avec elle, lui raconter sa journée et lui expliquer les dernières découvertes qu'il a faites. Il lui parle sans doute d'Edward. Summer serre les poings en se disant que Lucy en sait peut-être plus sur Edward qu'elle-même. La jalousie est un venin que Summer se refuse à laisser couler, mais parfois la morsure est d'autant plus forte qu'elle est imprévisible.

Heureusement, Beth, une des femmes du groupe, complètement imperméable au tourment intérieur de Summer, continue les vitupérations.

– Il aurait été rétrogradé et transféré ici.

Lucy soupire avec emphase.

– Pourquoi faut-il toujours qu'ils nous envoient les cas désespérés ? Notre influence est certes excellente mais certains cas sont sans espoir.

– Il n'y a qu'à regarder sa femme, confirme Beth en secouant la tête.

– Elle est d'une vulgarité ! renchérit une autre.

– Rien d'étonnant à ce qu'elle soit mariée à un homme pareil...

– Pourtant, il est bel homme, glousse Beth.

Plusieurs têtes opinent et Lucy en profite pour lâcher, l'air faussement outré :

– Il a déjà tenté plusieurs fois de faire le joli cœur avec moi...

– Oh ! s'écrient en chœur les femmes, scandalisées par ce malotru mais secrètement jalouses du charme irrésistible de la belle Lucy.

– Qu'a-t-il fait ? les interrompt Summer.

– Tu sais bien, des compliments et des réflexions...

Summer balaie la fatuité de Lucy d'un revers de main.

– Pour être renvoyé !

– Ah, ça...

Lucy se joue de tous les regards qui attendent sa réponse. Elle fait durer le suspense en replaçant lentement une de ses boucles rousses derrière son oreille. La tension est à son comble ; même le caissier, qui était occupé à faire semblant de ne pas écouter, s'immobilise.

– Je l'ignore.

Les épaules s'affaissent. Les mines se renfrognent. La déception est immense. Lucy le sent bien et tente :

– Mais je vais me renseigner. Vous me connaissez, je ne suis pas du genre à abandonner.

Non, Lucy ne va pas renoncer. Elle obligera Mike à fouiller dans le passé de Harry pour en déterrer tous les secrets. Cela sera forcément mauvais pour Charlie.

Qu'a bien pu faire Harry pour être renvoyé ? Avait-on découvert qu'il battait sa femme ? A-t-on voulu déplacer le problème ?

Summer se masse les tempes. Lucy dit-elle seulement la vérité ? Peut-être qu'elle a inventé toute cette histoire pour faire son intéressante. Non, elle a beaucoup de défauts mais ce n'est pas une menteuse.

Un murmure gêné la tire de ses réflexions. Les femmes du groupe se poussent du coude.

– Elle est là, chuchote Beth en tendant un doigt peu discret en direction de Charlie.

– Regardez-moi cette robe, se moque une autre.

– Aucune classe, sanctionne Lucy. Nous n'avions vraiment pas besoin de ça dans le quartier.

Des hochements de tête sévères lui répondent. Elle lisse sa jupe du plat de la main et gonfle ses cheveux.

– Je dois vous laisser, nous recevons le commandant ce soir à la maison. J'ai prévu un gigot comme il les aime…

Elle lance un regard de défi à Summer qui, en tant que femme du chef du département scientifique, aurait dû être celle qui organise le repas mais s'est apparemment fait voler la vedette.

Le petit groupe se sépare entre les rayons, laissant Summer abasourdie. Lucy a cet effet, elle attire pour ensuite être celle qui repousse. Summer en a pris son parti. Elle essaie de ne pas lui accorder trop d'importance, mais il est parfois difficile de ne pas se sentir heurtée. Elle a déjà un ego fragile, alors pourquoi s'en prendre à elle en particulier ? Peut-être justement parce qu'elle est une victime facile…

Elle secoue la tête et préfère se concentrer sur ce qu'elle a appris. Harry a dû faire quelque chose de grave pour être rétrogradé et licencié. Ses accès de violence en sont-ils la cause ? Charlie est-elle encore plus en danger que ce qu'elle pensait ?

À l'autre bout du rayon, Charlie ne semble pas l'avoir remarquée. Elle évolue comme dans une bulle qui la protégerait du regard des autres. Pourtant quelque chose cloche. Summer l'observe un moment, elle se cache sous un chapeau à large rebord qui lui mange le visage.

Summer décide d'aller voir de plus près. À mesure que ses pas la rapprochent de sa voisine, elle sent la pression monter, le sang battre un peu plus fort dans ses veines. Elle ne voit pas encore Charlie, pourtant, elle sait.

13

On ne quitte pas Harry

Summer sait que derrière l'ombre de ce chapeau, il y a un visage meurtri. Un coup de trop, un coup qui laisse des marques sur le visage autant que sur le cœur. Elle ne peut pas rester sans rien faire ! Elle doit aider Charlie.

Ses talons résonnent sur le plancher de l'épicerie. Charlie doit l'entendre approcher, pourtant elle ne se retourne pas. Cette bulle de protection qui l'entoure la coupe-t-elle à ce point du monde extérieur ?

Summer prend une grande inspiration. Elle va obliger Charlie à avouer que son mari est un monstre, elle va lui dire qu'elle doit partir et abandonner cette bête sanguinaire. Le dénoncer, même ! Oui, elle l'aidera.

– Alors, on rigole bien avec les belles d'Artemisia Lane ?

Charlie s'est retournée brusquement mais son chapeau empêche Summer de voir son visage. Elle ne s'attendait pas à une attaque. Elle ne pensait même pas que Charlie l'avait vue discuter avec le groupe.

– Ce n'est pas ce que tu crois…

– Ah bon ? Vous n'étiez pas en train de vous moquer de moi ?

Summer essuie une perle de transpiration sur son front.

– Non ! Enfin, elles si… Mais pas moi.

Charlie lève enfin la tête. Son regard scalpel est amputé. Sa paupière droite, gonflée et violette, ferme son œil. Summer recule en plaquant une main sur sa bouche pour ne pas crier.

– C'est plus impressionnant que douloureux, commente calmement Charlie en se saisissant d'une tranche de steak qu'elle utilisera sûrement pour réduire son hématome.

Summer tente de reprendre ses esprits. La placidité de sa voisine est insupportable.

– Le bruit court que Harry a été renvoyé de son précédent travail. Rétrogradé et envoyé ici.

Un éclair traverse l'œil indemne de la blessée.

– C'est cette peste de Lucy qui te l'a dit ?

Summer hoche la tête en guise de réponse. Charlie passe sa main sur son visage par réflexe mais s'interrompt, la douleur sans doute. Elle soupire.

– Je me doutais bien que ça finirait par se savoir.

– Alors c'est vrai ?

– Oui.

– Qu'a-t-il fait ?

Charlie enfonce encore un peu plus son chapeau comme pour se protéger.

– Il a frappé son officier supérieur.

Summer ouvre de grands yeux. Se battre avec un supérieur, il n'y a rien de pire. La hiérarchie est sacrée dans l'armée. Elle cherche une explication.

– Pourquoi ?
Charlie a une moue lasse.
– Il reprochait à Harry d'avoir bu pendant le service.
– Il avait bu ? s'étouffe Summer dont la naïveté fait sourire Charlie.
– Pas plus que d'habitude.
Summer repense à cet homme séduisant et affable qu'elle a croisé plusieurs fois. Lui, un alcoolique ?
– Harry a un problème de boisson ?
– Certaines fois plus que d'autres…
C'est la goutte d'eau qui fait déborder le vase. Summer explose.
– Tu ne peux pas rester avec un homme pareil !
Elle a haussé le ton et les autres clientes se tournent vers elles. Mais Summer ne s'en rend même pas compte.
– Tu dois le quitter !
L'épicier fronce les sourcils.
Charlie attrape Summer par le bras avec une force étonnante et l'entraîne vers la sortie, laissant leurs paniers pleins à même le sol. À l'extérieur, elle l'attire à l'écart. Summer tente de se débattre mais Charlie maintient son emprise. Elle l'amène devant une vieille Chevrolet.
– Monte !
Summer a déjà vu cette voiture garée devant la maison de Charlie mais elle n'avait jamais envisagé qu'elle puisse la conduire.
– Tu sais conduire ? s'étonne-t-elle.
– Évidemment.
Summer se sent une nouvelle fois idiote devant cette femme impétueuse. Comment une telle force de la nature

peut-elle se laisser martyriser par son mari ? Elle regarde l'œil de sa voisine dont la coloration prend une teinte noire à la lumière du soleil.

– Tu dois le quitter !

– On ne quitte pas Harry.

Charlie remonte la manche de sa robe et lui montre une cicatrice.

– Automne 1947.

Elle relève sa robe et dévoile une cuisse zébrée par une longue estafilade.

– Printemps 1949.

Elle se tourne et baisse l'encolure du vêtement. Plusieurs marques circulaires comme des empreintes de cigarettes.

– Hiver 1951.

Charlie replace correctement sa robe et fixe un regard implacable sur Summer avant de répéter :

– On ne quitte pas Harry.

– Mais je pourrais t'aider !

Charlie secoue la tête, elle paraît énervée. Summer continue :

– Je vais le dire à Edward. Nous allons le dénoncer auprès du commandant.

– Il est, sans doute, déjà au courant.

– Alors il va agir !

– Mais enfin, Summer, sors un peu de ton cocon ! Il ne fera rien tant que cela ne gêne pas le fonctionnement de la base.

– Je vais trouver un moyen de t'aider...

Charlie baisse la tête. Elle reste un moment silencieuse puis se met à rire. Un rire triste, un rire mauvais.

Quand elle se décide enfin à reporter son attention sur Summer, son regard noir la transperce.

– Tu t'es regardée ? Avec ta petite robe pastel et tes souliers de ménagère ! Summer, la femme du directeur scientifique. Summer, qui organise des barbecues le dimanche. Summer, la petite chose fragile. Summer et son existence parfaite.

Elle l'inspecte des pieds à la tête.

– Toi et ta petite vie ridicule au service de ton mari, vous allez m'aider ?

Elle rit encore.

– Toi qui ne sais rien faire sans sa permission, tu peux quelque chose pour moi ?

Summer recule. Elle a l'impression de recevoir un uppercut en pleine poitrine. Jamais on ne l'a regardée avec autant de mépris.

– Ne dis pas ça, Charlie. Je sais que tu ne le penses pas.

– Je pense chacun des mots que je viens de prononcer. Maintenant, va-t'en ! Laisse-moi tranquille !

– Arrête, Charlie ! Je veux simplement t'aider.

Charlie s'approche et la pousse brusquement. Ses yeux sont des volcans, quelques larmes de lave s'en échappent.

– Va-t'en, je te dis !

Summer manque de tomber et se rattrape au mur tandis que Charlie monte dans la Chevrolet. Elle ôte son chapeau, place ses mains sur le volant et démarre en trombe, laissant un nuage de poussière derrière elle. Summer tousse et essuie la terre qui s'est accumulée dans son jupon. C'est seulement une fois qu'elle a remis de l'ordre dans sa tenue et que le nuage est retombé qu'elle se rend compte des larmes qui ruissellent sur ses joues.

14

Miss Atomic

3 août 1952

Summer s'est inscrite au golf depuis quelque temps. Elle apprécie cette activité de plein air, même s'il faut se lever aux aurores pour profiter de la fraîcheur matinale avant d'affronter la fournaise de l'été dans le Nevada.

Au loin, les montagnes rouges l'observent en train de planter son tee. Impassibles, elles semblent se moquer de ces humains qui n'ont aucun scrupule à détourner une eau précieuse pour arroser des greens.

Le golf féminin est à la mode depuis la fin de la guerre. Plusieurs groupes se sont créés, dont un à Artemisia Lane, fondé par Lucy.

Summer essaie de vider son esprit tandis qu'elle prépare son swing. Elle voudrait effacer de sa mémoire la terrible dispute qui l'a opposée à Charlie, mais elle n'y arrive pas. Depuis un mois, ses mots viennent la piquer comme autant d'insectes lors d'un pique-nique. Ils se repaissent des miettes de cette altercation.

Summer se demande ce qu'elle a fait de mal. A-t-elle été trop brutale ? Quelle idiote elle a été de prendre Charlie de front ! Mais son intention était bonne, elle voulait l'aider. Et puis, Charlie n'avait pas à lui parler de cette manière. Pour qui se prenait-elle ?

On ne peut pas forcer un âne qui a soif à boire, disait sa mère. Summer n'avait jamais vraiment compris ce dicton avant aujourd'hui. Charlie avait besoin d'aide mais ne voulait pas être aidée. Eh bien, tant pis pour elle ! Qu'elle se débrouille seule avec un mari violent et alcoolique si elle refusait le soutien d'une femme ordinaire comme Summer.

Et puis, à bien y réfléchir, cette Charlie ne pouvait lui apporter que des problèmes avec ses escarpins rouges, son rock'n'roll et ses cigarettes. *Une mauvaise influence*, voilà ce qu'avait dit Edward. Et il avait raison !

Depuis la dispute, Summer est retournée à sa vie normale. Elle s'est même inscrite à plusieurs groupes et participe activement à la vie de la base. Elle coud des vêtements pour des œuvres caritatives, organise des collectes et mène des débats au club de lecture. La vie a repris son cours, et c'est tant mieux.

De quoi se plaint-elle ? Elle a un mari et une belle maison, des amis. Oui, la vie est belle à Artemisia Lane.

Elle ajuste son swing et tape dans la balle qui s'envole loin pour atterrir près du trou. Elle n'est pas mauvaise à ce jeu ! C'est Mrs Burns qui lui a conseillé de s'inscrire au golf. Elles se sont rapprochées depuis l'enterrement de la pauvre Mrs Creeks. Summer a découvert une femme fort intéressante et pleine d'humour. Cette amitié lui fait du bien. Elle ne lui a pas parlé de la dispute, et la vieille dame a eu la délicatesse de ne rien demander.

Penny se joint parfois à leurs petits rendez-vous. Mrs Burns prépare alors du thé brûlant qu'elle boit d'une traite, tandis que Summer et Penny doivent attendre de longues minutes avant d'en prendre une gorgée.

La jeune secrétaire est très au fait de l'actualité. Elle instruit Summer qui s'est rendu compte que le monde ne se résumait pas à Artemisia Lane. Penny est très engagée dans la lutte pour les droits de l'homme. Elle est particulièrement inquiète pour le couple Rosenberg.

– Ethel et Julius Rosenberg ont été arrêtés il y a deux ans et sont accusés d'avoir espionné pour le compte de l'URSS, informe-t-elle.

– Qu'ont-ils espionné ? demande Mrs Burns en tournant une cuillère en argent dans son thé pour dissoudre un morceau de sucre.

– Rien de moins que les secrets de fabrication de notre bombe atomique.

– Mais c'est très grave, s'écrie Summer.

– Les États-Unis étant le seul pays dépositaire de la bombe atomique, oui, c'est grave, confirme Penny.

– Ils doivent être punis.

La jeune femme lève un index dubitatif.

– Encore faudrait-il qu'ils soient réellement coupables. Le gouvernement n'a aucune preuve.

– Ils ont pourtant été jugés en avril de l'année dernière, si je ne me trompe pas, précise Mrs Burns en léchant la cuillère pour y goûter le sucre fondu.

— Tout à fait ! Jugés et condamnés par le *House Un-American Activities Committee* du sénateur McCarthy. Ils risquent la chaise électrique !

Summer frissonne. Ces histoires politiques la passionnent. Quel dommage qu'elle ne puisse pas partager ces nouvelles avec Edward. Il a énormément de travail en ce moment. Il paraît qu'ils font de gros progrès.

L'autre jour, elle a vu Harry. Elle sortait les poubelles quand il rentrait chez lui. Leurs regards se sont croisés et Summer s'est demandé s'il savait qu'elle savait. Elle a machinalement refermé sa robe de chambre. Il lui a adressé son sourire de star de cinéma auquel elle n'a pas répondu. Au vestiaire, Gene Kelly !

Charlie sort très peu. Non pas que Summer note ses allées et venues... Quoique, peut-être un peu, histoire de s'assurer que tout va bien. Ou, du moins, que les dégâts ne sont pas trop graves. Elles se sont vues à la soirée organisée par les voisins, mais Charlie ne lui a pas accordé la moindre attention. Un regard de Charlie doit se mériter et, apparemment, Summer n'en est pas digne.

— Je vais me présenter au concours de Miss Atomic Blast ! lance joyeusement Penny en sortant Summer de sa rêverie.

— Vous n'êtes pas sérieuse ? demande Mrs Burns, le regard sévère.

La jeune femme hoche vigoureusement la tête.

— Bien sûr que si !

— Qu'est-ce que c'est ? intervient Summer, se sentant à nouveau idiote de ne pas être au courant.

Penny, l'air rêveur, lui explique :

– Un concours de beauté. Les plus belles femmes de la région viennent concourir. Il faut porter un maillot de bain en forme de champignon atomique, je trouve cela hilarant !

Summer sent le rouge lui monter aux joues.

– Vous allez vous montrer en maillot de bain ?

Penny hausse les épaules, elle ne voit pas où est le problème.

– Il faut bien que les juges voient le corps des participantes pour décider de celle qui deviendra Miss Atomic Blast.

– C'est inconvenant, objecte Mrs Burns.

– Nous sommes déjà en 1952 ! Ce n'est plus les années 1940, les temps changent !

Summer avale enfin une gorgée de son thé qui a fini par refroidir.

– Je n'en ai jamais entendu parler.

Penny replace une mèche parfaitement bouclée au rouleau, derrière son oreille.

– Le premier concours a eu lieu l'année dernière, c'est Candyce King qui l'a remporté. On a parlé d'elle dans les journaux.

– C'est ça qui vous intéresse ? Qu'on parle de vous dans les journaux ? interroge Mrs Burns.

La jeune femme plaque un regard déterminé sur la vieille dame.

– Quel mal y a-t-il à vouloir être un peu célèbre. Je suis un joli brin de fille, c'est ma mère qui me l'a dit !

Elle boit une gorgée et ajoute :

– Et puis, peut-être que si je suis élue Miss Atomic, je pourrai faire du cinéma à Hollywood et devenir la prochaine Marilyn Monroe !

Ses yeux pétillants trahissent un rêve de petite fille. Summer et Mrs Burns échangent un sourire complice. La vieille dame demande :

– Quand aura lieu le concours ?

– Au printemps prochain.

Mrs Burns interroge du regard Summer, qui acquiesce :

– Nous viendrons vous voir.

– Je pourrai même vous aider pour le maillot de bain champignon atomique, propose Mrs Burns.

Penny se lève et les enlace avec une joie enfantine.

– Vous êtes les meilleures !

Summer sourit mais au fond d'elle, elle est peu convaincue d'être la meilleure.

15

Il n'y a pas de fumée sans feu

4 septembre 1952

L'été ne semble pas décidé à quitter les montagnes rouges du Nevada. Une chaleur pesante règne sur Artemisia Lane. Une légère brise vient caresser les joues échauffées de Summer. Ce bref répit ne suffit pas à la soulager.

Depuis que les enfants ont repris le chemin de l'école, les femmes de la base se sont réunies pour constituer un club de marche. Encore une idée de Lucy... Doublement auréolée de gloire pour son esprit d'initiative et sa propension à obéir au gouvernement qui incite à faire du sport, afin de rester en forme mais aussi pour se préparer à un éventuel nouveau conflit. La menace d'une guerre contre l'URSS plane et les femmes de la base marchent.

En pantalon court ou jupe lâche, elles sillonnent les allées d'Artemisia Lane par petits groupes en devisant.

Summer tente en vain d'apprécier le moment. C'est la deuxième fois qu'elle participe et elle déteste ça. Edward est ravi de son engagement nouveau, il l'encourage à se mêler aux autres femmes pour imposer sa suprématie d'épouse du chef scientifique et, pourquoi pas, glaner quelques informations croustillantes sur ses collègues. C'est bien connu, les femmes sont des pipelettes...

Malgré son manque d'entrain, Summer persiste car elle apprécie l'instant fugace quand, avant de s'enfermer dans son bureau ou de s'isoler dans le salon pour écouter la radio après le travail, son mari lui demande quelles nouvelles intéressantes elle a à lui raconter.

Les bras repliés des participantes s'agitent en rythme pour les aider dans leur marche. Beth, avec son léger embonpoint, est un peu à la traîne et Lucy l'interpelle :

– Allez, Beth, un peu de nerf ! Pense qu'en restant en forme, tu aides ton pays.

L'autre souffle comme un bœuf mais parvient à les rejoindre en trottinant. La conversation peut reprendre.

– Il paraît qu'ils sont en train de construire plusieurs hôtels autour des casinos, informe Lucy.

– Oui, j'en ai entendu parler, relève Beth en peinant à reprendre son souffle. L'hôtel *Sahara* devrait ouvrir ses portes en octobre.

– Je ne vais jamais *Downtown* ! intervient Georgina, une femme aussi mince et rêche qu'un fil de fer.

– Les hôtels et les casinos sont tous financés par la Pègre et les Mormons.

– Je ne sais pas ce qui est pire ! plaisante Lucy.

Toutes éclatent de rire.

– Le *Sahara* ne sera pas aussi haut que le *Desert Inn*, sur le *Strip*, avec ses trois étages, reprend Beth.

Les pas s'arrêtent et toutes la regardent, interloquées.
– Enfin, c'est ce qu'on m'a dit...
Lucy la fustige d'un regard de reproche et le groupe reprend sa marche. Avec son bandeau rouge dans les cheveux, elle ressemble à une star de cinéma. Toutes les femmes essaient de s'adapter à son rythme, qu'elle maintient volontairement rapide.

Leur parcours sportif les entraîne devant la maison de Charlie. Les volets, tirés pour garder un peu de fraîcheur, lui donnent des airs de manoir hanté. Summer frissonne malgré la chaleur.

Deux mois qu'elles ne se sont pas parlé. Deux mois que Summer perçoit les cris depuis la fenêtre de sa cuisine sans pouvoir rien faire. Mais, désormais, elle n'est plus la seule à les entendre. Lucy habite la maison en face de celle de Summer, elle n'a pas tardé à répandre la nouvelle dans toute la base.

– Le rideau a bougé, elle doit être chez elle, constate Georgina.

Pas besoin de préciser de qui elle parle, elles le savent toutes. Charlie est devenue une sorte de pestiférée. Summer le déplore mais, en même temps, Charlie n'a rien fait pour s'intégrer. Elle ne s'est inscrite à aucun groupe et limite ses interactions avec les autres femmes. Il y a mieux pour se faire apprécier. D'autant plus que son style vestimentaire et ses manières leur déplaisent toujours autant.

– J'ai encore entendu des cris hier soir, souffle Lucy.

Beth peine à suivre le rythme mais reste concentrée sur la conversation.

– Il paraît que son mari est un ivrogne.

– Avec une épouse comme celle-là, j'aurais moi aussi envie de boire !

Le groupe éclate de rire devant le bon mot de Lucy.

Summer ne peut le supporter.

– C'est quand même une victime !

– Il n'y a pas de fumée sans feu.

– Elle doit bien faire quelque chose pour l'énerver ainsi, renchérit Georgina.

Beth pointe un doigt accusateur vers la maison.

– Avec ses tenues provocantes et ses airs supérieurs, elle doit le pousser à bout.

– C'est sûrement à cause de cela qu'il s'est mis à boire.

Lucy secoue la tête d'un air désolé.

– Il y a vraiment certaines femmes qui ont un mauvais fond.

Le groupe est arrivé au bout de l'allée. Au virage, Summer ne peut s'empêcher de jeter un dernier regard et de se demander ce qui peut bien se cacher derrière ces rideaux fermés.

16

L'incident est clos

14 septembre 1952

La lumière orange du gyrophare trouble la nuit paisible des habitants d'Artemisia Lane. Une alternance d'ombres et de reflets orangés éclaire les façades des maisons sagement endormies. Les pelouses sont tondues, les poubelles alignées, les vélos des enfants abandonnés dans les allées…
Alarmés, les voisins finissent par sortir de chez eux. Ils veulent connaître la raison de tout ce vacarme. Est-on à nouveau en guerre ? Les communistes nous attaquent-ils ?
Les femmes se couvrent d'une élégante robe de chambre et attachent un foulard sur les rouleaux dans leurs cheveux. Les hommes, en pyjama de coton et pantoufles, ont les sourcils froncés.
Le gyrophare s'est arrêté devant la maison de Charlie et Harry. Cette lumière orange lui donne un air lugubre. Il s'est passé quelque chose de grave. Tout le monde sent la menace. Particulièrement Summer qui pressent le pire. Elle se précipite dans l'allée et perd une de ses mules.

Edward la rattrape.
– Ne te donne pas en spectacle ! Reste ici.
Elle replace sa mule sur son pied.
– Il faut bien savoir ce qui se passe.
Il semble réfléchir. Oui, il aimerait bien savoir ce qui se trame. Tout ce tapage en plein milieu de la nuit !
– On y va, mais tu restes derrière moi.
Il lui tend son avant-bras. Elle aimerait tant interpréter ce geste comme un signe d'amour, celui d'un mari qui veut protéger sa femme, plutôt que comme la peur d'un homme qui ne veut pas faire de remous.

Ils avancent sur le gazon pour rejoindre l'allée principale où sont massés les autres voisins.

– Quelqu'un sait ce qui se passe ? résonne la voix de Lucy.

Summer se tourne et l'aperçoit en déshabillé de satin et de soie sagement recouvert d'une robe de chambre assortie. Même en pleine nuit, les cheveux de Lucy sont parfaitement coiffés. Est-elle maquillée ou ses lèvres sont-elles naturellement rouges et brillantes et ses cils ourlés ?

Deux hommes en blanc sortent de la maison de Charlie. Ils portent une civière et se dirigent vers l'ambulance. Les cous se tendent pour apercevoir la personne blessée, mais impossible à cause du cordon de sécurité imposé.

– Pourtant, il n'y a pas eu de cris ce soir, intervient Beth.

Elle a dit tout haut ce que tout le monde pensait tout bas.

– Non, tout était calme, rétorque une autre voix non identifiée dans l'assistance.

– Pas si calme que ça, apparemment, intervient Lucy.

Les ambulanciers se rapprochent. Summer se tord le cou pour voir la personne allongée. Elle se ronge les ongles. Elle le savait. C'était inévitable. Le coup de pied de trop. La gifle de trop. Combien de temps le corps d'une femme pouvait-il lui servir de bouclier ? Il devait bien y avoir un moment où l'armure se fendait et se brisait en mille morceaux. Charlie était sans défense. Ce corps inerte...

Summer enfonce son visage dans ses mains pour empêcher la réalité de la percuter. Elle espère que dans l'obscurité de ses paumes, l'horreur de la situation ne s'apercevra pas de sa présence. Mais ses paumes sont moites. Pleure-t-elle ? Sûrement, ce ne sont pas ses mains qui pleurent.

– Tu es beaucoup trop sensible, Summer, essaie maladroitement de la consoler Edward avec un regard d'excuse pour ses voisins.

– Certaines femmes sont plus solides que d'autres, fait Lucy d'un air faussement compatissant.

Edward lui colle Summer dans les bras. Il est tout de même le chef scientifique de la base, il est en droit de savoir ce qui est arrivé. Il lisse sa veste de pyjama.

– Je reviens.

Il se dirige d'un pas décidé vers l'ambulance. Tous les regards sont braqués sur lui. Personne n'a osé braver la distance de sécurité réclamée par les soignants. Tous les voisins observent de loin le dialogue entre Edward et les infirmiers qui ont déjà placé la civière à l'intérieur du véhicule. Seule une porte arrière reste ouverte.

Tout le monde tend l'oreille essayant de capter quelques mots. Les yeux sont plissés pour percer l'obscurité seulement trouée de lueurs orange. Après un temps de concentration intense, ils finissent par se rendre compte qu'ils ne comprennent rien alors les conversations reprennent, chacun y allant de son interprétation.

Summer n'est pas restée dans les bras senteur fleur d'oranger de Lucy. Sur le trottoir, elle continue de se ronger les ongles. Elle revoit le corps meurtri de Charlie et son œil gonflé.

Soudain, le silence se fait. Summer, trop occupée à ruminer, ne s'en aperçoit pas tout de suite. Elle finit par relever la tête qu'elle gardait obstinément vissée vers le sol.

Charlie vient de faire son apparition. Elle se tient dans l'encadrement de la porte. La lumière du couloir dans son dos les empêche de la voir nettement. Seule sa silhouette est visible. Un contour noir sur un fond lumineux. Elle ressemble à ces super-héros que l'on retrouve dans les comics. Mais là, impossible de savoir s'il s'agit d'un gentil ou d'un méchant. Elle se tient droite, raide.

Elle ne regarde pas l'ambulance, comme le croyait Summer, mais les voisins. Ce public venu assister au spectacle de sa vie privée exposée aux yeux de tous. Charlie a un mouvement de tête. Elle semble se moquer d'eux. Summer pourrait jurer voir un sourire se dessiner dans l'obscurité.

La portière de l'ambulance claque. Les yeux se tournent vers le véhicule qui se met en marche. Le gyrophare continue de diffuser sa lueur angoissante tandis qu'il s'éloigne dans l'allée. Les voisins reportent alors leur curiosité vers la porte de la maison, mais Charlie a disparu.

Edward revient vers eux. Il a l'air important de celui qui se sait porteur d'un secret.

– Alors ? demande Lucy, en pressant le bras de Mike comme pour lui signifier que lui aussi aurait dû aller aux nouvelles.

Le mari de Summer prend son temps. Il passe une main dans ses cheveux. Se racle la gorge.

– Accident domestique.

– Quoi ?

L'interrogation est collective. L'explication est décevante, trop vague. On ne s'est pas levé au beau milieu de la nuit pour simplement s'entendre dire « accident domestique ».

Edward sent bien qu'il a déçu son auditoire.

– Harry s'est blessé. Il a trébuché, s'est cogné la tête contre un rebord de table et a perdu connaissance...

Un silence suit cette annonce.

– Il va bien ? finit par demander Mike.

Les autres hochent la tête, passant outre leur déception.

– Seulement quelques points de suture. Ils vont le garder une nuit à l'hôpital pour s'assurer qu'il n'a pas de commotion.

– C'est plus prudent, juge Lucy, la mine concernée.

Ils restent tous silencieux. Indécis. C'est Edward qui donne le signal.

– Retournons nous coucher. L'incident est clos.

Il attrape Summer dont le regard reste figé sur la porte d'entrée de Charlie. Elle marche comme un automate jusqu'à sa maison. Elle s'assied sur le canapé et entend Edward grommeler quelque chose. Il se plaint du tapage,

des embêtements depuis l'arrivée de ces nouveaux voisins. Il se lave les mains et rejoint un lit bien mérité.
— Tu viens ?
Il n'attend pas la réponse et éteint la lumière. À peine quelques secondes plus tard, il ronfle déjà.
— J'arrive, répond Summer dans le vide.
Elle se lève mais ne se dirige pas vers la chambre. Elle part dans la direction opposée.
Non, l'incident n'est pas clos.

17

Du papier froissé

Le calme est retombé. Les rues d'Artemisia Lane sont redevenues silencieuses. L'obscurité berce à nouveau les maisons. Tout le monde dort du sommeil du juste.

Les pas de Summer sur le gravier résonnent comme du papier froissé. Elle décide de marcher sur la pelouse pour éviter d'attirer l'attention. Pour une fois, ses pensées ne se bousculent pas dans sa tête. Une seule tourne en boucle : aller voir Charlie.

Elle ne croit absolument pas à cette histoire d'accident domestique. Que s'est-il vraiment passé ? Harry avait-il trop bu ? Charlie s'est-elle défendue ?

Summer frissonne et resserre sa robe de chambre autour de sa taille. Elle est tendue. Elle sait que cette nuit marquera un tournant. Elle s'arrête et observe les étoiles dans le ciel parfaitement dégagé. Elle veut se souvenir de ce ciel.

Il y a encore de la lumière chez Charlie. L'attend-elle ? Sait-elle qu'elle va venir ? Comment pourrait-elle le savoir ? Summer, elle-même, l'ignorait jusqu'à maintenant.

Summer traverse la pelouse et vient frapper à la porte. Elle ne sonne pas, elle frappe. Trois petits coups. Elle entend des pas et un verrou. Charlie lui ouvre. Summer ne veut pas qu'elle lui refasse le coup du super-héros auréolé de lumière, elle veut la voir. D'autorité, elle l'écarte pour se dégager un chemin et se dirige vers le salon.

Charlie la rejoint. Seules quelques lumières tamisées sont allumées. La pièce a, elle aussi, quelque chose de dramatique, d'angoissant. Dans un de ces romans que Summer apprécie, on dirait qu'il s'agit du lieu du drame.

Charlie se tient en retrait, elle semble hésiter à entrer dans son propre salon. Elle se demande s'il lui faut encore lutter ou si elle peut enfin baisser sa garde. Elle s'approche du bar en forme de globe terrestre dont Harry est si fier. Elle attrape deux verres qu'elle remplit d'un liquide ambré. Pas de glaçons. Cette nuit ne se prête pas aux glaçons.

Elle en tend un à Summer qui l'accepte sans rechigner. Charlie s'assied à côté d'elle et lève son verre :

– À une nuit mémorable !

Sa voix est rauque.

Summer boit une gorgée et laisse l'alcool brûler sa gorge.

– Que s'est-il passé ?

– Tu l'as bien vu. Tout le quartier l'a vu !

Son rire sonne faux. Son détachement sonne faux.

– Que s'est-il passé ? répète Summer.

– Tu veux une histoire à raconter à tes petites copines du club de marche ?

– Que s'est-il passé ?

Charlie soupire et pose son verre sur la table.
– Une nuit ordinaire dans ma vie.
Cette fois, Summer décide d'attendre. Elle sent qu'elle arrive au but. Charlie la jauge de son regard scalpel.
– Tu veux vraiment savoir ?
– Oui.
– Il avait bu. Enfin, plus que d'habitude, je veux dire. Il a commencé à chercher la bagarre. C'est toujours la même chose, le même début et souvent la même fin... Il scrute mes moindres faits et gestes pour trouver à me critiquer. Et, crois-moi, quand il veut trouver, il trouve. La maison n'est pas assez rangée, le repas est infect, je lui fais honte. Je n'ai rien à dire, il s'énerve et fait la conversation pour deux. Je n'ai qu'à attendre.
– Attendre quoi ?
– La première gifle. J'ai beau le savoir, elle vient toujours comme une surprise. Forte, sèche, méritée. Puis, comme à chaque fois, il se met à pleurer en disant à quel point il se sent mal à cause de moi. *Regarde ce que tu me fais faire !* C'est ce qu'il me dit toujours. *C'est de ta faute !*
Charlie reprend une gorgée avant de continuer :
– Il a peut-être raison. C'est sûrement de ma faute. Il y a quelque chose de mauvais en moi. Je le sais.
Summer n'y tient plus.
– Ce n'est pas de ta faute !
Charlie n'est pas convaincue. Elle vide le verre et s'en ressert un nouveau. Fichu pour fichu.
– Mais ce soir, il avait bu plus que de raison. Il a joué aux cartes et a tout perdu. Il n'a pas pu passer sa colère

sur le croupier alors il l'a fait sur moi. Mais il était vraiment ivre, et lorsqu'il a voulu...
— Tu l'as frappé ?
— Non !
— Tu aurais dû.
Les mots sont sortis tout seuls de la bouche de Summer. Apparemment, l'alcool est un inhibiteur de bienséance. Ou bien est-ce cette nuit chaude dans le désert du Nevada ?
Charlie reprend le fil de son histoire :
— Quand il a voulu me frapper, il a glissé sur le tapis et s'est cogné la tête contre la table. Pendant un instant, j'ai cru qu'il était mort...
Un silence s'installe, seulement interrompu par le chant de quelques grillons au loin.
— Quand j'ai vu qu'il respirait encore, j'ai appelé les secours. Tu connais la suite...
— Accident domestique.
— Comment ?
— C'est ainsi que les infirmiers ont qualifié ce qui s'est passé ce soir.
— En un sens, oui, il s'agit bien d'un accident. Pour une fois, c'est lui qui va à l'hôpital.
Charlie semble prendre conscience de quelque chose d'important. Elle pose son verre et se lève.
— D'ailleurs, il faut que j'aille le voir.
— Ça ne sert à rien. Ils vont l'installer dans une chambre pour la nuit. Tu ne pourras même pas l'accompagner.
— Mais je dois être là !
— Pourquoi ?
— Parce que je suis sa femme !

– Tu en as envie ?

Summer saisit doucement son amie par le bras et la force à se rasseoir sur le canapé. C'est étrange de voir Charlie ainsi. Vulnérable. Elle est comme une roche qui s'effrite.

– Tu veux être auprès de lui, là, maintenant ? lui redemande-t-elle.

Charlie secoue la tête.

– Non.

Elle reprend une gorgée.

– Il y a vraiment quelque chose de mauvais au fond de moi.

– Ne dis pas n'importe quoi !

Summer fait un geste en sa direction.

– Regarde-toi : tu es belle, intelligente, forte !

– Je ne suis pas forte.

– Tu es la personne la plus forte que j'aie jamais rencontrée.

– Je ne suis pas belle.

– Tu es la plus belle femme de tout Artemisia Lane. Pourquoi penses-tu que toutes les autres te détestent ? Elles sont jalouses.

– C'est vrai ? Tu me trouves belle ?

Summer regarde les grands yeux noirs de Charlie, sa peau lisse et claire, sa tenue de nuit en satin rouge.

– Oui.

Charlie la scrute un instant. Puis, elle attrape le visage de sa voisine dans ses mains et l'amène à elle. Doucement. Elle pose ses lèvres sur celles de Summer qui reste tétanisée.

Summer entend son cœur battre à toute vitesse. Est-ce le sien ou celui de Charlie ? Leurs poitrines sont si proches l'une de l'autre qu'il est impossible de les distinguer.

Le souffle de Charlie est chaud et sent le whisky. Ses lèvres sont douces et fortes à la fois. Comme elle. Son baiser est à son image. Sa langue vient caresser celle de Summer qui, sans même s'en rendre compte, l'a prise dans ses bras.

L'instant semble figé. Le bruit de l'horloge marquant deux heures du matin les fait sursauter. Elles se séparent.

– Je dois y aller, se reprend Summer déjà debout.

Elle passe une main dans ses cheveux et lisse sa robe de chambre.

– Edward m'attend.

Elle tourne le dos et part presque en courant vers la porte.

Ses pas crissent comme du papier froissé sur le gravier.

18

Vers qui se tourner ?

15 septembre 1952

Summer a passé toute la journée à essayer de ne pas penser à la nuit dernière. Vaine tentative. Elle s'efforce de chasser le souvenir du visage de Charlie si proche du sien.
Elle a cousu une écharpe, récuré l'argenterie et nettoyé toute la maison.
Edward la voit s'activer et se félicite de l'énergie que sa femme déploie afin de rendre leur demeure présentable pour le prochain barbecue. Il la trouve un peu distraite, cependant. Il lui a demandé plusieurs fois de lui passer le journal au petit déjeuner, mais elle est restée perdue dans ses pensées.
Avant de partir à la base, il l'a gratifiée d'un baiser sur la joue qu'elle n'a même pas eu l'air de sentir. Sa joue est restée fraîche et rebondie mais ne lui a pas rendu son affection. L'affront a été vite oublié, Edward a d'autres chats à fouetter, ses recherches au service de l'Amérique ne se feront pas toutes seules !

Summer regarde la voiture s'éloigner d'un œil lointain. Que peut-elle faire pour s'occuper l'esprit ? Jardiner ? Lire ? Écouter la radio ? Charlie écoute-t-elle la radio ? Ne pas penser à Charlie.

Et si elle allait marcher avec le groupe ? Non, elle n'a pas envie d'écouter les femmes de la base décortiquer l'accident domestique de la veille. Elle ne veut pas les entendre médire et se moquer de cette voisine si vulgaire qui déprécie le quartier.

Summer s'assied dans le canapé en soupirant. Elle glisse un doigt sur ses lèvres. Jamais elle n'avait embrassé de femme. Elle n'a d'ailleurs jamais embrassé personne d'autre qu'Edward ! C'est mal ce qui s'est passé. Oui, très mal.

Doit-elle avouer sa faute à son mari ? Il le faudrait. Elle lui expliquerait qu'elle avait trop bu et qu'il ne s'agissait que d'une erreur. Elle était sous le coup de l'émotion et ne savait pas ce qu'elle faisait. Oui, ce soir elle avouera tout à Edward. Il comprendra…

Elle secoue la tête comme si elle était en train de discuter avec une autre personne qui la contredirait. Bien sûr que non, il ne comprendra pas. Il se sentira humilié. Elle l'aura humilié ! Quelle horrible épouse elle fait ! Edward ira sûrement le dire à Harry, ils se battront. Sa réputation sera ruinée.

Et puis, elle n'ose imaginer son regard. Elle ne pourra pas survivre à cet œil plein de reproche et de mépris qu'il lui lancera.

Elle devrait probablement aller se confesser. Le père Andrew reçoit les fidèles à toute heure dans la chapelle de la base. Elle lui expliquera, il comprendra.

Elle passe un doigt sur ses lèvres. Non, il ne comprendra pas. La Bible ne prévoit pas le cas d'une amie qui en embrasse une autre par une nuit chaude et violente dans la banlieue de Las Vegas. Non, la Bible n'a pas envisagé ce cas.

Et puis, le père Andrew est un des meilleurs amis de Lucy. Même si ce qui se dit en confession est censé être confidentiel, elle n'est pas certaine que son secret soit en sécurité.

Vers qui se tourner ? Elle regarde sa montre. Seize heures ! Son rendez-vous avec Mrs Burns et Penny pour le thé !

Summer s'étonne d'être restée assise pendant aussi longtemps, perdue dans ses réflexions. Elle se lève prestement, vérifie son apparence dans le miroir. Elle a une mine affreuse. Elle file à l'étage et s'installe devant sa coiffeuse pour se repoudrer et mettre du rose sur ses joues. Satisfaite du résultat, elle dévale l'escalier et sort de chez elle en claquant la porte.

Elle se force à ne pas regarder la maison de sa voisine en se dirigeant vers le domicile de Mrs Burns. Elle pensait que prendre l'air lui ferait du bien, mais c'est essoufflée et toute rouge qu'elle arrive chez la vieille dame. Penny est déjà installée. Elle tente de faire refroidir son thé brûlant quand Summer fait son apparition.

– Désolée pour le retard.

– Ce n'est rien, ma chère, je viens à peine de servir le thé.

Mrs Burns lui montre un siège vide et la tasse qu'elle lui avait réservée avant de continuer :

— Nous vous attendions pour le boire.
— Nous attendions surtout qu'il refroidisse ! Vous avez un palais en béton armé, Mrs Burns, se moque Penny.
Summer s'installe et pioche un sucre qui fond instantanément dans son breuvage bouillant.
— Comment allez-vous, toutes les deux ?
— Vous avez une mine terrible, la coupe la vieille dame.
Par réflexe, Summer cache ses joues. Penny cherche à rattraper la situation.
— Disons que vous avez l'air un peu fatiguée. Tout va bien ?
Summer n'a pas envie de s'étendre sur le sujet. Elle enrage contre son corps qui trahit ses tourments intérieurs. Elle tente une diversion :
— Quelles sont les nouvelles sur le front politique ?
Penny s'anime soudain.
— Le sénateur Nixon est dans la tourmente.
— Ah oui ?
— Il aurait reçu des cadeaux de la part d'hommes d'affaires…
— Des pots-de-vin ? interroge Mrs Burns, l'air outré.
Summer ne peut s'empêcher de rire. Les mésaventures politiques leur tiennent lieu de feuilleton télévisé. C'est encore mieux que *I love Lucy*.
— Oui, chuchote Penny, comme si on pouvait les entendre. Il aurait même détourné des fonds publics de l'État de Californie.
— Ne jamais se fier à un État qui a plus de plages que de bureaux ! décrète Mrs Burns d'un ton sévère.

— Nixon devrait s'expliquer à la télévision dans les prochains jours.
— Vous croyez qu'il est coupable ? demande Summer.
Penny hausse les épaules.
— Aucune idée, mais cela pourrait compromettre son investiture pour le Parti républicain.
— S'il s'explique à la télévision, il est peut-être innocent, tente Mrs Burns. Ou alors, il s'excusera.
Summer fronce les sourcils.
— Vous croyez qu'avouer une faute suffit à se faire pardonner ?
Mrs Burns réfléchit en buvant une gorgée de thé.
— Si la démarche est sincère, oui.
Summer se sent soulagée. Si les Américains peuvent pardonner à un homme politique un détournement de fonds, alors Edward pourra sûrement pardonner son errance de la nuit dernière. Elle sent un énorme poids s'échapper de ses épaules. Les femmes sont des créatures fragiles, son mari le sait. Elle l'implorera de lui pardonner et il le fera.
Penny tente de boire à son tour et se brûle la langue avec une grimace.
— Je ne suis pas d'accord. Avouer ne suffit pas. S'il a commis une faute, il doit être puni.
— Vous ne croyez pas en la clémence ?
— Je pense que toute faute doit être sanctionnée, répond la jeune femme, implacable.
— Mais parfois, ces fautes sont de simples accidents.
— Et alors ? Si le mal a été fait.
— Peut-être qu'il a été pris d'une folie passagère.
— Il doit en assumer les conséquences.

– Peut-être que les événements l'ont dépassé.
– Il est censé être maître de lui-même.
– Peut-être qu'il ne savait pas ce qu'il faisait. Peut-être qu'il a agi sous le coup d'une impulsion.
Penny fait la moue.
– Nixon ?
Summer secoue la tête.
– Euh, oui, Nixon.
La conversation autour des mésaventures politiques du sénateur continue, mais Summer n'a plus le cœur à y participer. Une main se pose sur son épaule et la fait sursauter.
– Vous allez bien, Summer ?
Mrs Burns lui adresse un regard inquiet.
– Je suis un peu fatiguée.
– Rentrez à la maison vous reposer.
– Vous voulez que je vous raccompagne ? propose Penny.
Summer est déjà en train de rassembler ses affaires.
– Ça va aller. Merci pour le thé.
Les deux femmes la suivent jusqu'à la porte et l'observent marcher lentement, le dos un peu voûté, sur l'allée centrale d'Artemisia Lane.
Penny retourne finir sa tasse de thé.
– Si j'avais su que les déboires de Nixon la toucheraient autant…

19

Des rideaux beiges

La lourdeur de l'été indien est étouffante sur le chemin du retour. Le macadam de l'allée fond et laisse un horizon flou. Est-ce la chaleur ou l'esprit de Summer est-il embrumé ?

Pendant une seconde, elle a cru que son problème était réglé ; mais ce soulagement n'a pas duré devant la sévérité de Penny. Personne ne doit jamais apprendre ce qui s'est passé entre Charlie et elle. Personne ! Jamais !

Mais, ne pas en parler ne signifie pas pour autant oublier. Elle est bien obligée d'admettre que ce baiser l'a troublée. Elle s'autorise un regard vers la maison de Charlie. Les fenêtres sont ouvertes et le vent chaud fait voler les rideaux beiges. Charlie n'est pas du genre à avoir ce genre de rideaux. Les rideaux beiges sont pour les gens beiges, Charlie, elle, est rouge. Un rouge flamboyant.

À la réflexion, tout dans cette maison sonne faux. On dirait un décor de théâtre. Tout a été fait pour donner l'image d'un couple normal, parfaitement intégré à la vie tranquille de la base. Le jardin soigneusement entretenu.

La voiture lustrée. La boîte aux lettres jaune avec un petit drapeau américain. Jusqu'à la balançoire dans l'arbre laissée par les locataires précédents. Si cette maison est un décor de pièce de théâtre, alors il s'agit d'une tragédie. Summer tourne la tête et observe les autres maisons. Si semblables, si parfaites, si tranquilles. Tout Artemisia Lane serait-il factice ? Elle ne s'est jamais posé la question mais cela lui semble pourtant évident maintenant. Elle-même joue un rôle dans cette comédie. Elle est Summer Porter, la douce femme du chef scientifique. La vie est parfaite, personne n'y trouve rien à redire. Mais que se passe-t-il si on gratte le vernis ? Est-on heureux seulement lorsqu'on laisse la peinture fraîche sécher tranquillement sans y laisser une empreinte ?

Summer a envie de crier. Mais ça ne se fait pas à Artemisia Lane. Une femme convenable ne crie pas en plein milieu de la rue.

Ce baiser l'a troublée. Plus qu'il n'aurait dû. Plus qu'un simple accident. Tant qu'à être une horrible créature, au moins se l'avouer. Elle sent une chaleur envahir son ventre lorsqu'elle croit apercevoir Charlie derrière un rideau. Non, ce n'est qu'une ombre. L'ombre de Charlie, omniprésente dans son esprit depuis hier.

Pense-t-elle à elle, derrière son rideau beige ? Charlie se rejoue-t-elle le film de cette nuit ? Ses doigts qui ont glissé le long de la nuque de Summer au moment où elle pressait ses lèvres contre les siennes...

Comment agir quand elles se recroiseront ? Summer réussira-t-elle à la saluer poliment à l'épicerie ou à l'église ?

Elle sent déjà ses joues virer au rouge alors que Charlie n'est même pas là.

Elle frissonne en se disant que Harry va rentrer ce soir de l'hôpital. Voudra-t-il se venger de l'affront subi ? Le ballet des cris retentira-t-il à nouveau ? Peut-être que sa chute l'aura calmé. Peut-être que cela annoncera une période de répit. Elle l'espère pour Charlie.

Dix-sept heures. Vite ! Edward ne va pas tarder à rentrer, elle doit préparer le dîner. Summer se lave les mains et enfile un tablier. Elle va lui faire son gâteau au chocolat préféré. Il l'a bien mérité.

Elle bat les œufs et les mélange à la farine. Un peu de poudre blanche vient se loger dans ses cheveux, il faudra qu'elle pense à se peigner, il ne doit pas la voir dans cet état. Elle fait fondre le chocolat noir au bain-marie. Les carrés se diluent lentement et diffusent leur arôme gourmand dans toute la maison.

Summer aime s'imaginer en train de préparer un gâteau pour ses enfants. Elle en aurait trois. Deux garçons et une fille. Ils l'aideraient à casser les œufs et s'en mettraient partout. Ils riraient tous ensemble et dessineraient des cœurs dans la farine.

Le chocolat a fondu en même temps que ses rêves de famille nombreuse. Elle l'incorpore à la pâte. Elle mélange le tout. Edward se régalera, c'est sûr ! Elle transfère le résultat dans un plat qu'elle met au four et se permet de lécher la cuillère encore pleine de chocolat.

On sonne à la porte. Qui cela peut-il être ? Tout le monde sait qu'à cette heure-ci, toutes les femmes de la base sont occupées. La sonnerie retentit à nouveau. Un coup bref. Et si c'était Edward qui lui faisait une surprise ? Elle aimerait tant le trouver derrière la porte, un magnifique bouquet de fleurs à la main comme dans les films. Il tiendrait des roses rouges, couleur de la passion.

Summer essuie ses mains sur le tablier et se dirige vers l'entrée. Elle ouvre. C'est Charlie. Dans une robe noire assortie à ses yeux. Elle se tient droite sur le perron et la fixe en silence. Intensément.

Summer sent son ventre en fusion. Charlie ne dit toujours rien et se contente de l'observer, comme si toute parole était devenue superflue. Tout se mélange dans la tête de Summer qui se dit que ce serait peut-être le bon moment pour s'évanouir.

Charlie avance d'un pas. Summer ne bouge pas. Elle ne sait pas s'il s'agit d'une invitation à s'approcher encore plus ou si elle tente de faire barrage avec son corps.

Les lèvres de Charlie s'étirent en un mince sourire. Elle avance son index vers la bouche de Summer et y efface une trace de plaisir coupable au chocolat. Elle porte ensuite son doigt à sa bouche pour le goûter.

Une barrière cède dans l'esprit de Summer. Une digue s'écroule, laissant couler un flot subversif dans tout son cerveau, dans tout son corps. Non, elle ne regrette rien. Elle sait qu'elle emprunte une route dangereuse avec Charlie, mais le chemin a l'air si beau.

20

Jean 701 Levi's

25 septembre 1952

Summer n'a jamais autant senti son corps. Elle en perçoit chaque muscle, chaque nerf, chaque os. Elle qui l'avait toujours considéré comme un outil plus ou moins encombrant, une gêne parfois, se découvre maîtresse d'un monde de sens, de plaisirs et de découvertes.

Elle rayonne. Son teint est frais et lumineux, ses joues n'ont plus besoin d'être artificiellement rosies. Sa démarche est légère et dynamique. Même sa voix est plus affirmée. Elle se tient plus droite aussi, et cela met en valeur sa silhouette svelte et tonique.

Summer a même changé de style vestimentaire et a quitté ses robes fleuries pour porter un jean. Elle s'est acheté un 701 de Levi's, le même que celui de Marilyn Monroe. Sa coupe droite à la garçonne laisse ses jambes libres et attire le regard sur sa taille mince. Elle n'a même pas demandé la permission à Edward avant de se l'offrir. Elle l'a vu dans les pages de *Vogue*, en dessous du titre

«Mode ranch». Elle a tout suite aimé cette appellation. Elle s'est imaginée en dresseuse de chevaux, dans un ranch au milieu des montagnes. Ce jean, pour Summer, c'est le symbole de la liberté.

Et, la liberté lui va très bien au teint.

— Quel est ton secret, Summer? lui demandent les femmes de la base, envieuses.

— Tu utilises ce nouveau rouge à lèvres?

— Le Max Factor?

Elle répond par un sourire mystérieux qui les fait enrager. Lucy se méfie. Elle n'est plus la seule à focaliser l'attention et déteste ça. Elle redouble de méchanceté et ne cesse de la provoquer, mais cette médiocrité de femme jalouse glisse totalement sur la nouvelle Summer.

— Je ne sais pas ce qui vous rend si joyeuse, mais continuez! l'encourage Mrs Burns lors de leur rendez-vous autour d'un thé brûlant.

Summer rougit. Elle ne peut tout de même pas lui répondre que son secret c'est Charlie.

Depuis que sa voisine est venue la rejoindre chez elle, il y a dix jours. Depuis ce moment où Summer a décidé d'accepter l'inconnu, la fatalité, la nouveauté, sa vie est plus belle. Dès qu'elles le peuvent, elles se retrouvent. Parfois elles discutent de tout et de rien, parfois elles refont le monde et se dessinent une nouvelle vie. Elles possèdent un ranch et élèvent des chevaux. Elles les laissent galoper aussi vite qu'ils le peuvent et elles s'enfuient loin, les cheveux dans le vent. Le soleil tanne leur peau. Elles se baignent nues dans des lacs gelés et se laissent sécher au soleil. Leurs après-midi au ranch sont si magiques. Elles y pensent tellement fort qu'il devient presque réel. Les barrières en bois brut des enclos, les volets blancs et les rideaux rouges.

Summer pense souvent au terme « liaison ». Elle entretient une liaison avec Charlie. Ce mot est si beau, pourquoi lui donner un sens si péjoratif ? Oui, Charlie est sa liaison avec un autre monde, plus beau, plus doux, plus sensuel.

Parfois, elle se sent coupable. C'est mal ce qu'elles font. Mais comment le mal peut-il être si bon ? Elle voudrait pouvoir se confier. Elle en parle à Charlie mais elle se moque d'elle, la traite de « grenouille de bénitier » ou de « bien-pensante ». Charlie balaie ses arguments d'un nuage de fumée de cigarette, en augmentant le volume de la radio. Elle se tortille sur le rythme endiablé du rock'n'roll.

Summer se lève aussi, baisse le son pour ne pas alerter les voisins et vient la rejoindre sur la piste de danse improvisée. Son corps est une guitare. Elle se tend, vrille, virevolte en même temps que les notes.

En fin d'après-midi, les portes du ranch se ferment, la radio s'éteint et chacune rentre chez soi préparer le dîner de son époux. La vie normale d'Artemisia Lane reprend ses droits.

Summer a embelli, et tout le monde s'en rend compte. Même Edward. Il ne saurait qualifier ce changement ni dire d'où il provient mais il sent qu'il y a quelque chose de nouveau, d'attirant chez sa femme. Elle ne lui quémande plus son affection, ne tente plus de le divertir avec son babillage insipide. C'est étrange, moins elle s'intéresse à lui et plus elle l'intéresse, lui.

Il tente quelques rapprochements mais ne se souvient plus vraiment comment on fait. Il est malhabile comme un lycéen au bal de promo, puis s'en veut de sa gaucherie et la rudoie. Mais tout ceci glisse sur Summer devenue imperméable.

Il se souvient qu'elle avait, un moment, voulu lui parler de ses recherches. Il l'avait repoussée car chacun devait rester à sa place. Mais en la voyant si forte, si peu dépendante de lui, si séduisante, il est prêt à accepter de partager quelques secrets de son travail.

– Je t'ai parlé des exercices *Desert Rock* ?

Summer lève un sourcil étonné.

– Non. Qu'est-ce que c'est ?

Edward sent qu'il a capté son attention.

– Une série d'exercices que nous proposons aux soldats. Le but est d'organiser des manœuvres tactiques pendant une explosion atomique.

– Pendant l'explosion ?

– Oui, enfin, juste après l'onde de choc. Ils sont placés dans des tranchées à trois kilomètres environ de *ground zero*.

– N'est-ce pas dangereux ?

Le directeur scientifique lève les yeux au ciel.

– Nous leur conseillons de bien fermer les yeux et de les protéger avec un bras, mais le plus important est qu'ils soient assez près pour voir la lumière et ressentir la chaleur.

– Que doivent-ils faire ?

– Juste après l'onde de choc, ils se regroupent en formation d'attaque et se dirigent vers leurs objectifs.

Summer a l'air dubitative, alors il poursuit pour se mettre en avant :

– Je dirige les tests psychologiques. Je suis chargé d'étudier les réactions d'une troupe témoin d'une explosion atomique. C'est passionnant !

– Comment s'en sortent-ils ?

Edward fait la moue.

– Certains se plaignent de saignements dans leurs oreilles et leur nez. Rien de très alarmant.

Il s'essaie cajoleur :

– Tu vois, ma chérie, tu n'es pas la seule à saigner du nez pendant les explosions.

Depuis quand ne l'a-t-il pas appelée « ma chérie » ? Depuis quand ne lui a-t-il pas parlé aussi longtemps ? Il y a quelques semaines, elle aurait payé pour une telle discussion. Mais plus maintenant, c'est trop tard. Elle a Charlie et le ranch rempli de chevaux.

Summer se lève et débarrasse la table. Edward lui attrape la main.

– Le repas était délicieux.

Elle a un sourire forcé. Il accentue la pression sur sa main. Il la désire.

– J'ai préparé une tarte aux prunes pour le dessert.

Il semble peser le pour et le contre. Il aime la tarte aux prunes. Il libère sa main.

– Je vais me régaler !

Après tout, ils ont la soirée devant eux.

21

Un peu trop sucrés à mon goût

1ᵉʳ octobre 1952

Même dans le désert du Nevada, des nuages peuvent assombrir un ciel d'automne. Le tonnerre gronde aussi sur Artemisia Lane certains soirs.
Les cris continuent. Summer attend la fin en serrant les poings jusqu'au sang. Le gyrophare n'est pas revenu. Harry a retenu la leçon et ne se blesse plus en frappant sa femme indocile. Il a appris de ses erreurs.
Les voisins aussi ont pris l'habitude. Personne ne dit plus rien, seulement quelques murmures quand on se croise à l'épicerie.
Summer attend. Elle sait que ça finira bien à un moment ou un autre. Les orages ne sont pas éternels. L'alcool a tendance à gripper l'endurance de Harry et il se lasse, une fois sa bouffée de rage passée.
Elle se positionne devant la fenêtre de la cuisine et regarde la maison comme pour dire à Charlie qu'elle est

là, avec elle, et partage sa douleur. Elle lui envoie toute sa force, tout son amour, toute sa colère aussi.

Quand tout est terminé, elle se faufile hors de chez elle. Ses mules ont été reléguées au placard depuis bien longtemps, trop bruyantes. Sur la pointe de ses pieds nus, elle rejoint Charlie à l'arrière de sa maison. Elles s'asseyent sur les marches devant le jardin. Juste sur le rebord pour être prêtes à se lever au moindre bruit.

Charlie ne pleure jamais. Summer soigne ses plaies en les couvrant de baisers et l'attire contre elle pour la réchauffer de sa présence. Elle lui raconte la vie au ranch. La naissance des chevreaux et des agneaux. Comment elles iront récolter les œufs directement dans leur poulailler. Elles chasseront le coq s'il devient gênant ou trop brutal. Après tout, une poule n'a pas besoin de coq pour pondre.

Charlie cesse de trembler. Leurs doigts s'entremêlent. Elle pose sa tête sur l'épaule de Summer. Le silence leur suffit.

Lorsque la nuit s'assombrit et que les étoiles brillent plus fort, elles se séparent pour rejoindre un lit froid en pensant que demain elles se retrouveront.

Elles ont pris leurs habitudes et leur routine est bien huilée. Mais elles sont prudentes. *Ne jamais relâcher sa vigilance !* Charlie le lui répète toujours. *Les autres ne comprendraient pas.* Alors, Summer continue de participer aux activités organisées par les femmes de la base. Elle coud des bonnets et des écharpes pour des enfants qu'elle ne connaîtra jamais. Elle rédige des fiches de lecture pour le club du vendredi soir. Et elle se joint toujours au groupe de marche.

Seulement, la donne a changé. Le duo sait pertinemment que les autres ont besoin de commérages à se mettre sous la dent. Summer justifie ses visites régulières à Charlie en leur racontant tout un tas d'histoires qu'elles ont toutes les deux pris plaisir à imaginer ensemble. Elle invente un passé mystérieux à Charlie, une liaison avec un militaire, des rixes dans des bars pour Harry...

– Elle a déjà été mariée, lance Summer entre deux enjambées.

Les bouches laquées de rose s'arrondissent en un O de surprise.

– Ça ne m'étonne même pas, répond Lucy en ajustant son bandeau dans ses cheveux.

Les deux femmes se jaugent du regard un instant et poursuivent leur marche rapide. Une fois n'est pas coutume, Summer s'est placée devant. Juste à côté de Lucy qui tente de reprendre le dessus. Mais Summer ne lâche rien. Elles imposent au reste du groupe un rythme particulièrement soutenu que Beth a bien du mal à suivre.

Lucy ne supporte pas la nouvelle Summer. Pour qui se prend-elle ? Ce changement de comportement est on ne peut plus suspect. Elle préférait largement la pauvre petite chose fragile d'avant. La nouvelle Summer n'est plus une gêne mais une rivale.

Il faut vite qu'elle trouve quelque chose à dire car toute l'attention du groupe est braquée sur Summer, magnifique en pantalon bleu nuit et chemisier assorti.

– Mike m'a dit que Harry avait une liaison avec une secrétaire de la base.

Un nouveau O vient se pendre aux lèvres nacrées.

Summer fronce les sourcils. Lucy dit-elle la vérité ou souhaite-t-elle seulement faire son intéressante ? L'éclat mauvais dans son œil lui indique que l'information doit être vraie. D'après ce que lui a confié Charlie, Harry n'en serait pas à sa première infidélité. Comment autant de femmes peuvent-elles tomber dans le piège de ce bellâtre au sourire de miel mais à la bouche remplie de fiel ?

— Une nouvelle secrétaire.

— Les secrétaires, il faut toujours s'en méfier, sanctionne Beth, profitant d'un ralentissement pour reprendre son souffle.

Summer pense immédiatement à Penny. La jeune femme pourrait-elle être assez bête pour se faire illusionner ? Elle qui se veut si libre, deviendrait-elle la maîtresse d'un homme marié ? Non, Summer secoue la tête, c'est impossible. Penny est bien plus intelligente que cela.

— Nous devrions commencer à songer à la collecte de cadeaux pour Noël, tente-t-elle pour changer de sujet.

— Je parie qu'elle aussi a un amant, l'ignore Lucy.

Summer soupire. Pourquoi faut-il toujours que les absents soient le principal sujet de discussion ? Charlie revient sans cesse dans ces commérages. L'absence ne s'est jamais faite aussi présente.

— Qu'est-ce qui te fait dire ça ? interroge Beth.

Lucy plisse les yeux.

— Vous avez vu sa mine satisfaite lorsqu'elle se pavane dans les rayons de l'épicerie ? Madame se donne des grands airs.

Elle mime une démarche chaloupée et une moue excessivement boudeuse. Les autres éclatent de rire.
– C'est exactement elle !
– Oh oui, c'est tout à fait ça.
– Tu es excellente, Lucy.
Encouragée, elle poursuit ses minauderies.
– Regardez-moi, je suis Charlie et je me crois meilleure que tout le monde.
Les rires continuent.
Summer a honte. Honte de partager la même route, le même temps, le même air qu'elles. Elle les méprise tellement qu'elle pourrait leur cracher au visage. Mais elle serre les dents et accélère l'allure pour finir ce tour au plus vite. Lucy se dépêche de la rattraper, elle ne veut certainement pas se laisser distancer.
– Le prochain barbecue aura lieu chez moi, rappelle-t-elle, comme si les autres pouvaient l'avoir oublié.
– As-tu déjà préparé ton menu ?
Elle prend un air mystérieux.
– Vous verrez bien... C'est une surprise !
Le groupe glousse en se réjouissant à l'avance du bon moment à venir.
– Tu devrais essayer les cupcakes atomiques de Summer, ils étaient délicieux, commente Beth, sans se rendre compte de sa bévue.
De fines rides viennent barrer le front de Lucy. Elle avale l'affront au sens propre comme au figuré. Elle ouvre la bouche et la referme. Puis se décide :
– Un peu trop sucrés à mon goût, mais si vous aimez...

Le groupe continue sa marche rapide en silence pendant quelques secondes puis Lucy reprend son imitation de Charlie, démarche chaloupée et sourire moqueur.

Des rires lui répondent.

– Oh, Lucy, tu es vraiment impayable !

22

Les dinosaures, les Indiens et la bombe atomique

5 octobre 1952

Summer a prévu une surprise pour Charlie. Grâce au réchauffement inattendu de ses relations avec son mari, elle a obtenu la permission de faire visiter la ville-test à son amie. Edward a d'abord été étonné par cette requête car il se souvenait très bien de la réaction disproportionnée et émotive de sa femme la première fois qu'elle avait découvert la ville.

Mais elle lui a expliqué qu'elle voulait montrer à Charlie en quoi consistait le travail du directeur scientifique de la base, que ce serait bon pour lui. Sa prestation a dû être particulièrement convaincante, car Edward leur a délivré deux laissez-passer.

Il a beaucoup de mal à résister à la nouvelle Summer qui, en le repoussant, l'attire à nouveau. Il n'a même rien dit pour le jean Levi's qu'elle s'est acheté sans sa permission. Pour garder la face, il a raconté à ses hommes que l'idée venait de lui et ils ont salué son initiative. Depuis, toutes les épouses ont commandé le leur. Les tailles sont marquées, les fesses soulignées, les hommes satisfaits.

Les précieux documents en main, elle sonne chez Charlie. À peine la porte est-elle ouverte qu'elle lui colle les papiers sous le nez.

Charlie rit et recule pour pouvoir les inspecter.

– Qu'est-ce que c'est ?

Summer saute sur place comme une petite fille.

– Regarde !

– Tu as l'air si contente que ce doit être les tickets gagnants de la loterie.

Summer lui tire la langue.

– Des laissez-passer pour la ville fantôme.

Charlie ouvre de grands yeux et inspecte les documents.

– La ville fantôme !

Elle aussi se met à sauter sur place.

– Tu as réussi !

Elle se jette au cou de Summer. Leur étreinte dure un peu trop longtemps. Charlie se souvient qu'elles sont toujours sur le pas de la porte au vu et au su de tout le voisinage. Elle serre une dernière fois Summer contre elle et s'en détache. Elle balaie l'extérieur d'un regard inquiet. C'est bon, personne ne semble les observer, mais il faut rester prudentes. Elles ne sont jamais à l'abri d'une voisine à sa fenêtre... Elle tire Summer par le bras pour la faire entrer et ferme la porte.

Summer est fière de sa surprise. Charlie manifeste de l'intérêt pour la ville fantôme depuis son arrivée. Souvent, elle lui a demandé de la lui décrire. Summer s'y est essayée mais, sa première visite ayant été un désastre, elle ne s'avère pas être une très bonne guide.

Harry, en tant qu'officier subalterne, n'a pas les autorisations nécessaires pour permettre à sa femme d'y pénétrer, c'est pourquoi Summer a pris les choses en main. Et, le sourire sur les lèvres de Charlie est à la hauteur de l'effort qu'elle a dû faire la nuit dernière pour obtenir ces laissez-passer.

Une jeep les conduit jusqu'à la base puis elles en empruntent une autre pour les mener à la ville-test. Le sol est caillouteux et elles rient à chaque sursaut de la voiture. Summer s'accroche d'une main à la portière et de l'autre maintient le foulard sur ses cheveux. Charlie ne prend pas cette peine. Elle laisse sa chevelure au grand air et tend les bras pour embrasser le vent.

La jeep s'arrête en plein désert. Des montagnes de grès rouge et du sable orange à perte de vue. Certains rocs sont veinés de blanc, des strates millénaires s'empilant les unes sur les autres. Ces rochers ont vu passer les dinosaures, les Indiens et la bombe atomique.

Comme un mirage, des petites maisons sagement rangées le long d'une allée goudronnée les attendent. Elles sont comme posées là. Une incongruité dans ce paysage brut.

Un vent chaud leur balaie le visage.

– Je peux vous laisser seules, Mesdames ? demande l'agent chargé de les escorter.

Il tend une main à Summer pour l'aider à descendre tandis que Charlie s'extrait du véhicule en sautant.

– Nous allons nous débrouiller, répond Charlie.

Le soldat se tourne vers Summer pour chercher sa confirmation. C'est elle la femme du chef scientifique, c'est donc elle la plus gradée des deux.
— Je vous remercie, c'est parfait.
Il claque des talons.
— Bien, Madame. Je reviens vous chercher dans une heure.
Il remonte dans la jeep et s'éloigne dans un nuage de poussière. Les deux femmes restent seules dans cette ville déserte.
Il fait particulièrement chaud pour une journée d'automne. Summer essuie une perle de transpiration sur son front. Elle désigne l'allée bordée de maisons d'un geste ample.
— Alors, qu'en penses-tu ?
Charlie regarde le quartier résidentiel.
— On dirait chez nous ! C'est exactement pareil !
Summer sourit devant le visage étonné de son amie.
— Et encore, tu n'as rien vu !
Elle l'entraîne vers la ville. Devant la première maison, Charlie marque un arrêt. La pelouse est soigneusement entretenue par un mannequin en train de passer la tondeuse.
— Incroyable !
Le mannequin porte une chemise hawaïenne et un bermuda. Ses mains de cire, posées sur la tondeuse, attendent qu'elle se mette en marche.
— On dirait un vrai. On pourrait presque croire que son épouse va le rejoindre, une citronnade à la main ! Je peux toucher ?
Summer regarde autour, elles sont seules.

– Oui, vas-y.

Charlie s'approche et caresse le visage de paraffine puis les vêtements du mannequin.

– Ce sont de vrais habits !

– Bien sûr, ils veulent savoir comment réagissent les tissus lors d'une explosion.

Summer lui attrape la main et l'emmène dans la maison. Elles s'essuient les pieds sur le paillasson par réflexe. L'intérieur reproduit fidèlement le salon typique d'une famille américaine. Rien ne manque : le canapé, la télévision, même une bibliothèque.

Elles se dirigent vers la cuisine. Une femme les attend, un tablier noué à la taille. Elle prépare un gâteau pendant que ses enfants lisent sagement un livre. Summer a beau s'y attendre, elle sursaute. Elle a l'impression de déranger cette famille en pleine intimité.

Elle ne peut s'empêcher de se comparer à cette femme mannequin et à sa famille joyeuse. Comme lors de sa première visite, elle se sent mal à l'aise. Une peur sourde lui tord l'estomac. Le sentiment d'un drame imminent.

Charlie, elle, est fascinée et ne semble pas partager l'angoisse de Summer. Mais Charlie vit sous la menace permanente de la violence, elle doit être plus endurcie qu'elle. Le drame est son quotidien.

Elles ressortent et vont visiter la maison suivante. Comme si elles étaient attendues, les mannequins leur sourient, heureux et insouciants. Ils ignorent qu'une bombe s'écrasera sur eux à un moment ou à un autre, que leur monde partira en fumée, que le rideau se tirera bientôt sur leur vie de théâtre.

Pendant que Charlie s'extasie sur l'authenticité de ce décor, Summer repense à la première fois où elle est venue. Edward était si fier de ce projet. Elle ne s'était pas montrée très encourageante. Déjà, à cette époque, elle avait eu ce sentiment de danger imminent qui lui rend les mains moites et fait battre son cœur plus fort.

Elle se souvient avoir lu un article dans une des revues scientifiques qu'Edward laisse parfois traîner sur la table basse du salon. En cas de danger, le cerveau réagit et émet un surcroît d'énergie. Le cœur palpite, les poumons s'ouvrent au maximum, du sang est envoyé dans tous les muscles pour les préparer au combat.

L'ambiance joyeuse de la pièce est étouffante. Summer sent sa tête tourner. Elle s'assied sur le canapé à côté d'un couple de mannequins mimant une partie de cartes. Elle prend une grande inspiration et observe Charlie en train de visiter la maison. Elle se concentre sur les yeux de son amie, l'étincelle qui les rend encore plus brillants.

Ses épaules se détendent, la tension de ses muscles s'apaise. Cette visite est différente de la première. Elle est avec Charlie. Summer sent son cœur qui palpite mais, cette fois, pour une autre raison.

– Même les placards sont remplis, lui dit Charlie en la rejoignant, une boîte de conserve à la main.

Elle tend la boîte de haricots verts à Summer.

– Cette famille de mannequins mange des légumes verts !

– Les scientifiques étudient les effets des radiations sur la nourriture. Le but est de savoir comment faire pour survivre à une bombe atomique. Si l'URSS nous attaque et que nous survivons, nous aurons besoin de nous nourrir.

Charlie a un sourire espiègle.

– J'espère que les pommes de terre résistent à la bombe car je voudrai toujours manger des frites, bombe ou pas !

Elle tourne le bouton de la radio posée sur la console à côté d'elle. La voix chaude de Frank Sinatra envahit la pièce. Summer et Charlie l'écoutent en silence chanter *I'm a fool to want you*. Les paroles résonnent trop vrai dans cette maison de façade.

Pity me, I need you,
I know it's wrong, it must be wrong,
But right or wrong I can't get along,
Without you.

Les mots de Frank Sinatra tournent encore dans l'air alors que la radio est déjà passée à une autre chanson. Justes. Vrais. Et adaptés à leur situation.

Mais Charlie ne veut pas gâcher sa joie avec des préoccupations qu'elle ne peut pas régler. Peut-être que vivre dans un drame permanent permet de savoir mieux profiter de l'instant présent.

– Ils ont même l'électricité !

– Je te l'ai dit, c'est une vraie maison.

Charlie vient rejoindre Summer dans le canapé. Elle pousse l'un des joueurs de cartes pour s'asseoir près d'elle.

– Bonne nouvelle, ça veut dire qu'après une bombe nucléaire, nous pourrons toujours manger des frites et écouter la radio !

Summer sourit. Charlie fixe sur elle son regard scalpel et lui serre la main.

– Oui, nous survivrons.

23

C'est nous

Summer et Charlie poursuivent leur visite et découvrent que toutes les maisons se ressemblent. Le tissu du canapé est différent, la table change de place, parfois il y a deux lits dans la chambre parentale mais les maisons restent sensiblement les mêmes.

Perplexe, Summer se dit qu'à Artemisia Lane, c'est pareil. Des militaires et leurs épouses qui habitent de petites maisons posées dans le désert en attendant une explosion. Quelle différence finalement entre ces mannequins et eux ?

Charlie ne lui a pas lâché la main. Elles aiment se promener dans une maison et s'imaginer y vivre ensemble. Comme dans le ranch. Elles passeraient leurs après-midi allongées dans le sofa à lire de bons livres. Summer lirait à voix haute *À l'est d'Éden* à Charlie, la tête posée sur sa cuisse. Ensuite, elles se prépareraient un délicieux repas et iraient le manger sur un plaid dans le jardin. Elles feraient des pique-niques tous les jours ! Il n'y aurait plus de cris le soir, plus d'hématomes cachés sous du fond de teint, plus de tartes aux prunes. La vie serait belle !

LES MAUVAISES ÉPOUSES

Elles descendent l'escalier de la dernière maison. Il est temps de retourner à la base, l'officier va bientôt arriver pour les ramener. Devant la porte d'entrée, elles prennent une grande inspiration. Elles vont rejoindre le vrai monde, l'escapade est terminée. Charlie, la main sur la poignée, se retourne brusquement et embrasse Summer dans le cou juste avant de sortir.

Le soleil éblouissant, contrastant avec l'intérieur frais et ombragé, les aveugle. Summer porte la main sur son front pour y voir plus clair. La jeep patiente à l'entrée de la ville. Les deux femmes hâtent le pas pour ne pas faire attendre l'officier.

Il n'est plus qu'à quelques centaines de mètres lorsque Charlie demande à Summer :

– Comment ça se passe durant une explosion ?

– Comment cela ?

– Que deviennent les maisons ? À quoi bon créer une ville si c'est pour la détruire ensuite ?

– Il y a plusieurs caméras à l'intérieur. Elles filment toute la déflagration.

– Je ne les ai pas vues !

– C'est parce qu'elles sont cachées et recouvertes pour être protégées de l'impact.

Charlie se mord la lèvre.

– Alors nous avons été filmées pendant la visite ?

Elle s'inquiète de leurs mains jointes. Et si quelqu'un les avait vues ?

– Non. La pellicule est trop précieuse. Ils ne mettent les caméras en marche qu'au moment des explosions.

Charlie pousse un soupir de soulagement. Summer continue ses explications :

— Les scientifiques peuvent ainsi étudier les réactions provoquées par la bombe. Ils récoltent des échantillons de vêtements, des débris de meubles ou de ciment pour les analyser et en mesurer le niveau de radioactivité. Même la nourriture est testée.

Elles poursuivent leur chemin au milieu des faux enfants sur de vrais vélos et des faux maris tondant de vraies pelouses. L'œil de Summer est attiré par un reflet métallique. Elle regarde l'officier, il leur a tourné le dos, adossé contre la jeep en train de fumer une cigarette. Elle en profite pour aller voir ce qui a capté son attention.

Au détour de l'allée, derrière une maison, un tas de pieds et de mains fondus, des vêtements déchirés, du matériel en piteux état, des morceaux de bois, une radio en mille morceaux. C'est donc ça qui se cache derrière le décor ? Des artefacts remplaçables, une fois leur mission effectuée. Un mannequin dont la robe a brûlé leur adresse un sourire fondu.

— C'est nous !

Charlie fronce les sourcils. Elle ne voit rien d'autre que des mannequins de cire.

— Qu'est-ce que tu veux dire ?
— Tu ne comprends pas ?
— Non.

Summer pointe un doigt vers le massacre caoutchouteux.

— C'est nous, là. Nous ne sommes que des pions qui attendent d'être déplacés. Des mannequins qui attendent de fondre.

– Qu'est-ce que tu racontes ?
– Cette femme tout à l'heure dans la cuisine, avec son tablier, c'est moi. Cet homme qui tond la pelouse ou écoute la radio, c'est Edward. C'est nous tous. Nous sommes là, à attendre patiemment de rôtir sous une explosion.
– Ton mari n'est peut-être pas parfait mais il ne te laisserait certainement pas exploser, tente Charlie pour détendre l'atmosphère.

Mais Summer ne l'écoute pas.

– C'est Mrs Burns qui a raison. La bombe ne signifie pas notre victoire dans cette guerre froide mais notre fin. L'URSS n'a qu'à patienter, nous allons nous détruire tout seuls.
– Il faut que tu arrêtes de parler politique avec Mrs Burns, ça ne te réussit pas.
– Elle l'a dit : "Il n'y a rien de joyeux à célébrer la mort."
– Eh bien, rappelle-moi de ne jamais l'inviter à une fête. Elle doit sacrément plomber l'ambiance...

Summer tourne des yeux affolés vers elle.

– Tu n'as pas vu les animaux. Ils font des tests sur eux...
– Calme-toi.
– Penny m'a dit qu'elle avait entendu des rumeurs, des naissances horribles. Des agneaux à deux têtes, d'autres à une patte...

Summer a du mal à respirer. Elle se sent prise au piège. Elle a envie de courir, de tirer Charlie par le bras et de l'emmener loin. Loin de cette ville fantôme peuplée de monstres fondus.

Elle a la tête qui tourne. Son sang bat fort dans sa tempe, lui causant un terrible mal de crâne. Charlie

regarde l'officier. Toujours en train de fumer sa cigarette. Elle attire son amie contre le mur de la maison, à l'abri des regards. Summer, dans un état second, se laisse faire. Son regard est au loin, perdu. Charlie lui prend le visage entre les mains pour l'obliger à lui faire face.
– Écoute-moi, il ne va rien t'arriver. Tu es en sécurité.
Summer reste silencieuse. Charlie tente de la faire revenir à la réalité.
– Je ne laisserai personne te faire du mal.
Les yeux de Summer viennent enfin rencontrer les siens. Une immense tristesse s'y peint.
– Tu ne comprends pas.
– Qu'est-ce que je ne comprends pas ?
– C'est pour toi que je m'inquiète.
Charlie sent comme un coup de poignard. Son cœur s'est fendu en deux. Et, en même temps, une décharge d'électricité lui parcourt le corps. Elle ne prend même pas la peine de vérifier que l'officier, inquiet de ne pas les voir, n'est pas venu les chercher. Elle serre Summer contre elle et lui murmure :
– Un jour, tout sera terminé et tu n'auras plus à t'inquiéter pour moi.
Summer plisse les yeux. Que veut lui dire Charlie ? Elle ne sait pas comment interpréter cette phrase. Les mains chaudes de sa compagne sont toujours plaquées dans son dos, juste au-dessus de ses reins. Elle veut lui demander des explications quand un bruit de gravier se fait entendre.
Charlie est la plus rapide à réagir. Elle s'éloigne d'elle et lisse son chemisier. L'officier les observe.

— Eh bien, ne restez pas planté là ! Vous voyez bien que la femme du directeur scientifique se sent mal.

Une minute de flottement. L'homme n'a pas l'habitude de recevoir des ordres de la part d'une femme. Il regarde Summer, pâle comme un linge. Il se ressaisit et part chercher la jeep en quatrième vitesse. Charlie se tourne vers Summer et lui fait un clin d'œil.

— Qui est la plus gradée, maintenant ?

24

Avouez et vous serez pardonnée

14 octobre 1952

– Pardonnez-moi, mon père, parce que j'ai péché.
– Je vous écoute, mon enfant.
Il fait bon dans l'église et l'air sent l'encens. À genoux dans le confessionnal, Summer voit le profil du père Andrew. Un nez long et fin. Des bajoues qui trahissent un penchant de bon vivant. Des mains lisses d'intellectuel.
– J'ai tellement honte.
– Dieu vous regarde.
– Je sais…
– Dieu est amour.
– Je ne mérite pas cet amour. Je suis une pécheresse. J'ai tellement honte…
– Quelle est la cause de cette honte ?
– Je n'ose pas vous l'avouer. Vous allez me juger.
– Dieu seul vous juge, mon enfant.

– J'ai fait quelque chose de très mal. Je sais que la Bible le condamne mais je n'ai pas pu m'en empêcher. C'était plus fort que moi.

Le corps du prêtre se tend. Il n'a peut-être pas perdu son temps, tout compte fait. Depuis ce matin, il n'a entendu que des confessions ridicules. Des femmes qui en jalousent d'autres. Des poulets rôtis ratés. Des achats cachés à leurs époux. L'une qui se relève la nuit pour manger, en dépit d'un régime, Beth pour ne pas la nommer.

Il a été surpris quand il a entendu la voix de Summer. Cela faisait un moment qu'elle n'était pas venue se confesser, même si elle assiste à la messe tous les dimanches en compagnie de son mari. En même temps, que peut bien avoir à se reprocher cette parfaite petite femme d'intérieur ?

Quand il racontera ça à Lucy ! Il l'imagine déjà rire à gorge déployée, ses belles lèvres carmin et sa main fine qui viendra se poser sur la sienne.

– ... terrible.

Mince ! Il n'a rien écouté. C'est toujours pareil quand il pense à Lucy. La meilleure de toutes ses paroissiennes. Une femme si belle, si forte, si sensuelle... si pieuse.

– ... et parfois je me demande si le Malin ne s'est pas emparé de moi.

Rien que ça ! Le suspense est insoutenable. Qu'a-t-elle bien pu faire de si grave ?

– Avouez, cela vous fera du bien.

– Je ne sais pas si je mérite d'être soulagée.

Elle commence à être pénible avec sa pénitence à rallonge !

– Ne soyez pas trop dure avec vous-même.
– J'ai commis une horrible faute, j'ai cédé. Vous comprenez ?
– Avouez.
– J'ai...
Suivent une série de pleurs et quelques mots indistincts. Quelle frustration !
– Articulez, mon enfant. Dieu doit pouvoir vous comprendre.
– Je ne suis pas certaine d'avoir la force...
– « Je t'ai fait connaître mon péché, je n'ai pas caché ma faute. J'ai dit : *J'avouerai mes fautes au Seigneur*. Et toi, tu as enlevé le poids de mon péché. » Psaumes 32.5.

Avec ça, elle devrait être calmée. Il faudra qu'il téléphone à Lucy juste après pour qu'elle passe le voir ce soir à la fin de l'office. Il sent déjà une pieuse excitation monter en lui.

Summer a mal aux genoux. Elle aurait dû mettre son jean, ils auraient été un peu protégés. La peau nue, à même le confessionnal, ses rotules crient à l'aide. Mais, bizarrement, elle ne se voyait pas aller à l'église en jean. Elle aurait trouvé cela déplacé. Elle a donc ressorti une de ses robes pastel du placard. La jaune pâle, celle qu'elle portait le jour où elle a rencontré Charlie.

Mais, elle qui se trouvait plutôt jolie dedans – Edward disait qu'elle ressemblait à une adorable poupée – ne s'y sent plus du tout à l'aise. Elle est engoncée, le tissu lui paraît trop rigide et la couleur trop fade. Elle s'y sent enfermée. Et surtout, elle n'a plus envie de ressembler à une adorable poupée.

À quoi veut-elle ressembler, alors ? À Charlie, avec ses décolletés et ses escarpins rouges ? Non, son style est beaucoup trop suggestif pour elle. À Lucy, avec ses hauts en soie et ses robes de cocktail ? Surtout pas ! Avant, peut-être qu'elle aurait pu prendre exemple sur le style de Lucy. Il faut bien avouer qu'elle a de l'allure, la Rita Hayworth d'Artemisia Lane... Mais, si la forme est séduisante, le fond est sombre.

Summer soupire. Elle a commencé, autant aller jusqu'au bout.

– La faute est grave, mon père.

– Avouez et vous serez pardonnée.

Elle se tortille pour essayer de libérer un peu de la tension de ses genoux. Peine perdue.

– Tout ce que j'ai fait, je l'ai fait par amour.

Elle n'est plus si sûre tout à coup. L'idée lui paraissait bonne au début. Elle était persuadée d'avoir fait le bon choix en entrant dans l'église. Elle s'était assise sur un banc et avait attendu que la place au confessionnal se libère. Beth avait sursauté quand elle était sortie et l'avait vue. Rouge de honte de ses aveux, elle donnait l'impression d'avoir été attrapée en flagrant délit. Summer se demande bien quels horribles péchés elle a pu avouer pour se mettre dans un état pareil.

Charlie a essayé de l'en dissuader. Elle se méfie du père Andrew, à qui elle ne parle quasiment jamais. Elle se contente d'accompagner Harry à l'office, c'est tout. Elle est athée. Summer frissonne à cette idée. Comment Charlie peut-elle vivre dans un monde sans Dieu ? Qui lui apportera amour et protection ? Peut-être que Charlie n'a pas besoin d'un dieu pour cela. Elle y a renoncé depuis bien longtemps.

Instinctivement, à la pensée de sa voisine, Summer passe un doigt sur ses lèvres. Combien de baisers Charlie y a-t-elle déposés depuis ce premier soir ? Cent ? Mille ? Pas assez.

– Mon père, j'ai péché par orgueil.
– Qu'avez-vous fait ?
Le prêtre a la chair de poule.
– J'ai…
Elle s'interrompt. L'ecclésiastique retient son souffle.
– Ce sont les cupcakes.
– Quoi ?
La voix du père Andrew est montée un peu trop haut, un peu trop fort. Elle trahit sa profonde déception. Summer se mord la lèvre.
– Mes cupcakes atomiques. Je ne les ai pas fabriqués moi-même, je les ai achetés.
Un silence. L'homme d'Église attend manifestement une suite. Une histoire scabreuse. Un péché qui vaille la peine. Mais rien ne vient.
– C'est tout ?
– Oui, mon père.
– Pourquoi voulez-vous vous confesser pour des cupcakes ?
Soudain, il reprend espoir et ajoute :
– Ils étaient empoisonnés ?
– Non !
– Périmés ?
– Non !

– En promotion ?
– Non !
– Eh bien, quoi alors ?
– J'ai fait croire aux autres que je les avais faits moi-même. J'ai menti.

Summer ne peut pas voir la moue déçue du père Andrew.

– Ah, ça ? Ce n'est rien.
– Je suis pardonnée ?

Le prêtre se redresse.

– Vous direz deux *Pater* et trois *Ave Maria*.
– Merci, mon père.

Il lui fait un geste de la main, lui indiquant qu'elle doit sortir. Elle peut enfin libérer ses genoux. Elle se lève et lisse son jupon.

En sortant, Summer peine à cacher son fou rire. C'est la première fois qu'elle se joue d'un homme de Dieu. La première fois qu'elle se joue de quelqu'un tout court. Mais lui, avec son air supérieur et ses messes basses avec Lucy, il a le don de l'énerver.

Ce matin, Charlie lui a lancé un défi. Charlie adore les challenges, comme si, dans son monde, on ne devait jamais se reposer sur ses acquis. Elle l'a mise au défi de faire quelque chose de nouveau et d'interdit. Summer a réfléchi un petit moment puis a pensé au père Andrew, le meilleur ami de Lucy.

Le soleil l'accueille à la sortie de l'église. Elle descend les marches, joyeuse. Elle imagine la tête de cette langue de vipère quand il racontera ces bêtises à Lucy. Car, Summer en est certaine, le secret de la confession ne fait pas long feu avec lui. Quels autres petits secrets honteux a-t-il déjà partagés avec elle ?

Elle ne peut plus se retenir et éclate de rire. Elle se sent libre, heureuse et un peu rebelle aussi. Elle ira peut-être en enfer, mais elle ira avec Charlie.

25

Les *Mac & cheese*
n'ont jamais tué personne

3 novembre 1952

– Je n'arrive pas à le croire !

Charlie est tellement surprise qu'elle en oublie de retirer son lait du feu. Une mousse blanche en profite pour s'échapper de la casserole. Elle éteint la gazinière et reporte son attention sur Summer.

– Tu n'es jamais allée à Las Vegas ?

Summer, mal à l'aise, se balance d'un pied sur l'autre.

– Nous habitons Las Vegas.

– Rectification, nous vivons dans la banlieue de Las Vegas.

Charlie ouvre en grand les rideaux de la cuisine.

– Tu vois des casinos, là ?

Summer ne prend même pas la peine de regarder au-dehors.

– Je n'ai jamais eu envie d'y aller. Edward dit que ce n'est pas ma place.

La cuisinière lèche une goutte de lait sur son doigt et fronce les sourcils.

– Elle est où, ta place ?

Elle montre l'allée goudronnée flanquée de petites maisons.

– C'est ça, ton univers ? La Terre est beaucoup plus vaste qu'Artemisia Lane ! Nous sommes à deux pas de l'effervescence de Las Vegas, de la beauté du désert, de la vallée de la Mort ou des rochers de Monument Valley. Il y a un monde à l'extérieur qui n'attend que toi !

Charlie semble réfléchir un instant. Soudain, elle enlève son tablier et le jette par terre.

– Tu as de l'argent ?

– À la banque, tu veux dire ?

– Non ! Chez toi.

– Eh bien, j'ai l'argent qu'Edward me laisse pour faire les courses de la semaine.

– C'est parfait !

– Parfait pour quoi ?

Charlie se dirige vers une boîte à cookies posée sur une étagère. Elle en sort une liasse de billets qu'elle commence à compter.

– C'est ma réserve secrète.

Summer contemple les billets.

– Comment fais-tu pour avoir autant d'argent ?

– Je sais où Harry cache ses gains de jeu. Et dire qu'il se croit malin...

Elle affiche une moue méprisante avant de continuer :

– Quand il rentre de ses parties de cartes, il se dirige toujours vers la salle de bains. Je n'ai pas mis longtemps à trouver sa cachette. Qui a l'idée de dissimuler son argent dans une trousse de premiers secours ?

Summer a une mine horrifiée.
— Tu lui voles son argent ?
— Je ne vole rien du tout ! C'est le mien aussi. Comment crois-tu qu'il a les fonds nécessaires pour jouer ? Il dilapide tout l'héritage que m'avaient laissé mes parents. Je ne fais que reprendre une infime partie de mon dû.

Summer s'assied sur une chaise. Elle se demande où Charlie trouve cette hargne et ce courage. De son côté, elle n'aurait jamais eu l'idée de réserver une partie du pécule du couple pour son usage personnel. Déjà, pour son jean acheté sans permission, elle avait l'impression d'avoir franchi une limite. Mais en y pensant, elle aussi avait contribué financièrement à ce ménage. C'est son père qui avait financé leur mariage et leur première maison, puisque les parents d'Edward étaient décédés. Et puis, si elle ne travaille pas, c'est parce que son époux le lui interdit.

Il lui laisse une somme en début de semaine, cela doit lui permettre de couvrir tous les frais. Quand Summer a besoin d'une nouvelle robe ou d'un bâton de rouge à lèvres, il faut tout le temps lui demander son aval. Elle est comme une petite fille à qui l'on donne de l'argent de poche si elle est sage.

Elle se retourne vers Charlie en train de ranger ses billets à l'intérieur de son corsage.
— Mais à quoi te sert cet argent ?
— Je le garde.
— Pour quoi faire ?
— Pour le jour où j'aurai le courage de partir.

Charlie fixe son regard scalpel sur Summer.

– Pour le ranch.

C'est la première fois qu'elle évoque l'idée de partir. Vraiment partir. Leurs après-midi rêvés dans le ranch ne lui suffisent plus. Depuis quelque temps, elle nourrit un projet fou : s'enfuir avec Summer loin de cette vie de faux-semblants et de violence.

Summer reste interdite. Elle ne s'y attendait pas. Tout devient soudain plus concret. Elles. Leur relation. Comme si Charlie avait brisé la bulle dans laquelle elles se réfugiaient. Elle aime imaginer leur vie au ranch, mais aurait-elle le courage de tout quitter, de tout risquer pour une utopie ?

Charlie voit bien que Summer est sonnée. Elle n'a pas envie de la brusquer. Elle espère seulement que la graine qu'elle a plantée dans son esprit germera.

Elle frappe dans ses mains pour se ramener au présent.

– Va chercher l'argent des courses !

– Je ne peux pas, je dois l'utiliser pour acheter de quoi préparer les dîners de la semaine.

– Tu pourras toujours accommoder les restes. Au pire, il doit bien y avoir au fond de tes placards quelques boîtes de conserve et des préparations pour *Mac & cheese*.

– Oui, avoue Summer.

– Eh bien, les *Mac & cheese* n'ont jamais tué personne !

Summer réfléchit. Elle a effectivement quelques réserves d'avance. Edward se plaint même qu'elles encombrent la cuisine.

– D'accord.

Charlie sourit. Elle a l'air ravi de celle qui se sait sur le point de faire une bêtise. Elle pense tout haut :

– Harry a pris la Chevrolet pour aller à la base…

Elle passe une main dans ses cheveux et se masse le front à mesure qu'elle réfléchit. Tout à coup, elle relève la tête.

– Je sais !
– De quoi tu parles ? Qu'as-tu à l'esprit ?

Charlie lui fait un clin d'œil.

– Nous allons à Las Vegas, *baby* !

Elle sort de la cuisine en piétinant le tablier au sol.

26

Prête pour une virée *downtown* ?

Charlie a entraîné Summer dans le garage. Il fait sombre, alors elle tire sur une chaînette pour allumer l'ampoule. Une lumière jaune enveloppe la pièce remplie de cartons et autres rebuts ménagers entassés sur des étagères.

Charlie se dirige vers une masse sombre dans le fond. Elle soulève d'un coup sec la bâche qui la recouvre et un nuage de poussière s'envole. Elles éternuent et s'éventent avec leurs mains.

— Tu devrais penser à faire le ménage de temps en temps, se moque Summer.

Le nuage se dissipe et elle peut voir une magnifique voiture. La peinture rouge est éclatante et les chromes sont si bien lustrés qu'ils lui renvoient son image comme autant de miroirs sur roues.

— Une Oldsmobile Deluxe 88, annonce fièrement Charlie.

Summer ne s'est jamais vraiment intéressée aux automobiles et préfère d'ordinaire laisser cela aux hommes. Mais cette voiture sort du lot, elle est tout simplement sublime avec ses formes arrondies et son allure de paquebot de croisière.

Cette voiture est-elle si différente des autres véhicules ou bien est-ce simplement la perspective d'une virée en compagnie de Charlie qui la rend si attrayante ?

– Elle est magnifique !

Charlie caresse la carrosserie.

– Harry l'a gagnée aux cartes, un soir de veine.

– Pourtant, je ne l'ai jamais vu la conduire.

– Il la laisse ici, cachée. Il doit de l'argent à pas mal de monde.

Charlie ouvre doucement la portière comme elle pourrait le faire d'un coffre à bijoux. Elle s'installe au volant. Les clés sont restées sur le contact.

– Monte !

Summer la rejoint sur le siège passager.

– Tu plaisantes ?

Charlie lui adresse un regard malicieux et lève un sourcil frondeur.

– Prête pour l'aventure ?

– Tu ne comptes quand même pas aller en ville dans cette voiture ?

– Si ! Pourquoi pas ?

– Que va dire Harry ?

Charlie grimace. Elle n'aime pas quand Summer parle de Harry. C'est comme deux mondes distincts qui entreraient en collision. L'un doux et voluptueux et l'autre menaçant et brutal. Elle ne veut pas que ces deux mondes se côtoient.

Évidemment, elle a pensé aux conséquences dramatiques si son mari venait à apprendre qu'elle avait utilisé la Oldsmobile. Elle risquerait de prendre une correction dont elle se souviendrait longtemps. Enfin, si elle y survivait.

Malgré tout, la présence de Summer lui donne le courage de passer outre sa peur. Seul importe le moment présent. Pourquoi se tracasser quand on ne sait même pas si on sera là le lendemain ? C'est quelque chose qu'elle a appris au fur et à mesure des raclées de son époux. Vivre. Une minute, une heure, un jour de plus.

– Il n'y a pas de raison qu'il l'apprenne. Il faut juste être prudentes.

Elle quitte l'habitacle pour fouiller dans des cartons. Elle finit par en extraire un large chapeau de paille un peu démodé et une paire de lunettes de soleil. Elle les pose sur le côté et continue ses recherches. Une minute plus tard, elle sort la tête d'un carton et tend à Summer un foulard à motifs fleuris et une paire de lunettes noires.

– Et voilà, avec ça les voisins ne nous reconnaîtront pas. Personne ne sait que Harry possède la Oldsmobile.

Summer jette un œil dubitatif à son foulard et à ses lunettes de fugitive.

– On dirait Abbott et Costello.

Charlie rit à l'évocation de ce duo comique.

– Ces affaires appartenaient à la mère de Harry.

– Elle n'avait pas très bon goût.

– Elle ne m'a jamais aimée.

– C'est bien ce que je dis : elle n'avait pas très bon goût.

Charlie rougit quelques secondes sous le compliment. Puis, elle ajuste son chapeau et met ses lunettes. La voilà prête.

– Nous allons passer par-derrière. Ni vu ni connu.
Elle a déjà une main sur le levier de vitesse. Summer y pose la sienne.
– Tu veux vraiment le faire ?
La conductrice hoche la tête. Son déguisement lui donne un air à la fois dramatique et ridicule.
– Prête pour une virée *downtown* ? demande-t-elle en même temps qu'elle tourne la clé dans le démarreur.
La réponse de Summer est couverte par le bruit du moteur. L'engin, appelé *rocket*, porte bien son nom. Un bruit de réacteur de fusée accompagne leurs premiers mouvements. Charlie, peu habituée au gabarit d'avion de chasse du véhicule, percute un carton de décorations de Noël qui s'effondre sur le sol.
– Je vais m'habituer, c'est une question de pratique.
Elle fait un geste en direction de la porte coulissante arrière du garage.
– Tu vas m'ouvrir ?
Summer sort de la voiture et pousse sur la porte. Le soleil du dehors l'éblouit en même temps que la réalité. Que sont-elles en train de faire ? Est-ce bien raisonnable pour deux femmes au foyer respectables d'aller en plein milieu de l'après-midi au casino ?
Elle a envie de reculer. Charlie doit le sentir car elle accélère. Summer reste plantée là, perdue dans ses hésitations.
– Dépêche-toi ! Tout le quartier va nous voir !
Summer secoue la tête. Elle ferme vite la porte et se rue dans la voiture. Le moteur gronde et les voilà parties pour l'aventure.

Elles roulent en silence dans l'allée. Summer baisse la tête, de peur d'être reconnue. Et si Lucy la voyait ? N'est-ce pas le groupe de marche qu'elle aperçoit au loin ? Elle attrape le volant et vire à droite.

— Que fais-tu ? s'alarme Charlie en tentant de reprendre le contrôle de leur trajectoire.

— Tourne à droite, tout de suite !

— Qu'est-ce qui se passe ?

Summer pointe le menton en direction des marcheuses.

— Zut alors ! constate Charlie en braquant à droite dans la première allée.

Les pneus manifestent leur mécontentement mais obtempèrent. Elles poussent un soupir de soulagement en voyant la route dégagée.

Summer appuie sa tête contre le dossier en cuir et ferme les yeux. Elle sent le soleil de novembre réchauffer son visage. Le calme de la base laisse déjà place aux bruits lointains de la grande ville. Elle rouvre les yeux et observe Charlie. Elle est belle, ses mains fines posées sur cet immense volant.

Le tableau de bord est laqué de rouge. En son centre, se trouve un autoradio. Summer l'allume et cherche une station. Les notes joyeuses et jazzy de *Roll with my baby* envahissent la Oldsmobile, et la voix chaude de Ray Charles les accompagne.

Le soleil se reflète sur le chrome de la mascotte de capot en forme de fusée qui semble leur indiquer la direction. Summer sourit. Elle est heureuse.

27

Le casino gagne toujours

Des milliers de lumières accueillent les deux femmes. Summer ne sait plus où donner de la tête. Partout, des ampoules de toutes les couleurs, des affiches publicitaires et même une immense silhouette de cow-boy en jean, chemise, bandana et chapeau devant le *Pioneer Club*.

Une effervescence joyeuse et bruyante les accompagne le long de Fremont Street. La Oldsmobile a de l'allure et plusieurs têtes se retournent sur leur passage. Charlie salue avec un geste digne de la toute jeune reine d'Angleterre Élisabeth II.

Elles ont retiré leurs lunettes de soleil, déposé chapeau et foulard sur le siège arrière. Ici, elles sont certaines de ne pas être reconnues.

Plusieurs voitures sont garées sur le bas-côté sous d'énormes panneaux *Gambling*. Les casinos font le plein, même dans l'après-midi.

– Et encore, tu devrais voir le soir, dit Charlie, comme si elle lisait dans les pensées de Summer.

Elle tend son index.

– C'est là que nous allons.

Summer colle son visage contre le pare-brise, impatiente. Charlie a désigné une grande enseigne lumineuse surmontée d'un soleil d'ampoules jaunes.

– Golden Nugget, lit-elle.

– Tu vas adorer ! C'est un des plus vieux casinos, il a ouvert en 1946. Une valeur sûre.

Charlie arrête le véhicule juste devant l'entrée. Un voiturier s'empresse de venir à leur rencontre. Galant, il les aide à descendre avant que Charlie lui tende les clés. Puis, il s'éloigne avec la Oldsmobile.

– Il s'en va avec la voiture ! s'inquiète Summer.

– Normal, c'est son métier.

– Voler des voitures ?

Charlie éclate de rire.

– C'est un voiturier. Il va simplement la garer. Edward ne t'emmène jamais au restaurant ?

– Au début de notre mariage, un peu. Mais il a beaucoup de travail et il trouve inutile de dépenser de l'argent pour aller manger à l'extérieur alors que je peux cuisiner.

Charlie lui presse la main.

– Il était vraiment temps que tu viennes à Las Vegas.

Elle l'entraîne à l'intérieur. Summer est assaillie par une odeur de tabac et de vanille de synthèse. Un nuage de fumée entoure les machines à sous et les tables de jeu. Une moquette moelleuse à motifs cachemire amortit chacun de ses pas.

L'atmosphère est à la fois bruyante et concentrée. Les musiques des machines répondent aux cris de certains joueurs qui ont la chance avec eux. Les bras se lèvent en rythme pour tirer sur le levier du bandit manchot les trèfles, étoiles et autres cerises se reflètent sur les pupilles des flambeurs.

Elles se dirigent vers les tables de jeu. Quatre joueurs, assis sur de hauts tabourets, suivent avec attention les mains du croupier qui dévoilent une carte.

– Le but du jeu est d'arriver à vingt et un, explique Charlie. C'est du black-jack.

Summer perçoit la tension. Les yeux sont rivés sur cette carte que l'employé est sur le point de retourner. Enfin, une carte avec un homme couronné apparaît. Les joueurs, déçus, lâchent leurs cartes et le croupier rafle leurs mises.

– Le casino gagne toujours, commente Charlie.

– Alors pourquoi jouent-ils ?

– Parce qu'il vaut mieux vivre dans un monde d'espoir que de raison.

Les deux femmes continuent leur visite et découvrent la roulette. Une série de chiffres rouges ou noirs est dessinée sur le tapis vert. Plusieurs participants, une pile de jetons devant eux, attendent le verdict, le front plissé.

– Vingt-six noir, annonce le croupier d'une voix atone.

Des soupirs et un cri. Une femme en robe de soirée vient de gagner. Elle récupère ses gains et place de nouveaux jetons sur une autre case. Summer est étonnée de voir une femme dans cet univers majoritairement masculin. Et cette robe de soirée...

– Elle doit être là depuis hier, déduit Charlie.

– Depuis hier ?

– Certains passent leurs journées et leurs nuits ici. Quand on joue, on perd la notion du temps. C'est d'ailleurs pour cela qu'il n'y a aucune horloge dans les casinos.

Summer regarde autour d'elle, les plafonds à caissons, les lustres. Mais aucun rappel du temps qui s'écoule. Au casino, on est comme dans un cocon, hors de tout.

Charlie passe une main dans son dos et exerce une légère pression.

– Allez ! À toi d'essayer !
– Moi ?
– Eh bien, oui. Nous ne sommes pas venues pour faire du tourisme...
– Ah bon ?
– Bien sûr que non ! Tu vas essayer.

Charlie récupère les billets cachés dans son soutien-gorge et tend sa main bien à plat à Summer.

– Donne-moi ton argent.

Summer s'exécute. Charlie disparaît une minute et revient les bras chargés de jetons.

– C'est bon, on peut y aller.

Elle l'emmène devant une machine à sous et prend place sur un tabouret à côté d'elle.

– C'est parti !

Charlie insère un jeton dans la fente et tire sur le bras du bandit manchot.

Trois symboles. Sept, cerise, bar. Perdu.

– À toi !

Summer sent un frisson d'excitation la gagner quand elle pose la main sur le levier. Elle tire d'un coup sec.

Deux cerises et un pique.

– J'y étais presque ! proteste la néophyte en insérant déjà un nouveau jeton.

Bar, lingot, cœur.

– Je recommence !

À chaque jeu, chaque symbole, Summer sent la fièvre monter. Elle adore ce sentiment. L'impression que tout peut basculer. L'univers ne lui a jamais semblé aussi présent. Il y a quelque chose de mystique à espérer la chance. Croire en sa bonne étoile. Summer tente des combinaisons, en fermant les yeux, en soufflant sur le jeton, en récitant des paroles magiques.

Et parfois, ça marche ! Une musique divine retentit et une cascade de jetons vient inonder sa jupe. Summer éprouve une joie immense, elle est puissante et invincible. Elle crie son bonheur mais personne n'y prête attention. Charlie rit à ses côtés. Elle s'étonne de la voir se prendre ainsi au jeu, les joues rouges de plaisir.

Ce n'est pas le fait de gagner ou de perdre. Les jetons ne veulent rien dire pour Summer. C'est le sentiment de liberté qui lui plaît. Elle ne pense pas à Edward, aux voisines ou au dîner de ce soir. Elle vit le moment. Intensément.

Mais la machine finit par être gourmande et gobe les jetons les uns après les autres jusqu'à ce qu'il n'en reste plus. Summer replace derrière son oreille une boucle blonde qui s'est collée à son front.

– C'était formidable !

Charlie regarde leur panier à jetons vide.

– Le casino gagne toujours.

– Peut-être pas.

Summer lui adresse un clin d'œil et sort de sa poche un dernier jeton. Elle fait mine de le jouer puis se ravise et le place, comme Charlie précédemment avec les billets, dans son soutien-gorge. Un jeton près de son cœur, le souvenir d'un après-midi spécial, volé au temps des hommes.

Il vaut mieux vivre dans un monde d'espoir que de raison.

28

Tu es à moi

Les deux amies sortent du casino le cœur aussi léger que leur portefeuille. Le jour est un peu tombé et les lumières brillent plus fort. Charlie regarde sa montre.
– Nous avons encore un peu de temps. Faisons une balade.
Elles suivent le trottoir et déambulent à travers les clubs et casinos. Partout des publicités vantant les mérites d'une table de jeu où l'on « gagne à tous les coups ». Un défilé constant de voitures. Las Vegas ne connaît aucun temps mort. Des restaurants, des cafés, des *diners* et, bien sûr, des chapelles avec des panneaux indiquant « Ouvert jour et nuit ».
Summer est étonnée de croiser des familles avec enfants. La ville a bien su utiliser l'attrait touristique des bombes atomiques. De nombreux hôtels ont été édifiés pour accueillir ces visiteurs en quête de sensations fortes et de gigantesques feux d'artifice.
Las Vegas s'est embourgeoisé mais sa réputation n'en reste pas moins sulfureuse. Summer se cache les yeux

quand elles passent devant un *gentlemen's club*. Si Edward savait qu'elle était là !

Summer s'arrête soudain et Charlie manque de lui rentrer dedans.

– Regarde en face !

Elle pointe du doigt le trottoir d'à côté. Charlie plisse les yeux.

– Je n'y crois pas...

– C'est Beth.

Leur voisine se promène tranquillement en mangeant une crème glacée.

– Que fait-elle ici ? demande Summer.

– Aucune idée, mais elle semble plutôt détendue...

En effet, Beth a l'air serein d'une habituée. Elle salue d'ailleurs le portier de l'un des hôtels comme s'il s'agissait d'un vieil ami.

– Tu crois que Lucy l'accompagne ? s'interroge Summer.

Charlie fait la moue.

– J'espère que non.

Elles la suivent du regard. Beth poursuit sa route sans s'apercevoir de leur présence et entre au Golden Nugget.

– On l'a échappé belle, soupire Charlie.

– Un peu plus et on tombait sur elle.

– Oui, elle aurait pu te voir dans tes grandes heures, en train de jouer frénétiquement.

Summer fait une grimace moqueuse et lui tire la langue pour toute réponse.

Elles s'assoient sur un banc en face de l'entrée du casino. Il vaut mieux être prudentes, on ne sait jamais. Beth pourrait décider de ressortir et elles auraient bien du mal à justifier leur présence. En même temps, Beth aussi devrait s'expliquer. Personne ne sait qu'elle passe ses après-midi au casino.

Assises, leurs cuisses collées l'une contre l'autre, Charlie et Summer profitent de ces dernières minutes. Elles savent que la parenthèse prendra bientôt fin. Elles admirent les ampoules qui diffusent une lumière dorée. Summer observe leurs clignotements qui dessinent des ombres sur le visage de Charlie comme autant de couchers de soleil.

Aucun hématome sur ce visage. Summer espère qu'il en sera longtemps ainsi. Depuis quelque temps, Harry semble s'être calmé. A-t-il trouvé une autre occupation ? Que peut-il y avoir de meilleur pour lui que de passer sa colère sur son épouse ? Et si la rumeur disait vrai ? Peut-être qu'il entretient réellement une liaison avec une des secrétaires de la base...

Elles redoutent le moment de partir mais elles ne peuvent rester sur ce banc indéfiniment. C'est Charlie qui donne le signal du départ.

– Allez, viens. Nous allons retrouver le voleur de voitures, se moque-t-elle.

Elles traversent la route qui les sépare de l'entrée et rejoignent le voiturier. Charlie lui donne un papier numéroté et il s'éclipse. Quelques minutes plus tard, il revient au volant de la Oldsmobile. Charlie s'avance côté conducteur, le voiturier lui ouvre la porte. Il jette un dernier regard admiratif au véhicule.

– C'est une bien belle voiture que vous avez là, Madame.

Charlie esquisse un sourire. Il poursuit :

– Votre mari doit être quelqu'un d'important.

Le sourire se transforme en rictus.
— C'est ma voiture.
— Eh bien, votre mari est vraiment généreux.
Charlie s'installe derrière le volant et caresse son bois lisse. Elle a un dernier sourire mystérieux.
— Oh oui, il est très généreux.
Un coup de klaxon appelle le voiturier qui les salue avant de prendre congé. Summer monte à bord et Charlie fait rugir le moteur avant de partir en trombe.

Elles restent un moment silencieuses, le bruit du vent et le défilement des kilomètres pour seule mélodie. Heureusement, Harry et Edward rentreront tard ce soir. Ils préparent la prochaine explosion. Il paraît qu'elle sera grandiose. Des troupes de soldats y seront envoyées pour tester leurs réactions. Edward était extatique lorsqu'il en a parlé à Summer ce matin.

— C'est une expérience en temps réel, se réjouissait-il.
— Mais ces pauvres soldats...
— Un soldat peut en remplacer un autre. Ils savent qu'ils servent leur pays.
— Tout de même.
— La cause est plus importante que l'individu. Imagine combien de vies nous sauverons grâce à la bombe atomique.

Il lui avait lancé un regard désapprobateur.
— N'es-tu pas fière que ton mari participe ainsi à la guerre contre le communisme ?
— Tu reprends de la tarte aux prunes ?

Grisé par ce moment de gloire à venir, Edward l'avait attirée à lui et avait plaqué un baiser froid sur ses lèvres.

Summer ne savait pas si cela relevait de l'ardeur ou d'un désir de propriété. Elle était son épouse, sa chose, et il aimait bien marquer son territoire ces derniers temps.
Satisfait, il s'était levé et avait lancé :
– Ne m'attends pas ce soir, je rentrerai tard.
Summer avait essuyé sa bouche comme pour effacer toute trace de lui et avait compté les minutes avant de pouvoir rejoindre Charlie.
La matinée de Charlie ne s'était pas passée de la même manière. Chez elle, pas de discours, pas de baiser. Juste Harry assis à la table de la cuisine, qui tend sa tasse pour qu'elle la remplisse de café, le nez dans son journal. Un tintement sur l'assiette pour lui dire d'y rajouter un pancake.
Un silence qui convient à Charlie. Elle agit par automatisme et laisse son cerveau au repos. Même si la veille est toujours enclenchée comme lorsqu'elle a fait tomber une sous-tasse qui s'est brisée en mille morceaux. Charlie a arrêté de respirer et s'est préparée aux coups. Mais Harry n'a pas réagi.
Ce calme n'annonce rien de bon. Ce n'est qu'un moment de répit avant la tempête. Charlie sait reconnaître l'œil du cyclone. Heureusement, le téléphone a sonné. Le chef de Harry lui demandait de travailler plus tard ce soir en raison des préparatifs pour l'explosion à venir.
Charlie est toujours étonnée par la voix de Harry lorsqu'il parle aux autres et, plus particulièrement, à son supérieur. Son ton est chaleureux, enjoué, charmant, alors qu'avec elle il est sec, froid, cassant. Elle a l'impression d'être un verre déjà fissuré qui n'attend qu'un nouveau coup pour éclater.

Harry a raccroché et s'est dirigé vers la porte. Plus que quelques secondes et Charlie pourrait à nouveau respirer. Il a pris son chapeau qu'il a mis sur sa tête. Juste avant de partir, il lui a attrapé le poignet et l'a serré fort. Trop fort.
– Ne fais pas de bêtises. Tu es à moi, ne l'oublie pas.

La Oldsmobile entre maintenant dans Artemisia Lane. Summer se baisse pour qu'on ne la voie pas. La nuit est tombée et les fenêtres des maisons illuminées dévoilent des scènes de la vie de leurs occupants. Encore cette impression d'être devant un décor de théâtre.
Charlie laisse le moteur tourner lorsqu'elle va ouvrir la porte du garage. La voiture rejoint son abri. Charlie éteint le moteur. Les deux femmes sortent du véhicule et le recouvrent de la bâche avec le sentiment d'être Cendrillon de retour du bal.
Elles restent un moment à contempler ce souvenir de leur rêve éveillé d'aujourd'hui. Il est l'heure de se quitter mais aucune d'elles n'avance d'un pas.
Summer glisse la main sous son chemisier et en retire le jeton. Elle le place dans la paume de Charlie. Il est chaud d'avoir été au contact de sa peau. Charlie le fait rouler entre ses doigts et y dépose un baiser. C'était un bel après-midi.

29

Lucy n'a pas dit son dernier mot

20 novembre 1952

Le dernier barbecue de l'année. Il fait encore bon à Artemisia Lane. Seuls des chandails déposés sur les épaules et des pulls en laine fine trahissent le mois de novembre et ses vingt degrés.
Lucy est plus qu'une hôtesse, c'est une maîtresse de cérémonie. Magistrale, elle accueille chaque invité, stratégiquement positionnée en haut des marches. Elle fait des gestes amples pour faire voler le plissé de sa nouvelle robe qu'elle a commandée directement à Paris, comme elle le répète à qui veut l'entendre.
– La mode parisienne est tellement plus élégante! s'extasie-t-elle en tournant sur elle-même.
Son groupe d'admiratrices hoche vigoureusement la tête. Lucy est grisée par la lueur jalouse qu'elle lit dans leur regard. Elle se délecte d'être au centre de toutes les attentions.
– Ces mini-hamburgers sont divins!

– Tu es ravissante.
– J'adore cette robe !
– Ta maison est décorée avec tant de goût…

Lucy sourit de ces compliments, mais son objectif est ailleurs. Elle a un plan. Ce barbecue va être l'occasion de se divertir un peu grâce aux informations qu'elle a récoltées. Le renseignement est le nerf de la guerre, y compris pour les femmes d'Artemisia Lane. Oh oui, elle va bien s'amuser…

Summer aussi a mis une nouvelle robe. Elle l'a fabriquée elle-même en suivant un patron trouvé dans *Harper's Bazaar*. Sa coupe est élégante, fluide, et met ses courbes en valeur. L'œil assassin de Lucy quand elle l'a accueillie ne fait que renforcer son sentiment d'être plutôt jolie. Même Edward, qui d'ordinaire ne remarque jamais ses tenues, lui a fait un compliment.

Elle se mêle à la foule, attrape un cocktail et fait semblant d'apprécier les conversations. Mais elle n'a d'yeux que pour Charlie. Dans une robe de satin noir, décolletée devant et derrière, elle est sublime. L'encolure en carré dégage son cou gracile, sa taille svelte est ceinturée par un élégant nœud rouge et le bas de la robe s'évase en corolle jusqu'à ses chevilles.

Les deux femmes se cherchent du regard. Leurs mains se frôlent au buffet. Leurs lèvres esquissent des sourires et des mots qu'elles seules comprennent. Elles jouent avec le feu. Elles le savent mais l'attraction est trop forte. Elles ont l'impression de détenir un secret, un formidable secret, qui les rend différentes, complices.

Après d'interminables minutes à écouter le babillage de Georgina, Summer n'y tient plus. Elle rejoint Charlie, assise sur une chaise longue au bord de la piscine, qui a ôté une de ses chaussures et dessine de petits cercles dans l'eau avec son pied.
— Que penses-tu du barbecue de Lucy ? lui demande Summer en s'asseyant à côté d'elle mais sans enlever ses ballerines.
— Je suis étonnée d'avoir été invitée.
— Elle est obligée de convier toute la base…
— Oui, mais il y avait quelque chose de différent cette fois. Elle est venue m'inviter personnellement.
— Elle voulait sûrement que tu admires sa robe *tellement élégante* qui vient de Paris, rétorque Summer en prenant la voix de Lucy.
Elles éclatent de rire.
— Ravie de voir que vous passez un bon moment !
La voix haut perchée de Lucy les fait sursauter. Elles s'écartent l'une de l'autre, comme si elles avaient été prises en faute. C'est exactement l'effet recherché par Lucy.
— Ton barbecue est particulièrement réussi, se force à la complimenter Summer.
Lucy feint la modestie.
— Oh, c'est trois fois rien.
— Il y a beaucoup de monde, non ? interroge Charlie en désignant la foule autour de la piscine.
— C'est vrai. J'ai invité tout le personnel du NTS, même ceux qui ne vivent pas sur la base. C'est important pour la cohésion. Après tout, nous travaillons tous pour notre pays.

Summer se demande où veut en venir Lucy avec ce patriotisme soudain. Elle doit sûrement avoir quelque chose derrière la tête.

Lucy replace une mèche, pourtant parfaitement disciplinée, derrière son oreille.

– J'ai donc pris la peine de convier les secrétaires. Regarde, Charlie, il y en a trois qui travaillent avec Harry justement.

Elle pointe un doigt parfaitement manucuré vers un groupe de femmes en train de discuter près du buffet.

– Il paraît qu'elles font du bon travail et que ton mari en est très satisfait.

Elle hoche la tête pour appuyer son propos et enchaîne avec un sourire mauvais :

– Oh oui, très satisfait.

C'est donc cela. Elle veut mettre Charlie mal à l'aise en lui faisant comprendre qu'elle est au courant des infidélités de Harry. Mais elle ignore que Charlie n'a que faire des égarements de son époux, du moment que cela lui permet de l'éloigner et surtout de recevoir moins de coups.

Elle adresse un large sourire à la fauteuse de trouble.

– En effet, elles sont charmantes. C'est très aimable de ta part d'avoir pensé à les inviter.

Lucy fronce les narines. Elle est déçue. Elle qui espérait remettre à sa place cette prétentieuse qui se donne de grands airs. C'est à n'y rien comprendre, comme si l'autre se fichait que son mari la trompe.

Le reste des femmes ne tarde pas à les rejoindre. C'en est bien fini de l'intermède paisible au bord de la piscine. Charlie retire son pied de l'eau et remet sa chaussure.

Les yeux sont fixés sur cet escarpin rouge qui cristallise toutes les haines.
Mais Lucy n'a pas dit son dernier mot. Elle se tourne vers Summer.
– J'aurais aimé refaire tes cupcakes atomiques mais je n'ai pas trouvé la recette...
Elle lance un œil entendu à la cantonade. Le père Andrew a donc vendu son secret. Qu'a-t-il obtenu en échange ? Combien d'autres secrets de confession a-t-il bien pu livrer à sa paroissienne préférée ?
Summer se mord la langue pour ne pas se trahir.
– Je te donnerai la recette.
Lucy a un sourire carnassier. Elle fait un pas vers Summer.
– C'est étrange, tu es la seule d'Artemisia Lane à savoir les faire...
– Ce n'est pas très compliqué.
– Tu dois bien avoir un secret de fabrication à nous faire partager.
– Ce n'est vraiment pas sorcier.
– Ou bien quelque chose à nous avouer ?
Summer imagine Lucy et le père Andrew en train de comploter dans la sacristie. Lui fait-il un compte rendu journalier des informations les plus croustillantes ? Elle se rend compte des œillères qu'elle portait avant de rencontrer Charlie. Jamais elle n'aurait imaginé qu'un prêtre puisse se révéler un homme faillible. Combien d'illusions lui reste-t-il ? Peut-être vaut-il mieux ne pas savoir parfois. L'ignorance est-elle le meilleur des remparts contre la médiocrité ?

Elle secoue la tête. Non, elle préfère savoir. Sa vie est peut-être plus dangereuse depuis qu'elle connaît Charlie, mais au moins elle a du relief. Ses journées ne sont plus une succession d'heures inutiles. Charlie met du piment dans sa vie. Même si parfois ça pique, ça en vaut sacrément la peine.

– Parle-nous de cette robe ! Tu l'as fait venir de Paris, c'est bien cela ?

Lucy fronce ses sourcils parfaits. Elle est piégée. Elle ne peut pas laisser passer une occasion de se vanter de sa supériorité vestimentaire. En même temps, elle hésite. Elle a envie de dévoiler le secret de Summer devant tout le monde. Elle perdrait cet air arrogant. Mais comment expliquer le fait qu'elle soit au courant ? Summer sait qu'elle sait. C'est suffisant pour l'instant.

La maîtresse de cérémonie lisse sa robe du plat de la main, et un sourire se dessine sur ses lèvres. Il lui reste une dernière carte en main. Elle a gardé le meilleur pour la fin. Elle savait bien qu'elle allait s'amuser à ce barbecue.

30

Perry Mason

– Elle vient directement des Champs-Élysées, à Paris.
Lucy esquisse quelques pas à la manière d'un top model. Les autres l'encouragent avec des applaudissements. Puis elle s'arrête, comme prise d'une idée soudaine, et place une main sur ses hanches.
– D'ailleurs, je venais de la commander quand il s'est passé quelque chose d'étrange...
Elle laisse planer le mystère. Beth, qui les a rejointes, un mini-hot-dog à la main, demande :
– Que s'est-il passé ?
– Vous vous souvenez quand nous faisions notre marche rapide ?
– Oui. Et alors ?
– Eh bien, nous avons vu une grosse voiture rouge au bout de l'allée. Je m'en souviens bien car personne à Artemisia Lane ne possède ce genre de véhicule...
Summer sent une angoisse sourde monter en elle. Elle a du mal à respirer, aucun son ne sort de sa bouche. Elle est spectatrice du drame à venir.

– Oui ! Je m'en souviens, confirme Georgina. C'est le jour où Beth était malade et n'a pas pu se joindre à nous.

Beth, rouge comme une pivoine, plonge le nez dans son hot-dog.

– J'ai une santé fragile, se défend-elle.

Mais Lucy n'a que faire de Beth. Elle montre Summer du doigt comme le ferait un témoin dans un épisode de *Perry Mason* pour désigner l'accusé.

– Je t'ai vue à l'intérieur de cette voiture.

Summer avale difficilement sa salive.

– Moi ?

– Tu portais des lunettes de soleil et un foulard démodés, mais je suis certaine que c'était toi.

– Et le conducteur ? demande Charlie.

Lucy a une moue déçue.

– Je n'ai pas pu voir car la voiture a braqué pour s'engager dans une autre allée.

Elle a toujours le doigt pointé sur Summer.

– Avec qui étais-tu ? Et où allais-tu au beau milieu de l'après-midi alors que ton mari était au travail ?

L'allusion est à peine voilée et les autres femmes poussent un cri d'indignation. Summer Porter aurait-elle un amant ? Cette femme effacée et docile serait-elle infidèle ? Certaines paraissent choquées tandis que d'autres affichent un air entendu. Elles savaient bien qu'il y avait quelque chose de différent chez Summer ces derniers temps.

– Pourrais-tu nous expliquer ? insiste Lucy.

Charlie ne supporte pas de voir Summer ainsi molestée. Il faut qu'elle s'interpose.

– Elle n'a rien à justifier puisque ce n'était pas elle dans la voiture.

Le Perry Mason d'Artemisia Lane trahit une certaine exaspération.

– Et comment peux-tu le savoir ?

Charlie tremble. Elle a envie de lui sauter à la gorge et de déchirer sa robe, parisienne ou non. Le groupe se resserre autour du duo. Il forme un maillage compact dont elles ne peuvent s'enfuir.

Une petite voix éraillée rompt le silence.

– Elle était avec moi.

Toutes les têtes se tournent vers l'auteure de cette phrase. Mrs Burns, une part de gâteau à la main, affiche un sourire espiègle.

– Summer était avec vous ? demande Lucy, suspicieuse.

– Oui.

– Mais vous ne possédez pas de voiture.

– C'était celle de mon regretté mari.

Elle reprend une cuillère, gourmande, et ajoute :

– Il est vraiment bon, ce gâteau.

Lucy balaie une mouche imaginaire.

– C'était un modèle récent...

– Je ne vous savais pas experte en automobiles, ma chère.

– Tu t'es peut-être trompée, Lucy, intervient Beth en louchant sur le gâteau de Mrs Burns.

Leur hôtesse lui lance un regard assassin.

– Et pourquoi étiez-vous ensemble dans cette voiture ?

– J'avais envie de me promener.

Mrs Burns prend une voix larmoyante.

– Heureusement qu'il y a de gentilles voisines comme Summer pour prendre soin d'une vieille dame comme moi. La solidarité a tendance à disparaître de nos jours...

Les femmes de la base se balancent d'un pied sur l'autre, gênées. Aucune d'elles n'a jamais eu l'idée de rendre visite à cette veuve pour prendre de ses nouvelles ou lui proposer de faire ses courses. Le mieux est encore de faire comme s'il ne s'était rien passé. Elles se dispersent ou regagnent le buffet. Lucy semble hésiter un instant puis s'en va dans un froissement de robe mécontent.

Charlie en profite pour se lever.

– Je rentre chez moi. Je me sens un peu fébrile tout à coup.

Summer a un mouvement vers elle mais se retient. Elle l'observe fendre la foule sans se retourner. Mrs Burns lui fait toujours face. Elle a presque fini son gâteau et lèche sa cuillère. Summer lui est particulièrement reconnaissante. Sans elle, la situation se serait sérieusement dégradée.

– Merci, Mrs Burns.

– Ce n'est rien du tout.

Summer est mal à l'aise.

– Je vous dois une explication.

La vieille dame secoue la tête. Le dernier morceau de gâteau manque de tomber.

– Vous ne me devez rien du tout.

– Cet après-midi-là, je...

– Ce ne sont pas mes affaires.

– Mais alors, pourquoi m'avoir aidée ?

Mrs Burns pose sa cuillère sur son assiette et plante son regard doux et grave dans le sien.

– C'est ce que font les amies.
Summer sent une chaleur bienfaisante la parcourir. Elle sourit. Mrs Burns en profite pour finir de racler la crème.
– Il faut à tout prix que vous goûtiez ce gâteau. Lucy est peut-être une peste mais c'est une sacrément bonne pâtissière.

31

Je suis amoureuse !

Summer suit Mrs Burns jusqu'au buffet, là elles retrouvent Penny qui vient d'arriver. Son pantalon de lin crème met en valeur ses jambes fuselées et son chemisier brun fait ressortir ses taches de rousseur et ses yeux noisette qui pétillent.
– Vous êtes resplendissante ! la félicite Mrs Burns.
Penny rougit un peu.
– C'est vrai, confirme Summer. Vous pourriez remporter haut la main le titre de Miss Atomic Blast.
Pendant un instant, Penny semble rêveuse puis se reprend.
– Je ne pense pas, non.
– Mais pourquoi ?
– Je ne crois pas que ma place soit là-bas. Et puis, défiler en maillot de bain, quelle idée grotesque !
Mrs Burns et Summer échangent un regard étonné. Même si elles ne partageaient pas l'enthousiasme de Penny pour ce concours de beauté, elles avaient remarqué à quel point cela semblait la réjouir.

– Vous aviez pourtant l'air d'y tenir, insiste Mrs Burns.
– Un simple enfantillage.
– Et votre carrière à Hollywood ? Vous disiez que des producteurs de cinéma seraient présents et que vous auriez l'occasion de vous faire remarquer…

Penny balaie ses anciens rêves d'un revers de main.
– Des bêtises de jeunesse.
– Nous avons eu cette conversation il y a quelques mois à peine !

Summer fronce les sourcils.
– Penny, que se passe-t-il ?

La jeune femme boit une gorgée de cocktail pour se donner du temps. Elle hésite puis fait signe à ses deux amies de la suivre un peu à l'écart.
– Je vais vous révéler un secret, mais vous ne devez rien dire à personne.

Les deux femmes hochent la tête en silence. Elles comprennent que l'heure est grave. Mais Penny insiste :
– Promettez-le-moi !

Le contraste entre cette attitude puérile et le sérieux qu'elle affiche est étonnant. Summer s'exécute.
– C'est promis.
– Et vous, Mrs Burns ?

La vieille dame soupire.
– Ce n'est pas à mon âge que je vais commencer à trahir les secrets des autres. Ma pauvre amie, Mrs Creeks, disait toujours que j'étais aussi muette qu'une tombe.

Penny paraît satisfaite. Un grand sourire éclaire son visage.
– Je suis amoureuse !

– C'est merveilleux. Félicitations, la congratule Mrs Burns.
– Quel est le lien avec le concours de Miss Atomic Blast ? demande Summer.
– Il ne veut pas que j'y participe. Il trouve que c'est indécent.
Elle paraît déçue puis se reprend.
– C'est parce qu'il tient énormément à moi. Il veut me garder rien que pour lui.
– Cela me semble un peu extrême, non ? s'étonne Summer.
– Il n'aime pas que d'autres hommes me regardent. Il dit que je suis la plus jolie et qu'il me veut entièrement à lui. Il est tellement romantique !
Mrs Burns s'assied sur une chaise de jardin.
– Si vous êtes heureuse, alors tant mieux. Mais pourquoi en faire un secret ?
La jeune éprise se mord la lèvre.
– La situation est compliquée.
– Comment cela ?
– Je risque de vous choquer…
La vieille dame rit de bon cœur.
– J'ai survécu à deux guerres et un mariage, je peux tout supporter.
Penny se dandine d'un pied sur l'autre, mal à l'aise.
– C'est un homme marié.
– Quoi ? s'insurge Summer, outrée.
La jeune amoureuse baisse la tête.
– Je sais ce que vous devez penser. Mais, sa femme est une personne affreuse. Elle est méchante, vulgaire, intolérante…

Elle regarde autour et continue en chuchotant :
– Elle peut même se montrer violente.
Elle regonfle ses cheveux d'une main sûre.
– Il va la quitter.
– Mais, Penny, c'est ce que disent tous les maris infidèles ! l'informe Mrs Burns.
– Nous sommes amoureux.
Summer prend à son tour un siège et s'installe à côté de Mrs Burns.
– Je ne comprends pas. Vous êtes contre le mariage.
– Et alors ? Je ne suis pas mariée ! rétorque Penny, la moue boudeuse.
– Vous qui prôniez la liberté !
– Je suis libre ! Libre d'être heureuse et amoureuse.
Elle écarte les bras comme pour embrasser l'univers et s'écrie :
– Je ne suis pas enchaînée à un contrat, je suis enchaînée à l'amour !
C'est alors que Summer remarque une trace sur le poignet de la jeune femme. Un hématome qui reproduit parfaitement l'empreinte de doigts ayant serré trop fort. Elle l'attrape et demande :
– Et ça ? Qu'est-ce que c'est ?
Penny se dégage et cache son poignet derrière son dos.
– Ce n'est rien du tout. Un malentendu.
– Un malentendu ?
– Il ne s'est pas rendu compte de sa force.
– Il vous a blessée.
– C'était un accident. Et puis, il faut dire que je l'avais cherché, aussi.

Le déclic se fait dans l'esprit de Summer. Elle a déjà entendu ce genre de propos avant.
– C'est Harry, n'est-ce pas ?
Penny ouvre la bouche sous l'effet de la surprise.
– Comment avez-vous deviné ?
– C'est un homme violent, Penny. Vous devez le quitter.
– Puisque je vous dis qu'il s'agissait d'un accident !
– Il frappe sa femme.
– Elle l'a bien mérité.
– Comment pouvez-vous dire cela ? s'insurge Mrs Burns en se levant.

Penny, rouge de colère, leur adresse un regard rageur.
– Vous ne comprenez rien, toutes les deux ! Vous ne savez pas ce qu'est la passion. Vous êtes jalouses !

Elle leur tourne le dos et quitte le barbecue en courant. Mrs Burns passe la main sur son front. Cette histoire la bouleverse.
– Pauvre petite, elle ne sait pas dans quoi elle met les pieds.

Summer se laisse choir contre le dossier. Les deux femmes restent silencieuses, chacune perdue dans ses pensées. Elles observent les invités en train de jouer leur rôle dans la comédie d'un dimanche après-midi à Artemisia Lane. Leurs visages sereins ne reflètent pas leurs tourments intérieurs. Combien de secrets se cachent derrière ces sourires ? Combien de drames derrière les portes fermées ?

Summer regarde Lucy virevolter d'un groupe à l'autre et s'esclaffer. Soudain, elle se relève de son fauteuil et se retourne vers la vieille dame.

— Lucy est au courant. Elle sait que Harry a une liaison avec une des secrétaires.
— Soupçonne-t-elle Penny ?
— Je n'en suis pas certaine. Tout à l'heure, elle a désigné un groupe de femmes mais Penny n'était pas encore arrivée.

Mrs Burns se redresse lentement. Une vertèbre craque dans son dos. Elle braque un regard sérieux dans celui de Summer.

— Il ne faut jamais qu'elle l'apprenne. Penny est déjà en train de faire une énorme bêtise, il ne faudrait pas que cette peste de Lucy gâche en plus sa réputation.
— Que faire ?

Mrs Burns pose une main douce et pleine de rides sur l'épaule de Summer.

— Attendre.
— Attendre quoi ?
— Que Penny se rende compte de son erreur et, à ce moment-là, nous serons présentes pour l'aider. D'ici là, nous ne pouvons que limiter la casse et surveiller.
— Surveiller qui ?
— Harry, Penny, et surtout Lucy.

Summer reporte son attention sur Lucy en train de faire un discours pour remercier ses invités d'être venus.

— Surtout Lucy.

32

La chose venue d'un autre monde

3 décembre 1952

L'automne prend fin à Artemisia Lane et l'hiver est un peu en avance. Les journées sont fraîches et les nuits sont froides.

Summer et Mrs Burns n'ont pas reparlé de Harry avec Penny. Elles se retrouvent toujours autour d'un thé brûlant, même si Penny se fait moins présente. Lorsqu'elle se joint à elles, Summer l'observe discrètement à la recherche de coups. Un hématome qui serait camouflé sous du rose à joues ou un bracelet qui dissimulerait une trace sur un poignet. Mais le rafraîchissement des températures lui complique la tâche. Il est bien plus difficile de remarquer ce genre de choses sous un pull...

Les amies évitent soigneusement le sujet amoureux, les deux plus âgées souhaitant garder un œil sur la plus jeune et ne pas la brusquer. Les discussions se concentrent autour de la politique et des actualités. En ce moment, Penny se passionne pour le projet *Blue Book*.

– Qu'est-ce que c'est ? demande Summer, qui n'a maintenant plus honte de montrer son ignorance.
Penny pose sa tasse, tout excitée.
– Il s'agit d'une commission créée par l'*US Air Force* pour enquêter sur les phénomènes volants extraterrestres.
– Ne me dites pas que vous croyez à ces sornettes ! rit Mrs Burns.
– Comment expliquer les témoignages qui se multiplient depuis la fin de la guerre ?
– Hallucinations collectives.
– La plupart des gens qui disent avoir observé ces phénomènes sont tout à fait respectables. Ce ne sont pas des illuminés...
Mrs Burns ne semble pas convaincue, alors Penny enchaîne :
– L'histoire relatée par Kenneth Arnold est à prendre très au sérieux.
– Qui est-ce ? questionne Summer dont la curiosité est attisée.
– Un aviateur qui rapporte avoir vu, en 1947, neuf objets volants inhabituels près du mont Rainier, dans l'État de Washington.
– Inhabituels ? Dans quel sens ? Des oiseaux ?
– Non ! Pas des oiseaux ! Des machines.
– Des espions russes ?
– Peut-être... En tout cas, ce n'était pas américain. Et d'après Kenneth Arnold, si ce n'est pas américain, il y a de fortes chances pour que ce soit extraterrestre...
– À quoi cela ressemblait-il ?
Mrs Burns s'interpose :

— Vous n'allez pas croire à ces bêtises ?

Penny, ravie d'avoir une interlocutrice, l'ignore et poursuit ses explications :

— Une forme de demi-cercle à l'avant et de triangle à l'arrière.

Elle laisse le temps à Summer de se figurer les appareils puis continue :

— Le plus prodigieux était leur vitesse. Deux fois la vitesse du son.

— Impossible ! s'insurge la vieille dame. Aucun avion ne peut aller aussi vite !

— C'est bien ce que je dis ! Il devait forcément s'agir d'engins extraterrestres.

Mrs Burns lève les yeux au ciel. Summer en profite pour demander :

— Comment le pilote a-t-il réagi ? Il a prévenu les autorités ?

— Il a tenté de joindre le FBI, sans succès.

— L'administration ! Jamais là quand on a besoin d'elle, gronde Mrs Burns.

Penny ne sait pas si la remarque relève de l'ironie ou de la critique. Elle décide de passer outre.

— Il s'est donc tourné vers la presse. L'*East Oregonian*, pour être plus précise. L'histoire a ensuite été reprise par les grands journaux. Et depuis, des centaines de témoignages sont apparus. Tous ces gens ne peuvent pas les avoir inventés...

Mrs Burns, sceptique, est en train de martyriser un sucre au fond de sa tasse à coups de cuillère à café.

— Vous n'allez quand même pas me dire que vous croyez aux soucoupes volantes ?

Penny prend une gorgée de thé et fait une grimace, mais impossible de savoir si cette mimique est due à la température du thé ou aux paroles de la vieille dame.

– Le terme de « soucoupe volante » ou « disque volant » est inapproprié. En réalité, Kenneth Arnold a dit que les objets avançaient « comme une soucoupe qui ricocherait sur l'eau ». Ce sont les journalistes qui ont déformé ses propos.

– Soucoupe ou pas soucoupe, c'est ridicule…

Summer ne sait qu'en penser. Edward serait le premier à se moquer de telles théories. Il traiterait Penny de folle ou d'écervelée se faisant manipuler par une doctrine communiste visant à instiller la peur dans le bon peuple américain. Mais, après tout, pourquoi pas ? Il était parfaitement admis, et même encouragé, de croire en un dieu flottant dans les cieux, omniprésent et omniscient. Serait-il si inenvisageable d'admettre que les hommes ne sont pas les seules créatures dans l'univers ? Si un jour l'homme est capable de se rendre dans l'espace, croisera-t-il d'autres espèces ? Et, dans ce cas, comment réagira-t-il ? Avec défiance ou curiosité ?

– Vous y croyez vraiment, Penny ?

– Je pense que les choses ne sont pas toujours ce qu'elles semblent être.

– C'est-à-dire ?

– Le gouvernement ne nous dit pas tout.

Summer est surprise par cette critique.

– Vous travaillez pour le gouvernement !

– Justement.

Penny se demande si elle n'est pas allée trop loin. Une telle remarque pourrait lui valoir de graves sanctions.

Elle pourrait être accusée de conspiration. Elle préfère passer à un autre aspect de la question.

— La littérature s'est emparée du sujet depuis bien longtemps. Il n'y a qu'à lire *La Guerre des mondes,* de H. G. Wells. Et le cinéma aussi, avez-vous vu *La Chose venue d'un autre monde*? Il est sorti en début d'année.

— Edward n'a pas voulu que je voie ce film. Il a dit que j'étais trop fragile.

Penny pose sa main sur la sienne.

— Je ne crois pas que vous soyez fragile. Vous êtes bien plus forte que ce qu'il croit.

Summer sourit.

— Assez forte pour résister à une invasion extraterrestre ?

Les trois amies rient. Mrs Burns est la première à reprendre :

— Je ne pense pas que, s'ils existaient, les extraterrestres auraient beaucoup à gagner à venir nous rendre visite.

— Imaginez un petit homme vert se promenant dans l'allée d'Artemisia Lane, plaisante Penny.

— Venir perturber le barbecue de Lucy, se moque Summer.

Penny fait la grimace.

— Le pauvre. Il serait obligé de l'écouter parler.

Elles éclatent de rire. Mrs Burns lève sa tasse pour porter un toast.

— Aux phénomènes non expliqués !

Penny vient faire tinter sa tasse contre la sienne.

— Aux extraterrestres !

Summer se joint à elles.

— À ceux qui sortent de l'ordinaire !

33

Le danger ou l'ennui

15 décembre 1952

Blotties l'une contre l'autre dans le sofa de Summer, les deux femmes profitent de ce début d'après-midi. Charlie lit à voix haute *Le Vieil Homme et la Mer* d'Ernest Hemingway, paru quelques mois plus tôt. Elle est fascinée par cette communion entre le pêcheur et la nature, entre ce qu'il sait et ce que les autres vont penser s'il ne parvient pas à ramener au port l'immense carcasse du poisson.

Summer écoute la voix grave de Charlie mais ne parvient pas à rentrer dans l'histoire. Elle est préoccupée. Elle n'a pas dit à son amie qu'elle savait qui était la maîtresse de Harry. C'est la première fois qu'elle lui cache quelque chose et elle se sent coupable. Mais elle n'a pas envie de trahir Penny qui, illusionnée par le charme de Harry, ne réalise pas son erreur. La jeune femme souffrira bien assez tôt…

Et puis, Charlie ne semble pas désireuse de connaître l'identité de sa rivale. Elle ne parle jamais des infidélités de son mari. Elle ne parle jamais de son mari. Summer pense

qu'il s'agit d'une façon de se protéger. Charlie a une cuirasse bien solide. Elle a raison. À quoi bon savoir avec qui son mari la trompe ? Savoir, c'est se comparer. Savoir, c'est avoir mal. Savoir, c'est se dénigrer ou dénigrer l'autre. Charlie n'est pas comme cela.
– Tu m'écoutes ?
La mélodie de mots s'est interrompue. Le ton a changé.
– Summer ?
La rêveuse se redresse.
– Oui, bien sûr que je t'écoute.
– Qu'est-ce que je viens de dire ?
– « Tu m'écoutes ? »
– Très drôle !
Charlie pousse les jambes de Summer qui reposaient sur les siennes.
– Qu'est-ce qui se passe ?
– Rien. Je suis un peu dans la lune.
Charlie l'examine attentivement puis déclare d'une voix experte :
– Je sais ce qu'il te faut.
– Ah oui ?
– Des *rollers*.
Cette fois, Summer est bien réveillée.
– Pardon ?
– Nous allons faire du *roller blade* !
– Tu plaisantes ?
– Pas du tout.
Charlie s'est levée et a rejoint la cuisine de Summer qu'elle connaît aussi bien que la sienne. Ce n'est pas difficile, toutes les maisons sont bâties sur le même modèle

et elle fréquente suffisamment celle de Summer pour en connaître les moindres recoins. Elle attrape une Thermos qu'elle remplit de café.
   Summer la rejoint.
— Mais enfin, c'est pour les adolescentes !
— L'*US Air Force* utilise le *roller* pour faire travailler la coordination à ses pilotes.
   Summer reste sceptique. Elle ne s'imagine pas des patins à roulettes aux pieds. Charlie tente de la convaincre.
— À *West Point*, on patine pour garder les troupes en forme.
— J'aurai l'air ridicule !
— Ne me dis pas que ces militaires ont l'air idiot.
   Summer croise les bras sur sa poitrine, boudeuse.
— Eux non, mais moi oui.
   Charlie se rapproche.
— Et alors ? Nous serons ridicules ensemble.
— Maladroite comme je suis, je vais me briser le cou !
— Je serai à tes côtés. Tu vas voir, ce sera amusant.
   Summer se dégage. Elle ne l'apprécie pas du tout, cette idée. Charlie ne comprend pas sa réaction.
— Pourquoi le simple fait d'envisager de patiner te met dans un tel état ?
— La vie est suffisamment instable comme cela !
   Voilà, c'était ça la raison. Elle avait le sentiment d'avancer sur des sables mouvants. Elle vivait de purs moments de bonheur avec Charlie mais elle craignait sans cesse que cette félicité s'effondre comme un château de cartes. Elle sentait en permanence une pression, la peur qu'Edward ou Harry les découvre ou bien une voisine trop curieuse. Sa nouvelle vie avec Charlie était grisante mais épuisante.

Quelquefois, elle se disait qu'elle n'aurait pas la force de continuer. Puis, elle apercevait Charlie à travers la fenêtre et son cœur faisait un bond.
– Tu as peur de la nouveauté.
– Non. J'aime simplement la sécurité.
– L'ennui.
– La terre ferme plutôt que les roulettes.

Charlie referme la Thermos et prend trois cookies qu'elles avaient mis à refroidir. Elle en glisse un directement dans sa bouche et enroule les autres dans du papier. Pour finir, elle tourne le dos à Summer et se dirige lentement vers la porte.
– Où vas-tu ? lui demande Summer en la rattrapant.
– À la patinoire.
– Sans moi ?
– Oui.

Summer accuse le coup. Quel est le pire : se briser le cou sur des patins ou passer l'après-midi sans Charlie ?
– On pourrait rester lire...

Elle se penche sur le canapé pour attraper *Le Vieil Homme et la Mer*.
– Je suis sûre qu'il va l'attraper, son poisson !

Charlie fait volte-face.
– Tu as sûrement raison, Summer. Tu devrais rester ici et profiter de ton petit confort, dans ta petite vie sans risque. L'aventure, ce n'est pas pour toi.

Summer fronce les sourcils et pose ses mains sur les hanches. Elle attend la suite. Charlie plante son regard scalpel dans le sien pour énoncer la sentence.
– Tu n'es pas faite pour le *roller blade*.

Sont-elles réellement en train de parler de patins à roulettes ou bien de plus ? Summer ne sait plus. Elle a l'impression qu'elles vivent un moment important pour leur relation. Il s'agit d'un choix de vie : l'aventure et ses dangers, ou la sécurité et son ennui. Le ranch ou la maison ?
Charlie attend une réponse. Summer est paralysée. Elle se remémore sa vie d'avant et les moments passés en compagnie de sa voisine. Le confort et l'absence de but face à la peur et la volupté.
Charlie a assez attendu. Elle décroche son chapeau du portemanteau. Ce chapeau qui lui donne l'air d'une femme fatale de roman policier.
Sa main est sur la poignée quand Summer la rattrape et l'attire contre elle. Elle la serre fort, aussi fort qu'elle le peut, jusqu'à sentir son cœur battre moins vite.
Elle attrape son chapeau de feutre, plus sage et moins fatal que celui de Charlie mais plus confortable.
– Qu'est-ce que tu fais ? demande Charlie, un peu perdue et encore sous le coup de cette étreinte.
– Je viens avec toi !
Une larme chaude la trahit. Charlie l'essuie doucement d'une caresse sur la joue.
– Il ne faut pas te mettre dans un état pareil pour du *roller*.
– Je viens avec toi, répète Summer en enfilant son manteau.
Summer a fait son choix. Le danger ou l'ennui. La peur ou le confort. Elle choisit Charlie.

34

La course des saumons

Charlie n'a pas menti à Summer. La patinoire est remplie. Des jeunes profitant en groupes de leur après-midi, des amis se détendant, des hommes et des femmes de tout âge.

Les *skating rinks* ont le vent en poupe. Ces pistes de patinage en intérieur sont souvent décorées de fanions ou autres ballons, on y diffuse de la musique. Le parquet est soigneusement ciré pour permettre une glisse sans encombre.

Summer et Charlie attachent les roulettes à leurs souliers. Summer fait un double nœud alors que Charlie est déjà à la rambarde.

– Tu as déjà patiné ? demande Charlie en lui attrapant la main pour l'aider à avancer.

– Jamais !

– Lorsqu'on réalise une chose pour la première fois, on a le droit de faire un vœu.

Summer pose précautionneusement sur la piste un pied qui s'empresse de glisser. Elle se rattrape au bord.

– Je fais le vœu de sortir d'ici en un seul morceau.
Elle manque de tomber mais Charlie, bien plus à l'aise, la rattrape.
– Ne gâche pas un vœu pour ça, je suis là.
Le temps à la patinoire est rythmé par plusieurs séquences. Il y a les moments « tout le monde patine » où chacun peut profiter de la piste, les instants « duos » où seuls les groupes de deux sont autorisés et les moments « trios ». Les deux amies commencent leur tour en plein « tout le monde patine ». La piste est remplie de patineurs qui s'amusent.
– Pourquoi tournent-ils tous dans le même sens ? demande Summer.
– Parce que ce sont des hommes, pas des saumons.
Summer rit et, pendant un instant, lâche le rebord. Elle se reprend vite.
– Des saumons ?
– Les saumons remontent toujours le courant.
– Et pas les hommes ?
– Non, les hommes sont disciplinés.
Charlie mime un salut militaire.
Un groupe de jeunes filles passe en gloussant devant elles. Summer les observe. Si jeunes, si insouciantes, si sûres de l'avenir. Pendant une minute, elle les envie. Elle les regarde décrire des cercles, zigzaguer en riant et se tenant par le bras.
Summer focalise son attention sur leur attitude. Les filles se tiennent par la main. Ici, c'est normal de s'accrocher les unes aux autres. Elle peut donc tenir la main de Charlie sans que cela paraisse suspect ! Est-ce pour cela

que Charlie l'a amenée ici ? Pour pouvoir, le temps d'une danse sur la piste, se toucher sans avoir peur d'être jugées ?

Elle se décide enfin à lâcher le bord et roule jusqu'à Charlie qui lui tend le bras.

– C'est parti !

Les deux femmes patinent d'abord doucement, le temps que la débutante trouve ses marques. Charlie est souple et agile, Summer est admirative.

– Où as-tu appris à patiner ?

– Quand j'étais enfant, nous habitions dans le Kansas. Mon père m'emmenait faire du patin à glace l'hiver et du roller l'été. C'était notre moment à nous.

– Le Kansas ? Je ne t'imaginais pas comme une fille de la campagne...

Summer a beaucoup de mal à se représenter Charlie gambadant dans les champs. Elle exprime une telle assurance, une féminité maîtrisée et urbaine.

– C'est parce que je suis devenue New-Yorkaise à seize ans.

– Vous avez déménagé ?

– Mes parents sont morts. Un accident de voiture. C'est ma tante qui m'a élevée. J'ai ensuite rencontré Harry. C'était un beau mariage, ma tante l'adorait. Elle est morte le soir de la cérémonie. Sans doute un mauvais présage...

Un tour se passe en silence.

– Tu n'as plus de famille ? demande Summer.

Charlie serre sa main un peu plus fort.

– Je t'ai toi.

Summer va lui répondre quand une voix dans le haut-parleur retentit :

LES MAUVAISES ÉPOUSES

– Moment trio !

Les deux amies se regardent, un peu perdues. Doivent-elles rejoindre le bord pour laisser la place aux groupes de trois ? Soudain, une main s'immisce entre elles deux et les entraîne à sa suite. C'est une des jeunes filles qui les a rejointes. Elle adresse un signe à ses amies un peu plus loin et fait un sourire à ses nouvelles partenaires avant de patiner à grandes enjambées.

Son rythme est rapide et Summer a peur de tomber mais Charlie et la nouvelle la retiennent. Elles forment un sacré trio ! Une course s'engage entre les différents groupes à mesure que la musique s'enflamme.

Quand elles doublent leur premier groupe, Summer explose de joie, elle a l'impression d'avoir gagné un marathon. Elles filent et dépassent un autre trio. Rien ne peut les arrêter ! L'air fouette leurs visages échauffés par l'effort, elles transpirent et leurs mains deviennent moites. Elles ralentissent l'allure, mais Summer les rappelle à l'ordre.

– Regardez derrière ! Ils nous suivent de près. Dépêchez-vous !

C'est maintenant Summer qui mène la danse. Elle patine vite et pourrait tomber à chaque instant mais elle n'en a que faire. Elle voit le trio de tête à quelques mètres à peine devant elles.

– Allez, on peut gagner ! encourage-t-elle ses compagnes de course.

Charlie rit de la voir déchaînée. Elle aime cette Summer combative et exaltée. Encore un effort. Ses jambes lui font mal, ses cuisses brûlent mais elle ne lâche pas la main de Summer. Leur partenaire n'est pas en reste non plus.

Malgré ses cheveux en bataille qui lui cachent le front, elle donne toute son énergie dans la course.

L'organisation de la patinoire déploie une grande banderole, comme celle qui marque la fin d'un marathon. Summer rêve de la franchir. Elle ne peut plus respirer mais continue à avancer coûte que coûte jusqu'à ce qu'enfin elles dépassent le trio de tête. Pendant un instant merveilleux, Summer ressent le goût de la victoire. Elle le sent physiquement. Il est partout dans son corps, coule dans son sang.

La banderole n'est plus qu'à deux mètres. C'est le sprint final, il ne faudrait pas se faire doubler maintenant. Summer n'ose pas regarder en arrière. Elle s'imagine une horde de patineurs en furie la talonner. On ne lui volera pas sa victoire ! Elle puise dans ses dernières ressources et accélère encore.

C'est à ce moment que ses pieds la trahissent. Plus exactement son pied droit qui vient percuter son gauche. Elle essaie de maintenir sa stabilité, mais le monde commence déjà à se retourner jusqu'à ce que le sol devienne le plafond. Son genou heurte violemment le sol, son coude amortit sa chute au niveau du visage. Une douleur fulgurante traverse son corps.

Tels des dominos, les trois femmes s'écroulent sur la piste. Les trios suivants en profitent pour leur passer devant. Au temps pour la solidarité sportive…

Il y a bien sûr la douleur physique mais surtout la déception de passer à côté de la victoire. Summer, effondrée, cache son visage dans ses mains. Un petit coup sur son épaule la force à sortir de sa frustration, c'est Charlie

qui lui tend la main. Elle est déjà debout en compagnie de leur partenaire.
— Je suis tellement désolée, s'excuse Summer. C'est de ma faute.
Charlie la tire par le bras. Avec son menton, elle montre la ligne d'arrivée.
— On la finit, cette course ?
Summer fixe cette banderole qui devait être la sienne. Elle sourit et tourne le dos pour se mettre à patiner en arrière mais toujours en direction de la ligne d'arrivée.
— Que fais-tu ?
— Ils ont peut-être gagné la course des hommes, mais nous, nous gagnerons celle des saumons.
Summer attrape fermement les mains de ses coéquipières et les entraîne avec elle. En patinant en arrière, le corps couvert de bleus et le sourire aux lèvres, le dernier trio franchit avec panache et sous les applaudissements la ligne d'arrivée.

35

Faire bien mais moins bien

24 décembre 1952

Le traditionnel réveillon de Noël chez le commandant est une institution au NTS. Tout le monde s'est mis sur son trente-et-un. Il faut faire honneur à l'armée. Les cheveux ont été coiffés aux rouleaux, les visages sont poudrés, les robes satinées. Les hommes aussi sont très élégants. Le costume est de rigueur. Les joues sont rasées de près, les bottines lustrées, les cravates ajustées.

Le commandant est un sentimental au fond. Malgré son air martial, froid et distant, il adore Noël. Des centaines de décorations garnissent son intérieur. Sapin, traîneau, rennes, Père Noël, lutins se sont donné rendez-vous dans son salon.

L'extérieur n'est pas en reste. Chaque année, les maisons d'Artemisia Lane se parent de mille lumières. Ces ampoules rondes rappellent à Summer celles des casinos de Las Vegas et le souvenir de cet après-midi volé.

Au moment d'installer les décorations extérieures, Edward peste toujours. Il déteste avoir à monter sur le toit pour accrocher les guirlandes. Il a le vertige et refuse de l'admettre. Il attend toujours le dernier moment pour sortir l'échelle du garage. Mais il est bien obligé de s'y mettre quand toutes les autres maisons sont décorées. En tant que chef scientifique de la base, il ne peut pas faire moins. Sa maison doit refléter son statut social.

Les voisins rivalisent de lumières, bonshommes de neige, lampions et autres luges. Lucy a même investi dans un canon à neige qui déverse une sorte de mousse blanche qui s'accroche à sa pelouse. Summer trouve cela ridicule, les autres adorent.

Même si chacun fait de son mieux pour que son habitation soit la plus jolie, tout le monde respecte une règle. Ne jamais faire mieux que le commandant. Chacun veille à faire bien mais moins bien. C'est la règle première si on veut survivre à la base.

Au centre de la pièce, chauffée par un feu de cheminée, trône un immense sapin. Le commandant s'est vanté d'être allé lui-même le couper. Tout le monde s'est extasié en évitant, bien sûr, de demander dans quelle forêt du Nevada poussaient des sapins. Des boules multicolores, des bougies, des décorations faites par les enfants à l'école, habillent le conifère noëlesque.

Des cheveux d'ange tombent en cascade des branches et renvoient des halos dorés sur les murs à mesure que dansent les flammes dans la cheminée. Les enfants ne se lassent pas de les faire bouger pour observer leurs reflets. Ils portent tous fièrement sur la tête des chapeaux et des couronnes de papier qu'ils ont confectionnés à l'école.

Cette bande de petits rois et reines s'amuse bien et trépigne d'impatience en attendant le moment des cadeaux.

Les grandes chaussettes rouges, blanches et vertes accrochées à la cheminée leur font de l'œil. Elles accueilleront les présents. Les enfants du commandant montrent les leurs à leurs camarades avec des airs, déjà, de chefs de régiment. Et les autres écoutent, déjà, comme de bons petits soldats.

Edward est séduisant dans son costume sombre. Bien qu'un peu maigre, il a belle allure. Comme tous les hommes de la base, il a offert à sa femme une fleur à accrocher à son corsage. Une rose de Noël sur une épingle. Celle de Summer est blanche et s'accorde avec sa robe aussi immaculée que les premières neiges. Edward l'a comparée à Blanche-Neige sans qu'elle sache s'il s'agissait d'un compliment ou d'une moquerie.

Elle ne craint qu'une chose : une tache. Elle reste donc loin du buffet, du lait de poule et encore plus de ce punch rouge dont tout le monde raffole.

Lucy a mis une robe digne d'une cérémonie des Oscars. En velours rouge bordé de fourrure blanche, on dirait une Mère Noël qui sortirait de chez Saks. Elle attire évidemment tous les regards. Elle parle fort et fait de grands gestes pour occuper l'espace.

Elle repère Summer, seule près de la fenêtre. Elle s'extrait de son groupe d'admirateurs pour la rejoindre.

– Summer ! Je ne pensais pas te voir ce soir.

– Pourquoi ?

– Edward m'a dit que tu étais souffrante ces derniers temps.

Summer se demande bien pourquoi Edward est allé deviser avec la voisine sur l'état de santé de sa femme. Tout le quartier est-il au courant de ses crampes d'estomac ?
— Je vais très bien.
— Je m'en réjouis.
Lucy pointe un doigt dédaigneux vers Charlie en train de parler avec Mrs Burns.
— Tiens, voilà la cocue !
Elle rit de sa propre blague. Summer a envie de l'étrangler. Blanche-Neige versus la Mère Noël.
— Je n'ai pas encore découvert l'identité de la secrétaire avec laquelle son mari fricote mais ça ne saurait tarder, crois-moi.
Elle adresse un regard soupçonneux à Summer.
— Mais, dis-moi, vous passez beaucoup de temps ensemble...
Summer se sent mal à l'aise. Lucy reprend son monologue :
— Elle doit bien te confier quelques secrets. A-t-elle des soupçons ?
Lucy ne lui laisse pas le temps de répondre.
— Il faut toujours se méfier des secrétaires. Jeunes, jolies et non mariées, ce sont des briseuses de ménage.
Enfin, elle semble se rendre compte qu'elle n'est pas seule et reporte son attention sur Summer.
— Alors ?
— Alors quoi ?
— Pourquoi tu passes du temps avec elle ?
Lucy lance un regard méprisant à Charlie, pourtant superbe dans sa robe du soir rouge.

– Elle est tellement vulgaire, complète-t-elle.
Summer aperçoit le père Andrew et cela lui donne une idée.
– Je ne fais que mon devoir de bonne chrétienne. « Aime ton prochain comme toi-même. »
Lucy fait la grimace. Impossible de rétorquer quoi que ce soit à cette bigote de Summer. Elle n'en reste pas moins persuadée que « Madame Parfaite » cache quelque chose. Une femme capable de mentir sur ses cupcakes atomiques est capable de bien des choses...
En entendant le mot « chrétienne », le père Andrew s'est approché d'elles. Il leur adresse son sourire d'homme d'Église, mi-compatissant, mi-culpabilisateur. Enfin, surtout à Summer.
– Ma chère, cela fait longtemps que je ne vous ai pas entendue en confession.
– J'ai été très occupée ces derniers temps.
Le prêtre hoche la tête, charitable.
– Il est important d'avouer vos péchés au Seigneur si vous voulez être pardonnée. Noël est une période idéale pour cela.
– Peut-être que Summer n'a rien à se reprocher, remarque Lucy sur un ton qui veut dire le contraire.
– Je vous attends à minuit pour la messe ?
Son ton est autant une question qu'une injonction.
– Bien sûr, mon père, lui répond Lucy, obséquieuse.
Le père Andrew lui adresse un dernier sourire et s'en retourne vers un autre groupe de pécheurs. Summer capte le regard échangé avec Lucy avant qu'il s'en aille. Depuis quand lui dévoile-t-il tous les secrets des paroissiens ?

Lucy se dit qu'elle a assez perdu de temps avec Summer qui, manifestement, n'a rien à lui apprendre de très croustillant. Elle lui tourne le dos, dans un froissement de robe. Summer se permet de souffler. Elle va enfin pouvoir se détendre un peu. Elle espère pouvoir rejoindre Charlie et Mrs Burns quand la lumière s'éteint et se rallume à plusieurs reprises. C'est le signal. La voix de stentor du commandant retentit :

– C'est le moment des cadeaux !

36

Bye bye, Artemisia Lane !

Harry fait son apparition, déguisé en Père Noël. Quelle ironie ! On dirait que le Père Fouettard a volé les habits du Père Noël.
Les enfants surexcités poussent de grands cris et s'agglutinent autour de lui. Il est adorable avec eux et distribue autant de câlins que de cadeaux. Summer a la nausée. Les autres parents sont aux anges.
– Qui a été bien sage ? Hohoho...
Des dizaines de petites mains se lèvent.
– Moi ! Moi !
Une main posée sur son épaule la fait sursauter. C'est Charlie qui profite de l'agitation pour l'entraîner à l'écart, dans la cuisine.
Aucun préambule, elle va directement au but.
– J'ai réussi à réunir mille dollars.
Summer fronce les sourcils.
– Je ne comprends pas.
– Ma cachette. J'ai mille dollars.
– Mais c'est beaucoup d'argent ! Comment as-tu fait ?

– Harry a été plutôt chanceux aux jeux ces derniers temps. Mais il est négligent et ne tient pas à jour sa comptabilité. J'en ai profité pour subtiliser quelques billets...
– *Quelques* billets ?
– Un peu plus de mille dollars...
Les rires des enfants retentissent jusqu'à elles.
– Pourquoi ? Tu veux aller au casino ? demande Summer, toujours confuse.
– Non. Je veux partir.
– Tu veux quitter la fête ?
– Non. Enfin oui. Je veux tout quitter.
Comme Summer ne réagit pas assez vite, Charlie continue :
– Je veux le ranch.
Summer se retourne pour vérifier que personne ne les entend. Charlie lui attrape le poignet pour la forcer à la regarder.
– Le ranch avec toi. Nous étouffons ici, Summer. Nous ne pouvons pas rester plus longtemps. Je suis en train de m'éteindre à petit feu alors que nous pourrions être si heureuses, toi et moi. Le ranch pourrait être réel. Je connais quelqu'un au Mexique...
– Au Mexique ?
– Oui, nous passerons la frontière et là-bas nous commencerons une nouvelle vie. Toutes les deux ! Il peut nous avoir des faux papiers. Ce sera merveilleux...
Tandis que Charlie énumère les avantages de ce changement de vie, Summer a la tête qui tourne. Son ventre se tord dans tous les sens et elle est à deux doigts de vomir. Elle se retient contre le chambranle de la porte pour ne

pas tomber. On ne peut pas vomir dans la cuisine du commandant, ça ne se fait pas.

Intuitivement, elle savait que ce moment viendrait. Elle savait qu'elle devrait faire un choix. Prendre des risques. Mais, elle n'avait pas pensé que ce serait maintenant. Ici, dans cette cuisine aux odeurs de dinde un peu trop cuite.

– Nous nous ferons passer pour des sœurs et habiterons ensemble. Nous aurons des chevaux, des vaches, des chèvres... poursuit Charlie.

Summer se souvient de sa discussion avec Edward au sujet des animaux cobayes de la base. De ces cochons vêtus d'uniformes militaires qu'on faisait griller sous une bombe atomique autant pour la science que pour le rire.

– Et des cochons ?

Charlie paraît surprise mais rit.

– Oui, même des cochons !

Le cerveau de Summer est en train de tourner à plein régime. Elle pèse le pour et le contre. Les risques et les bénéfices. Son esprit est embrumé. Elle doit être folle pour ne serait-ce qu'envisager une telle possibilité. Que deviendrait Edward sans elle ? Il ne sait même pas cuisiner !

Elle s'écarte de la cuisine pour avoir une vision sur le salon. Elle regarde son mari en train de discuter avec le commandant, Mike et Lucy. Il est parfaitement à sa place. Mais où est sa place à elle ? Edward et Summer, ils ont toujours marché par paire. Elle ne peut pas lui faire ça. Il serait seul sans elle. Sans compter le discrédit qu'elle jetterait sur lui. Il serait toujours celui dont la femme s'est enfuie avec une autre.

C'est à ce moment qu'elle remarque la main de Lucy qui effleure celle d'Edward. Cela s'est passé si vite qu'elle pense l'avoir imaginé. Ils lui tournent le dos et ne peuvent la voir. Soudain, elle plisse les yeux. Edward vient de passer furtivement la main sur le bas du dos de Lucy en train de rire aux éclats à une blague du commandant. Edward recommence, un peu plus bas. Lucy sourit, mais cette fois ce n'est plus à la plaisanterie du commandant.

Lucy et Edward ! Comment a-t-elle pu être aussi aveugle ? Lucy est prête à tout pour gravir les barreaux de l'échelle sociale. Quant à Edward, s'il s'est rapproché de Summer il y a quelques mois, leurs rapports sont redevenus plus distants. Et dire qu'elle s'en était réjouie car elle n'était plus obligée de partager son lit !

Summer se retourne vers Charlie. Le regard scalpel s'est fait suppliant. Charlie, d'ordinaire si forte, est belle de vulnérabilité. Cette fragilité touche Summer en plein cœur. Le brouillard qui embrumait son cerveau s'éclaircit enfin pour ne lui laisser qu'une image. Une seule. Les yeux de Charlie.

– D'accord.

Sa compagne n'ose y croire.

– D'accord ?

– Oui.

Charlie a envie de la prendre dans ses bras mais se contente de serrer ses mains comme deux amies qui partageraient un secret. Elle paraît tellement soulagée.

– Quand ?

Summer réfléchit.

– Le 31 décembre. Nous profiterons de la fête de fin d'année pour nous éclipser.

Charlie hoche la tête.

– Bonne idée. Tout le monde sera occupé. Nous filerons en catimini.

– Ton contact pourra nous avoir les papiers à temps ?

– Oui. Je l'ai déjà mis sur le coup.

Summer ouvre de grands yeux, surprise.

– Tu ne savais même pas que je dirais oui !

– Je l'espérais.

Le rose qui monte aux joues de Charlie est adorable et Summer ne peut que succomber.

– Il faudra que tout soit prêt. Nous devrons partir sans être repérées.

– Et à nous la belle vie !

Summer sourit. Plus rien ne compte. La pièce remplie de voisins en train de fredonner des chants de Noël, les décorations au plafond, les verrines et le lait de poule. Edward et Lucy. Tout disparaît. Il ne reste plus que Charlie et le ranch.

– *Bye bye*, Artemisia Lane !

37

Comment sont les docteurs mexicains ?

29 décembre 1952

Summer s'est jointe au groupe de marche rapide en pensant que l'air frais lui ferait du bien. Mais rien n'y fait. Elle se sent faible ces derniers temps. Elle est tout le temps fatiguée.
Pourtant, elle lutte. Elle se bat et un objectif la motive plus que tout autre : la nuit du 31 décembre. Ce moment qui changera sa vie. Ce moment où elle prendra son destin en main et cessera d'être une « femme de » pour enfin devenir elle-même.
Elle ne s'inquiète plus de laisser Edward seul ou de salir sa réputation. Elle ne se demande pas non plus si elle a fait le bon choix. Elle sait qu'elle a raison. Ce qui la préoccupe vraiment, c'est le comment. Comment vont-elles faire ? Comment vont-elles y arriver ? Et si les choses ne se passaient pas comme prévu ? Summer le sait, la vie est imprévisible et le destin se joue de ces petits humains croyant mener leur barque sur des flots impétueux. Parfois, la barque coule.

Pendant que le groupe de femmes caquette joyeusement, elle tente de se rassurer en s'imaginant avec Charlie au Mexique. Dans leur ranch. Depuis l'épisode du casino, elle a suivi les conseils de son amie et a mis de l'argent de côté. Hier, elle est même allée vendre un bracelet offert par sa mère le jour de son mariage. L'endroit était peu recommandable et l'employé l'a sûrement escroquée, mais il était peu regardant quant aux papiers officiels.

Elle a donc réussi à réunir une petite somme qui s'ajoutera à celle de Charlie. La vie au Mexique est beaucoup moins chère qu'aux États-Unis, c'est bien connu. Elles pourront donc s'établir dans une petite ferme. D'abord, elles la loueront puis elles la feront fructifier et gagneront suffisamment d'argent pour l'acheter. Oui, la vie au ranch sera parfaite !

Elles ont pensé à tout. L'opération est quasi militaire. Charlie devrait recevoir les faux papiers aujourd'hui. C'est elle qui récupère le courrier, donc aucune inquiétude que Harry ne les intercepte. Summer lui a confié une valise pleine de vêtements et de produits de beauté, afin qu'elle la place dans le coffre de la voiture, à côté de la sienne. Elle a dit à Edward qu'elle avait fait du tri et donné ses vieux vêtements aux bonnes œuvres.

Le 31 décembre, Charlie profitera de l'absence en journée de Harry pour aller garer la Olsdmobile dans une allée éloignée. À minuit, tirant parti de la distraction apportée par le feu d'artifice, elles s'éclipseront. Elles iront rejoindre séparément la voiture par deux chemins différents, afin de réduire les risques d'être interceptées.

LES MAUVAISES ÉPOUSES

La Oldsmobile étant trop voyante, elles ont décidé de l'abandonner à la gare routière de Las Vegas. De là, elles prendront le bus pour passer la frontière mexicaine. Direction le ranch !

Des rires la font sortir de sa rêverie. Les femmes du groupe discutent du réveillon de la Saint-Sylvestre. Tout est passé au crible, les tenues, les parfums, les mets qui seront dégustés, dans une atmosphère aussi électrique qu'impatiente.

Chaque année, un couple de la base est tiré au sort pour accueillir la fête. Cette fois, c'est Beth qui s'en chargera. Elle est horriblement stressée, et ce ne sont pas les « conseils » de Lucy qui la réconforteront.

– Une bonne épouse se doit d'être une parfaite hôtesse, crâne Lucy.

Beth hoche la tête.

– Oui.

– C'est un minimum.

– Oui.

– Tu devrais travailler ta discussion, Beth ! Une bonne hôtesse sait entretenir un débat.

Elle part dans un grand éclat de rire, immédiatement suivie par les autres. Summer pense à un troupeau de hyènes.

Beth ne rit pas, elle est trop angoissée. Summer la comprend, elle a organisé le réveillon l'année dernière et c'était épuisant. Une telle pression sur ses épaules. Il faut que tout soit parfait. La décoration, les amuse-bouches, le repas, l'animation, la musique...

LES MAUVAISES ÉPOUSES

Les maris comptent sur leurs épouses pour organiser l'événement de l'année, celui qui leur permettra de se faire bien voir par le commandant en particulier et par toute la base en général. On parle encore du réveillon pendant des mois. Si c'est une réussite, tant mieux ; mais si c'est un échec, la honte s'abat sur le couple en faute. Certains n'ont pas supporté et ont même dû déménager !

– L'important est de faire de ton mieux, conseille Lucy, soudain compatissante.

Beth semble un peu soulagée, avant que Lucy continue :

– Le problème, c'est que le meilleur de certaines n'est parfois pas suffisant.

La voilà qui rit à nouveau. Elle est survoltée ces derniers temps. Summer se demande si sa liaison avec Edward en est la raison. Elle tente de ne pas y penser. De ne pas se demander s'ils flirtent simplement ou si leur relation est plus poussée. De ne pas poser la question à Edward.

À vrai dire, elle n'est même pas jalouse. Elle se sent juste idiote de n'avoir rien vu, rien senti. Et en colère aussi. Edward aurait pu choisir tellement mieux que Lucy !

– Quand j'ai organisé mon premier réveillon à la base, tout le monde a été impressionné. C'est d'ailleurs l'un des meilleurs qui ait eu lieu, si ce n'est le meilleur. Tu devrais prendre exemple sur moi, Beth.

Summer ignore si la médisance de Lucy est responsable de sa nausée. Elle se retient de toutes ses forces pour ne pas vomir sur les souliers de sa voisine. Depuis quelque temps, ses nausées deviennent de plus en plus fréquentes et violentes, jusqu'à lui provoquer de nouveaux saignements de nez.

Edward n'aime pas la voir saigner. Il trouve cela dégoûtant et a sûrement peur qu'une goutte de sang atterrisse dans son repas. Il déteste la voir aussi fragile et regrette le temps qu'elle prend à s'adapter au milieu atomique.

— Ce n'est pourtant pas si compliqué ! lui martèle-t-il. Regarde les autres femmes, Lucy saigne-t-elle, elle ? Tu devrais prendre exemple sur elle.

Lucy ne saigne pas, c'est probablement un robot. Mais Summer se tait. Elle patiente en silence en attendant le 31 décembre.

Edward insiste pour qu'elle aille consulter un médecin. Il veut qu'elle soit présentable pour le réveillon. Au début elle a refusé, prétextant un simple rhume ou sa faiblesse de constitution. Puis, elle s'est dit qu'il serait préférable d'aller voir un docteur avant de partir. On ne sait jamais. Comment sont les docteurs mexicains ? Il vaut mieux être prudente, alors elle a pris rendez-vous avec le médecin de la base.

Elle espère qu'il lui prescrira un anticoagulant et peut-être du repos. Avec un peu de chance, il lui interdira d'assister aux festivités. Elle pourra attendre tranquillement et solitairement le feu d'artifice. Elle réglera les derniers détails et dira au revoir à sa maison. Celle de sa vie d'avant. Dans sa valise, elle n'a emporté qu'une seule photo de ses parents. Elle a laissé celle de son mariage sur la table de nuit.

Le tour d'Artemisia Lane est enfin terminé. Les femmes s'éparpillent et retournent à leurs activités domestiques. Summer rentre chez elle en sueur. Elle s'éponge le front et boit un verre d'eau qu'elle recrache immédiatement, cette fois la nausée est trop forte. Elle cramponne ses mains à l'évier et regarde par la fenêtre, concentrant son attention sur la maison de Charlie en attendant que le monde cesse de tourner.

Une autre nausée arrive juste au moment où Charlie passe devant ses rideaux. L'ombre a été furtive mais suffisante pour rasséréner Summer. La tension dans son corps s'apaise un peu. Elle s'assied sur une chaise et regarde l'horloge murale. Il lui reste une heure avant son rendez-vous chez le médecin. Si elle a le courage, elle prendra une douche.

38

Une odeur de pain brûlé

31 décembre 1952

Summer n'a pas dormi de la nuit. Impossible de fermer l'œil. Son cerveau est en pleine ébullition. Cela se ressent même physiquement : elle a chaud et repousse toutes les couvertures, puis elle a froid et se couvre jusqu'au bout du nez. Une sueur désagréable ruisselle dans sa nuque, mais elle n'arrive pas à se décider à l'essuyer. Alors la goutte continue sa lente descente jusqu'à la colonne vertébrale, et Summer attend.

Elle regarde à travers les volets, espérant enfin apercevoir les premiers rayons du soleil. Elle a fait cela toute la nuit et a probablement un torticolis.

Peut-on aimer et détester une chose à la fois ? C'est ce qu'elle se demandait il y a plusieurs mois, lors de l'explosion de la bombe Charlie. La réponse est, bien sûr, oui. Elle redoute de voir le jour se lever autant qu'elle l'espère.

Elle jette un œil à Edward, parfaitement serein en cette fin de nuit. Rêve-t-il de Lucy ? Continueraient-ils leur liaison une fois qu'elle serait partie ? Lucy quitterait-elle Mike pour venir s'installer ici ? Summer secoue la tête. Il ne faut pas se poser ce genre de questions. C'est trop tard, elle imagine déjà Lucy dans ses draps.

La lumière dorée du soleil d'hiver commence à percer l'obscurité. Elle ne peut plus attendre. Elle ne sait plus rester immobile. Une fois, Charlie lui a parlé des requins qui doivent continuer à nager pour ne pas mourir. Summer est devenue un requin.

Elle pose un pied nu sur le sol et tâtonne, à la recherche de ses pantoufles. Elle ne les trouve pas. Tant pis, elle descendra ainsi, cela fera moins de bruit. Elle se glisse hors du lit avec l'agilité d'un chat et se rend à la cuisine. Elle fait couler de l'eau fraîche et s'asperge le visage. Une nouvelle nausée. Par réflexe, elle se bouche le nez. Elle ne veut pas mettre de sang partout.

Et dire que cela devait être son dernier jour dans sa maison ! Elle pensait profiter de cette journée, savourer ces derniers instants à Artemisia Lane. Car elle n'emporte pas que des mauvais souvenirs avec elle. Elle se remémore leur emménagement. Ils étaient encore jeunes et peut-être même amoureux.

– C'est un nouveau départ pour nous, lui avait dit Edward.

Elle s'était alors demandé pourquoi ils avaient besoin d'un nouveau départ mais n'avait pas osé poser la question.

Cela fait deux jours qu'elle retourne le problème dans sa tête. Depuis sa visite chez le médecin. Elle qui pensait passer un simple contrôle de routine avant son grand départ a été bien surprise. Elle se souvient du visage du docteur lorsqu'il lui a annoncé son diagnostic. Elle ne savait pas quoi faire de cette nouvelle. Tout était remis en question.

Par automatisme autant que pour s'occuper l'esprit, elle commence à préparer le petit déjeuner. Elle se réfugie dans ces gestes du quotidien. La routine peut être tellement rassurante. Le paquet de café toujours rangé au même endroit. Les tranches de pain de mie patientant dans leur boîte avant d'être grillées. Les toasts, c'est ce qu'Edward préfère.

Summer fronce les sourcils en réalisant qu'elle ne sait même pas ce que mange Charlie au petit déjeuner. Elle devrait le savoir pourtant. Elle a une envie folle de courir à sa porte et de le lui demander. Elle se retient. D'une part, parce que ce ne sont pas des choses qui se font et, d'autre part, parce qu'elle craint de parler à Charlie.

Il faudra bien qu'elle lui dise, mais elle préfère lui laisser le temps de se réveiller en croyant que leur plan est encore possible. Elle veut lui accorder quelques minutes de rêve supplémentaires avant de l'anéantir. Elle imagine Charlie s'étirer langoureusement dans ses draps en pensant déjà au ranch et se dire qu'il s'agit de son dernier réveil dans ce lit, à côté de cet homme qui lui a fait tant de mal.

Oui, Charlie mérite de rêver encore un peu. Summer serre si fort ses poings qu'elle enfonce ses ongles dans ses paumes. Si elle n'était pas allée voir le médecin, leur départ serait encore possible.

Comment réagira Charlie ? Se mettra-t-elle en colère ou bien s'effondrera-t-elle ? Summer prie pour la colère qui permet de murer le cœur et de sceller la douleur.

Au moins, pendant un temps. Elle espère que Charlie lui criera dessus, la frappera de ses poignets fins, l'insultera. Tout plutôt que de la voir pleurer.

Cette attente est insupportable. Ce n'est pas annoncer une mauvaise nouvelle qui est difficile, ce sont les minutes qui précèdent l'annonce. Une odeur de pain brûlé la sort de sa torpeur. Elle a laissé trop longtemps les toasts dans le grille-pain. Elle veut sortir les tranches et se brûle les doigts. Elle prend cela comme un signe divin, le début de sa pénitence.

Elle pose le pain noirci sur le rebord de la fenêtre, peut-être que les oiseaux ne seront pas trop regardants. Quelque chose a bougé chez Charlie. Une ombre passe derrière les rideaux et Summer sait, elle sent au fond d'elle, que c'est Charlie. Évidemment, comment pourrait-elle dormir un jour comme celui-ci ?

C'en est trop. Summer ne peut plus attendre, ça la ronge de l'intérieur. Il faut qu'elle aille dire la vérité à Charlie. Elle sortira comme ça, en robe de chambre et pieds nus. Elle sentira l'herbe glacée sous ses pieds, les graviers, le vent qui se mêle au soleil de cette dernière journée de l'année. Charlie sera surprise de la voir à cette heure aussi matinale. Elle lui dira qu'il est trop tôt, qu'elles étaient convenues de ne pas se voir aujourd'hui, pas avant ce soir en tout cas. Elle lui sourira et lui dira qu'elle doit revenir plus tard, quand Harry sera parti à la base.

Mais Summer insistera et délivrera son message d'oiseau de mauvais augure, là, sur la pelouse mouillée par le gel de la nuit du Nevada. Charlie croira à une blague. Une mauvaise blague. Summer ne dira rien et cela suffira à lui faire comprendre.

Summer met machinalement deux autres tartines à griller. Edward ne devrait pas tarder à descendre. C'est maintenant ou jamais. Elle n'est pas certaine d'avoir la force plus tard, autant arracher immédiatement le pansement de sa plaie.

Elle referme la fenêtre et se dirige vers la porte d'un pas décidé. Elle tremble lorsque sa main se pose sur la poignée. Plus rien ne sera pareil. Tant qu'elle n'a rien dit à Charlie, le ranch existe toujours. Les chevaux, les moutons, les cochons, tous. Ils n'attendent plus qu'elle sans savoir qu'elle s'apprête à les condamner. Son cœur bat fort dans sa poitrine, même lui l'exhorte à reculer. Mais Summer n'écoute plus son cœur, elle a d'autres préoccupations depuis sa visite chez le médecin.

Elle arrête de respirer sitôt qu'elle tourne la poignée. La porte l'accueille de son grincement habituel. C'est rassurant de voir que certaines choses ne bougent pas. Elle pense au pain, qui est sûrement encore en train de brûler.

– Que fais-tu ?

Edward est déjà en costume. Comment se fait-il qu'elle ne l'ait pas entendu ?

Comme elle ne répond pas, il la rejoint sur le pas de la porte.

– Eh bien, vas-y !

Summer manque de s'évanouir. A-t-il compris ? Devant ses yeux de biche effarée, son mari la pousse et se penche pour attraper le journal déposé sur le seuil par le livreur.

— Tu n'es vraiment pas du matin, ma pauvre Summer… commente-t-il en se dirigeant vers la cuisine.

Soudain, il se fige et retrousse les narines.

— Tu as encore fait brûler les toasts ?

Soupirant, il lui tourne le dos et s'enfonce dans la cuisine. Summer, toujours à côté de la porte, n'entend plus les battements de son cœur. Elle est peut-être morte. Un coup dans son ventre lui prouve que non.

39

C'est un miracle !

Le petit déjeuner s'est déroulé sans incident. Summer, sur pilote automatique, a exécuté tous les gestes du quotidien : resserrer la cravate d'Edward, beurrer les tartines, épousseter son chapeau... Puis, il est parti en lui rappelant l'organisation de la journée. Il reviendra à dix-neuf heures pour se changer et ils partiront ensemble pour se rendre chez Beth profiter des festivités de la Saint-Sylvestre.

Une fois la porte refermée, Summer compte les minutes. Elle compte patiemment dix fois jusqu'à soixante pour laisser à son corps le temps de se remettre. Elle est obligée à plusieurs reprises de se répéter qu'elle ne va pas mourir aujourd'hui. Enfin calmée, elle part dans la chambre se préparer.

Elle veut être présentable avant de détruire la vie de Charlie, c'est la moindre des choses. Elle prend plus de temps que nécessaire pour choisir une tenue. Son corps et son esprit ne sont plus solidaires. Des volontés contraires semblent les animer. Son corps veut rester ici, assis sur le tabouret rose de sa coiffeuse, tandis que son esprit attend désespérément de rejoindre Charlie.

C'est parfaitement maquillée, coiffée et peut-être un peu trop parfumée qu'elle claque la porte de chez elle pour se rendre chez Charlie. Elle vérifie que la voiture de Harry n'est pas là, c'est bon, il est parti. Elle se racle la gorge et frappe à la porte. Elle se force à respirer, même ça ne lui paraît plus naturel.

Le bruit familier des talons des escarpins de Charlie lui annonce son arrivée. Elle ouvre la porte :

– J'étais sûre que tu craquerais.

Elle lui tourne le dos et s'en va dans le salon. Summer repense à la première fois où elle est venue dans cette maison, les bras chargés de cupcakes de bienvenue. Combien de temps s'est-il écoulé depuis ? Elle a l'impression que c'était il y a des années.

Elle inspire une grande goulée d'air pour se donner du courage et rejoint Charlie. Une cigarette à la main, elle l'attend, assise sur le canapé.

– Je suis venue pour…, commence Summer.

– Café ?

Summer bredouille quelques paroles inintelligibles et Charlie va chercher deux tasses de café qu'elle dépose devant elles.

– Je savais que tu ne pourrais pas rester toute la journée sans me voir.

Elle sourit et dépose un baiser sur sa joue avant de continuer :

– Je suis contente que tu sois venue. J'ai rêvé du ranch cette nuit.

– Charlie, il faut que...
– Et dire que nous vivons notre dernière journée à Artemisia Lane.
– À ce propos...
– Harry ne se doute de rien. C'est bon de ton côté ?
– Justement, il y a...
– Parce qu'il ne faudrait pas qu'un problème de dernière minute gâche notre plan.
Charlie allume la radio et se met à danser. Elle prend Summer dans ses bras.
– Je suis si heureuse !
Mais Summer ne bouge pas. Elle ne lui rend pas son accolade. Elle est comme paralysée. Charlie fronce les sourcils.
– Qu'est-ce qui se passe ? Tout va bien ?
Summer sort enfin de sa léthargie. Elle va éteindre la radio.
– Il vaudrait mieux que tu sois assise.
Charlie se laisse tomber sur le canapé. Les deux femmes cherchent des réponses dans le regard l'une de l'autre. L'air est lourd, les secondes sont plus lentes. Quelque chose se peint dans les yeux de Charlie. Un feu au milieu d'une tempête.
– Tu ne veux plus partir, c'est ça ?
Summer n'a plus la force de rester debout, elle vient s'asseoir à côté de Charlie.
– Ce n'est pas ça.
– Qu'est-ce que c'est alors ? Tu veux toujours partir ?
– J'aimerais tellement...
– Je ne comprends rien. Tu pars, oui ou non ?

Summer sent sa gorge se nouer. Encore son corps qui refuse de l'aider.

— Je ne peux pas.

— Tu ne peux pas ou tu ne veux pas ?

Charlie se lève d'un bond. Elle ne peut supporter une minute de plus d'être à côté de Summer. Elle se dirige vers le bar et se sert un verre de vodka.

— Tu te dégonfles. Tu préfères ton petit confort de femme au foyer.

— Ce n'est pas ce que tu crois.

— Ta petite vie minable, entre le club de tricot et les bonnes œuvres.

— Non, je...

— Tu as peur !

— Je suis enceinte !

Le verre glisse de la main de Charlie pour aller s'écraser sur la moquette claire. Le liquide transparent vient former une tache d'humidité plus sombre.

— Je suis enceinte, répète Summer, autant pour elle que pour Charlie. Je suis allée consulter le médecin pour mes maux de ventre et mes nausées.

— Je croyais que tu ne pouvais pas avoir d'enfant.

— C'est vrai. J'ai fait plusieurs fausses couches depuis notre arrivée à la base. Mais là, j'ai passé le cap des trois mois.

— C'est Edward le père ?

— Évidemment !

— Je croyais qu'il ne te touchait plus.

— Il y a eu une période où il s'est beaucoup intéressé à moi. J'ai été obligée de céder, c'est mon mari.

Elle chasse ces souvenirs d'un geste de la main. Elle n'aime pas penser au poids du corps d'Edward sur le sien, à cette intimité non voulue mais qui avait eu un effet aussi inattendu que merveilleux.

— L'essentiel n'est pas là. Je vais avoir un enfant ! C'est un miracle !

Charlie s'approche doucement et presse sa main sur le ventre de Summer. Elle sourit et vient poser ses lèvres sur les siennes.

— C'est fantastique ! Je sais à quel point tu voulais un enfant.

Summer est soulagée par cette réaction.

— Nous allons pouvoir l'élever au ranch, ensemble, s'enthousiasme Charlie.

Comme Summer ne répond pas, elle continue :

— Cet enfant grandira mille fois mieux dans le ranch, au bon air, qu'entre deux explosions de bombes atomiques.

Elle tente d'enlacer Summer mais l'autre recule. Les bras de Charlie retombent comme deux bouts de bois mort.

— Tu ne vas pas partir.

Ce n'est plus une question. Pendant un instant, Summer pense que Charlie va s'effondrer, qu'elle va tomber en pièces comme un puzzle que l'on aurait secoué. Elle regrette tant d'être celle qui morcelle le puzzle.

— Je ne peux pas. Cet enfant est le signe que je dois rester. Je dois redonner une chance à mon couple, tout faire pour qu'il ait une famille stable.

— Tu n'aimes plus ton mari.

– Je dois essayer ! Je ne suis plus seule maintenant, je dois penser à ce qui est le mieux pour le bébé.
– Le mieux pour lui serait de voir sa mère heureuse.
– Je le serai ! Enfin, peut-être. J'essaierai de toutes mes forces.
– Je ne saisis pas ton comportement…
– Tu ne peux pas, tu n'es pas enceinte.

Charlie recule de quelques pas. Son visage reflète tant d'émotions. Summer peut y lire de la détresse, une immense peine, de la peur et puis… Elle s'avance pour mieux voir. Du dégoût. Charlie éprouve du dégoût pour elle et ce qu'elle prend pour de la lâcheté. Elle ne comprend pas le courage qu'il faut à Summer pour briser un rêve.

– Dehors !
– Charlie, nous devons parler…
– Dehors !
– Mets-toi à ma place. Je n'ai pas le choix.
– Bien sûr que si ! Tu as choisi ton mari, Artemisia Lane et toute son hypocrisie.
– Je ne peux pas faire autrement.

Charlie la pousse violemment vers la sortie.

– Arrête, Charlie ! Nous ne pouvons pas nous quitter ainsi. Je t'aime !

Charlie cesse de la pousser. Elle plante son regard scalpel sur Summer et retrousse un peu ses lèvres avec dédain.

– Tu n'as toujours pas compris ? Tu n'es rien pour moi. Juste un moyen de m'amuser un peu. Crois-tu vraiment que j'envisagerais une vie avec une pauvre femme au foyer ? Une minable petite chose comme toi ?

– Ne dis pas ça. Ne gâche pas tout.
Charlie a un rire mauvais. Un rire plein de douleur et de colère. Un rire noir.
– Parce que c'est moi qui gâche tout ?
Ses scalpels sont prêts à la déchiqueter. Summer ne peut supporter de se voir à travers ses yeux. Elle regarde une dernière fois Charlie, ce n'est pas le souvenir d'elle qu'elle veut emporter mais c'est la dernière image qu'elle lui offre.
Ses pas résonnent dans le couloir comme ceux d'un condamné. Elle ferme la porte sans la claquer, elle n'en a plus la force. Elle attend d'être arrivée chez elle pour s'écrouler.

40

Un vase brisé

1er février 1953

Charlie est assise dans son canapé. Elle n'en bougera pas de la journée. Elle fixe l'écran noir de la télévision éteinte. Ou bien est-ce elle qui est éteinte ?

Depuis que Summer lui a annoncé sa grossesse et a mis fin à leurs projets, Charlie n'est plus que l'ombre d'elle-même. Elle ne mange plus et a beaucoup maigri. Elle, qui ne sortait déjà que très peu, quitte sa maison uniquement pour faire les courses une fois par semaine. Dans ce cas, elle s'arrange toujours pour y aller aux horaires où les femmes se regroupent dans leurs clubs afin d'être certaine de ne pas les croiser. Elle n'a plus la force de les affronter. Plus maintenant.

Elle se sent terriblement seule. Et tellement bête aussi. Comment a-t-elle pu placer autant de confiance, autant d'amour, en une personne qui ne le méritait pas ? Elle était déjà tombée dans le piège avec Harry et elle a recommencé. Peut-être que c'est son destin, après tout.

LES MAUVAISES ÉPOUSES

Elle n'a pas revu Summer. Tant mieux, car elle ne sait pas comment elle réagirait. Aurait-elle la force de l'ignorer ? Comment faire semblant de ne pas connaître la personne la plus importante de sa vie ?

Elle voudrait tellement passer à autre chose, mais son esprit la torture sans cesse. Elle revit leur dernière discussion. Elle analyse, décortique les moindres paroles de Summer, y cherchant un sens caché. Peut-être qu'Edward lui a forcé la main. Peut-être qu'elle ne voulait pas faire ça.

Pendant de sublimes secondes, elle pense que tout est encore possible, puis elle se souvient de la lueur dans le regard de Summer. Cette étincelle qui brillait pour le petit corps qui habitait désormais le sien.

Charlie, instinctivement, touche son ventre. Plat. Osseux. Vide. Elle en veut doublement à Summer. D'abord, de n'être pas partie avec elle. Ensuite, parce qu'elle réussit là où, elle, échoue. Charlie sait qu'elle n'aura jamais d'enfant. Après plusieurs fausses couches avant d'arriver à Artemisia Lane, un médecin le lui a dit. Charlie avait fait semblant d'être surprise mais, au fond d'elle, elle le savait. Il y avait quelque chose de cassé en elle. Était-ce à force de recevoir des coups ? Non, elle était mauvaise, et c'était le moyen qu'avait trouvé le destin pour la punir.

Déjà enfant, sa tante lui disait qu'elle avait une âme noire et se réjouissait que le brillant Harry accepte quand même de l'épouser.

Summer a vraiment appuyé là où ça fait mal. Était-ce volontaire ? Charlie repasse en boucle dans son esprit les moments qu'elles ont passés ensemble. Summer s'est-elle jouée d'elle depuis le départ ? A-t-elle réellement envisagé de partir ? Ou bien Charlie n'était-elle qu'une distraction dans sa vie ennuyeuse de femme au foyer ?

C'est Summer qui est venue la voir, pas le contraire. C'est elle qui est entrée dans sa vie, Charlie ne demandait rien, elle avait l'habitude de se débrouiller seule, sans avoir besoin de personne. Que voulait vraiment Summer ?

Charlie se masse les tempes, encore une horrible migraine à venir. Et son ventre qui crie famine. Mais elle n'a plus faim. La faim, c'est l'envie, la vie et Charlie n'a plus envie. Elle y a trop cru. Cette fois, elle a vraiment pensé qu'une autre vie était possible. Quelle idiote ! Elle est pourtant habituée aux fausses promesses. Harry lui déclarait toujours qu'il allait cesser de boire, de jouer puis il la frappait en lui disant que c'était sa faute s'il avait recommencé, qu'elle n'était pas capable de rendre un homme heureux.

Ces derniers temps, Harry ne la bat plus. Ce n'est plus drôle, elle ne réagit plus. Il aime la violence. La lutte qu'il est certain de gagner. La peur et la colère dans le regard de Charlie lorsque son poing va heurter ses côtes. Mais là, elle reste inerte. Peu importe qu'il cogne de plus en plus fort. Elle est absente de son corps. La lumière de sa conscience est éteinte et, paradoxalement, elle est hors d'atteinte. Les hématomes sont là mais les blessures de l'esprit, les plus marquantes pour un homme dominateur comme lui, ne sont plus là. Alors, il a arrêté de la frapper. À quoi bon ? Elle se détruit toute seule.

Et puis, de toute façon, il a un nouveau punching-ball. Charlie sent son parfum sur ses chemises. Quelque chose de trop sucré, de trop enfantin. Le parfum d'une fille qui pense que l'amour nécessite des sacrifices. D'une certaine manière, Charlie plaint la nouvelle. Elle sait ce qui l'attend. Mais elle n'a pas le courage de s'en préoccuper plus que cela.

Lorsqu'elle était enfant, elle a brisé, en courant un peu trop vite, le vase préféré de sa mère. Un beau vase blanc et bleu en faïence de Delft avec des motifs floraux et des petits oiseaux. Elle se souvient encore de l'effroi et de la tristesse dans le regard de sa mère en voyant les morceaux dispersés sur le sol. Charlie avait tant de peine pour elle qu'elle avait voulu les ramasser et s'était fortement coupé la main. Elle pleurait en demandant pardon.

Sa mère l'avait prise dans ses bras pour soigner sa blessure. Ensuite, elles avaient recollé toutes les deux le vase. L'ensemble était un peu chaotique et certainement plus très étanche.

– Il est encore cassé, avait remarqué l'enfant.
– Il est encore plus beau.

Charlie avait froncé les sourcils, elle ne comprenait pas comment ce vase couvert de fissures et de traces de colle pouvait plaire à sa mère.

– Tu trouves ? Pourquoi ?
– Parce qu'il a survécu. La vie n'est pas toute lisse et il arrive que nous tombions, mais l'important est de toujours recoller les morceaux.
– Même s'il reste des fissures ?
– C'est ce qui te rendra forte.

Charlie s'était concentrée sur l'image du vase brisé aux premiers coups de Harry. Elle s'était dit que les cicatrices la rendaient plus forte. Elle pensait avoir réussi à survivre avec ses fissures, et voilà que maintenant elle était à nouveau en mille morceaux.

Sur une impulsion, elle se lève et, pour une fois, ne sent plus cette immense lassitude qui rend chacun de ses gestes plus difficile. Elle attrape le vase à côté de la télévision, le lève haut au-dessus de sa tête et le fracasse au sol. L'eau éclabousse ses pieds, un bout de porcelaine atterrit sur son orteil et une petite goutte de sang s'en échappe. Mais, Charlie n'a que faire de la douleur, elle est habituée. Elle savoure cette douleur. C'est la vie qui reprend le dessus.

Elle ramasse les débris à mains nues et va chercher un tube de colle dans la cuisine. Il est grand temps qu'elle recolle les morceaux de sa vie.

41

Good Housekeeping

15 février 1953

Comme tous les matins, Summer ouvre les yeux en pensant à Charlie. Elle sèche une larme qui a dû s'échapper pendant son sommeil. Elle est triste et en colère. Elle sait qu'elle est la cause du chagrin de son amie mais elle ne comprend pas les derniers mots durs, méchants, violents, qu'elle lui a adressés. Jusqu'à dire que leur relation n'avait pas compté pour elle.
Summer n'y croit pas. Pour être aussi blessée, il faut avoir aimé. Ce qu'elles avaient était vrai. C'était beau. C'est fini.
Elle masse ses pieds gonflés avant de descendre préparer le petit déjeuner. Comme tous les matins, elle regarde par la fenêtre, espérant un signe de Charlie tout en se demandant comment elle réagirait. Mais la question est vite réglée, car il n'y en a jamais.
Elle ne l'a pas revue depuis la dispute. Beth dit l'avoir aperçue à l'épicerie. Il paraît que Charlie est maigre et

toujours aussi distante. Summer s'inquiète de cette perte de poids mais se réjouit que Charlie affiche encore son «air arrogant», comme l'a décrit Beth.

Elle ne peut s'empêcher de faire le parallèle entre elles deux. Summer grossit tandis que Charlie maigrit. Alors qu'elles devaient s'enfuir ensemble, leurs vies prennent deux directions opposées.

L'année a commencé sans Charlie mais avec un futur bébé. Edward, d'ordinaire si peu expressif, est littéralement devenu fou de joie lorsqu'elle lui a annoncé la bonne nouvelle. Lui non plus n'y croyait plus. Il l'a pris comme un signe divin, mais pas le même que Summer. Pour lui, c'était la façon qu'avait Dieu de le remercier pour les services qu'il rendait au peuple américain. Enfin, il allait avoir une descendance.

Le mois de janvier s'est passé sans heurts. Edward était présent et attentionné. Il interdisait à Summer de porter des choses lourdes et lui demandait sans cesse comment elle se sentait. Il a même dû arrêter de voir Lucy pendant un moment car il était beaucoup plus présent à la maison. Il travaillait moins tard et rentrait toujours pour le dîner.

Il craignait une fausse couche, mais maintenant que le quatrième mois est bien entamé, il est rassuré et ses attentions sont déjà moins fréquentes. Summer pense même avoir senti *Trésor* sur le col de sa veste.

Ils n'ont d'ailleurs encore rien dit aux voisins, ils attendent le prochain barbecue qui aura lieu au début des beaux jours. Il sera temps, car Summer a du mal à cacher son ventre rebondi. Ses robes sont trop petites. Quant à son jean, ce n'est même plus la peine d'en parler !

LES MAUVAISES ÉPOUSES

De toute façon, elle ne l'aurait pas remis. Ce jean, c'était sa vie d'avant, celle avec Charlie et le ranch.

Elle a reprisé ses robes en décousant les élastiques au niveau de la taille. Cela lui a donné quelques semaines de répit, mais il faudra bientôt qu'elle achète de nouvelles tenues. Ces robes de femme enceinte à fleurs pastel.

Elle tente de reprendre son costume de femme au foyer, mais il ne lui va plus. Trop étriqué, lui aussi. Elle s'évertue à trouver du bonheur dans les tâches quotidiennes et s'est abonnée au magazine *Good Housekeeping*. Elle s'occupe les mains autant que l'esprit. Elle tricote des habits pour le bébé. Une écharpe bleue car Edward est persuadé qu'il s'agira d'un garçon, et des petites chaussettes roses car elle pense attendre une fille.

Ils ont déjà aménagé le bureau d'Edward pour en faire une chambre d'enfant. Le lit est commandé, ainsi qu'une petite armoire et une table à langer. Summer fait tout pour que son mariage fonctionne, pour qu'ils soient une famille unie. Si pour cela elle doit fermer les yeux sur les infidélités d'Edward, eh bien soit. Elle concentrera toute son attention sur son bébé et lui offrira tout son amour.

Lorsqu'elle pense trop à Charlie et que ses yeux vont déborder, Summer va dans la chambre d'enfant. Elle s'assied par terre et fixe le petit ours brun en peluche qu'elle a acheté. Elle caresse son ventre et parle du ranch au bébé. Elle sait qu'elle ne devrait pas, qu'elle le contamine sûrement avec toutes ses inepties. Mais elle n'y peut rien, elle veut que sa fille puisse rêver d'une autre vie. Si elle n'en a pas été capable, sa fille le sera peut-être.

Elle a très peur de perdre le bébé, malgré les paroles rassurantes du médecin de la base.
— Ne vous inquiétez pas, Mrs Porter.
— Faites-moi réécouter les battements de son cœur, s'il vous plaît…
— Vous avez vécu de nombreuses fausses couches mais je vous assure que cette fois tout va bien.
— Et les bombes ?
— Eh bien quoi, les bombes ?
— Ne sont-elles pas nocives pour la grossesse ?
Le docteur part d'un grand éclat de rire.
— Si vous n'étiez pas la femme du directeur scientifique, je croirais que vous me faites une blague ! Vous êtes la mieux placée pour savoir qu'il n'y a aucun risque.
— Les mannequins fondent.
— Ceux de la ville-test, vous voulez dire ?
Elle hoche la tête.
— Ils explosent. J'ai vu leurs membres tout fondus, leurs visages dégoulinants…
— Ce ne sont que des mannequins, Mrs Porter.
Il hausse les épaules avant d'ajouter :
— Je vais tout de même vous prescrire de quoi diminuer votre anxiété. Nous ne voudrions pas que votre angoisse empêche le fœtus de grandir correctement, n'est-ce pas ?
Il lui parle comme à une enfant. Summer sait que l'intégralité de ce rendez-vous sera rapportée à Edward. Elle ne veut pas faire de vagues en insistant plus. Mais lorsque le médecin se retourne pour chercher une ordonnance, elle attrape le stéthoscope qui pendait au mur et le fourre dans son sac. Elle remercie le docteur et file chez elle.

Assise dans la future chambre du bébé, elle pose le stéthoscope sur son ventre et écoute les battements réguliers du cœur de sa fille. Cela l'apaise. Elle oublie Charlie, le ranch, Edward, Lucy, le repassage, le dîner. Sa vie est là, ici et maintenant.

42

L'ouragan Summer

4 mars 1953

Une grande banderole «Félicitations» a été déployée dans le jardin. Summer la contemple un instant. Elle ne sait si ces mots s'adressent à elle ou à Edward. Une foule joyeuse et bigarrée a colonisé sa pelouse, et des bribes de discussions parviennent jusqu'à ses oreilles. Elle ne peut s'empêcher de penser à une invasion de sauterelles.

C'est le premier barbecue de la saison et Summer ouvre le bal. Il fait une vingtaine de degrés et les chemisettes et robes mi-saison sont de sortie. Le soleil s'est aussi invité et tous profitent de ses rayons bienfaisants autour de la piscine. Summer sourit en se disant que bientôt cette piscine servira à un enfant. Enfin.

Ce barbecue est l'occasion de célébrer officiellement deux événements, la grossesse de Summer et la promotion d'Edward qui, décidément, sait se faire bien voir par la hiérarchie. Il va superviser l'élaboration d'une nouvelle bombe encore plus puissante que les autres. Au minimum deux fois plus puissante que celle d'Hiroshima. Ils devraient la faire exploser en mai prochain, Edward est, bien évidemment, surexcité par ce projet.

Il ne manquait plus qu'un bébé pour que sa réussite soit complète. Vêtu d'une chemise en lin blanche, il est resplendissant. Summer se demande si cet adjectif peut être employé pour un homme. Pour Edward, en train de virevolter d'un groupe d'amis à l'autre, oui.

Summer a tout préparé avec une impression de déjà-vu. Les roulés aux saucisses, les cocktails et bien sûr, les cupcakes atomiques.

Lors de la séance du club de marche, auquel Summer participe toujours malgré son cinquième mois de grossesse, Lucy a insisté pour qu'elle leur serve à nouveau ses fameux cupcakes. Elle pensait la piéger.

– J'espère que tu ne te sens pas trop stressée, Summer, lui a-t-elle dit, faussement compatissante, entre deux foulées.

– Pourquoi ?

– Organiser le premier barbecue de l'année est une grosse responsabilité. Surtout dans ton état.

Lucy a pointé un doigt laqué de rose vers le ventre de Summer.

– Il ne faudrait pas trop te fatiguer. Un accident est si vite arrivé.

Lucy a beaucoup de mal à accepter la grossesse de sa rivale. Peut-être parce que cela détourne l'attention d'elle ou bien parce qu'Edward est obligé de rester plus souvent à la maison. Dans tous les cas, il est inadmissible qu'une pauvre petite chose comme Summer attire plus de regards qu'elle.

Lucy redouble donc d'efforts. Elle a acheté une gaine, de nouveaux dessous et doublé son budget coiffeur. Son mari, Mike, n'a pas osé dire quoi que ce soit. Il est impossible de tenir tête à Lucy, et puis, si la beauté de sa femme lui permet de monter en grade, pourquoi pas. En effet, depuis quelque temps, Mike a remarqué qu'Edward est plus souple avec lui, plus gentil même. Sans doute a-t-il enfin réalisé à quel point Mike était un bras droit essentiel à la question atomique.

– J'espère que tu nous régaleras de ces cupcakes atomiques dont tu as le secret, a fait Lucy en plissant les yeux.

– Évidemment !

– Peut-être que tu pourrais nous donner la recette.

– Tu l'as dit toi-même, Lucy, c'est un secret...

Summer lisse un pli sur la nappe et vérifie que tous les mets sont bien présentés. Elle attrape un plateau en argent et se déplace de groupe en groupe pour proposer des amuse-bouches. Lucy, en magnifique robe jaune pâle, brushing impeccable et eye-liner parfaitement appliqué, a repris de sa superbe. Elle est rassurée, Edward lui lance des œillades on ne peut plus explicites. Elle est belle, et elle le sait. Elle est belle, et il le sait.

Même si elle est jalouse de l'attention qu'Edward est obligé de porter à sa femme, elle sait que cela ne durera pas. Il lui a assuré que leur relation se poursuivrait après l'arrivée du bébé.

La reine des abeilles fanfaronne, entourée de ses sujets. Beth attrape un canapé au saumon et demande à Summer :

— Pourquoi avoir attendu cinq mois avant d'annoncer à tout le monde l'heureux événement ?

Beth s'avance et touche de ses doigts gras le ventre de la future mère. Summer déteste ce geste, c'est comme si son corps ne lui appartenait plus.

— Nous préférions attendre un peu.

— Summer est de constitution fragile, lance Lucy avec un œil mauvais.

— Comment le sais-tu ? En as-tu parlé avec mon mari ? Il est vrai que vous êtes souvent ensemble en ce moment...

Le temps semble s'arrêter. Même les mouches cessent de voler. Lucy se fige. Summer est étonnée de sa propre audace. Les deux femmes se jaugent.

Puis, Lucy part dans un grand éclat de rire, comme si Summer venait de raconter une blague hilarante. Mais, étrangement, les autres femmes ne l'imitent pas et elle se retrouve seule avec son rire forcé.

Elles ont toutes compris l'allusion de Summer. Elles qui ont toujours admiré, envié la belle, la talentueuse Lucy, n'avaient jamais envisagé une seule seconde qu'elle puisse s'immiscer dans leur couple. Lucy serait-elle une briseuse de ménage ? À bien y réfléchir, elle serait la maîtresse parfaite. Omniprésente. Puissante. Indispensable.

Summer, décidément remontée, en profite pour asséner le coup de grâce.

— Je me demande où est le père Andrew. Tu ne le saurais pas, Lucy ? À toi, il dit absolument tout...

La peau laiteuse de Lucy se teinte d'un rouge que la poudre de riz ne camoufle pas. Elle se mord la lèvre et plante son regard dans celui de Summer. Ses yeux lancent des éclairs. Summer sourit, même si les autres femmes n'ont peut-être pas compris tous ses sous-entendus, Lucy sait qu'elle sait et c'est suffisant. Le prêtre aura maintenant plus de difficultés à dévoiler les petits secrets de ses paroissiens.

Un froid s'empare de l'assemblée de femmes. Est-ce le vent du désert ou bien l'impact de cette conversation ? Quelques rires leur parviennent depuis les autres groupes. Lucy n'aime pas ce qui se passe et fixe Summer, cause de ce trouble, d'un air mauvais. La guerre est déclarée et la première bataille a été remportée par sa rivale.

Il y a quelques mois, Summer n'aurait jamais été capable de parler ainsi à Lucy. Elle tourne la tête vers la maison de Charlie. Cette force nouvelle, cette assurance, elle les lui doit. Rien n'aurait été pareil sans elle. Et paradoxalement, elle ne serait pas enceinte sans Charlie. C'est leur relation qui l'a rendue belle et à nouveau attrayante aux yeux d'Edward.

Summer soupire. Elle ne doit plus penser à Charlie ni au passé, mais se focaliser uniquement sur l'avenir. Elle observe les visages toujours bouleversés des femmes et le regard suspicieux qu'elles lancent désormais à Lucy. Tel un ouragan, Summer a dévasté leurs certitudes.

Elle caresse son ventre et reprend son plateau des mains de Beth.

– Je vous laisse, Mesdames, je dois m'occuper des autres invités.

Elle quitte le groupe et ne peut s'empêcher de sourire. L'ouragan Summer est passé.

43

Une maîtresse encombrante

Harry est en train de se servir un cocktail atomique bleu lorsque Summer le percute avec son plateau. Une tache turquoise se dessine sur sa chemise crème.
– Je suis terriblement désolée.
Une vague de colère traverse le regard de cet homme violent mais est vite remplacée par un sourire affable. Le mari de Charlie sait bien cacher son côté sombre.
– Ce n'est rien du tout.
Summer lui tend une serviette. Il frotte sa chemise mais l'auréole céruléenne ne disparaît pas. Le curaçao, ça tache. Il prend le plateau des mains de Summer.
– Vous ne devriez pas vous fatiguer.
Summer déteste cette fausse sollicitude. Elle déteste être en sa simple présence. Mais elle meurt d'envie de savoir si Charlie va venir au barbecue. Tout Artemisia Lane a été invité et Harry est là, alors elle peut espérer la voir. Elle est surprise par la force de cette envie, le besoin qu'elle a de voir Charlie.
– Votre femme va-t-elle se joindre à nous ?

Elle est fière du ton neutre qu'elle a réussi à mettre dans cette phrase.
— Non. Malheureusement, elle est souffrante.
Summer se demande si elle a entendu des cris hier soir expliquant l'absence de Charlie. A priori, non. Charlie a dû inventer une excuse pour ne pas la voir. Elle essaie de cacher sa déception, mais elle n'échappe pas à Harry.
— Vous êtes amies, non ?
Summer est mal à l'aise.
— Oui.
— Cela fait un moment que je ne vous ai pas vues ensemble.
— J'ai été très occupée.
Harry baisse les yeux vers le ventre de Summer. Il hoche la tête.
— Je comprends.
Puis, il ajoute sur le ton de la confidence :
— Charlie est probablement jalouse de vous. Elle est incapable de garder un enfant.
Summer a envie de lui sauter à la gorge, de l'étouffer avec la serviette. Elle voudrait le griffer, lui hurler qu'elle sait tout de lui. Qu'elle n'a que mépris pour lui et que son sourire de star de cinéma ne cache rien de son âme sombre et violente. Harry doit le percevoir car quelque chose s'allume dans son regard. Cela l'amuse autant que ça l'énerve. Il aime la lutte.
— Pourrais-je vous emprunter notre hôtesse une minute ?
Mrs Burns arrive à point nommé. L'étincelle noire disparaît de l'œil de Harry qui reprend sa posture d'acteur. Le Cary Grant d'Artemisia Lane sait y faire.

– Je vous en prie. Je dois justement aller changer de chemise.

Il fait un clin d'œil à Summer, qui se sent immédiatement glacée, et s'en va.

– Vous allez bien ? demande la vieille dame.

Summer reste prostrée. Mrs Burns, qui connaît par Penny le côté violent de Harry, l'interroge :

– Il ne vous a pas fait de mal ?

Summer secoue la tête.

– Non, il a même été plutôt courtois.

– Les manipulateurs le sont toujours au début.

Elle attire Summer dans le salon et la fait asseoir sur le canapé. Elle pose une main sur la sienne. Sa présence fait du bien à Summer, elle regrette d'avoir manqué plusieurs de leurs rendez-vous autour d'un thé brûlant ces derniers temps. Elle était tellement absorbée par son mal-être et par les préparatifs pour accueillir le bébé qu'elle n'a plus accordé de temps à ses amies. La tristesse rend égoïste.

– Vous êtes au courant ? lui demande la vieille dame.

Les traits de Mrs Burns sont crispés, cela inquiète Summer.

– Que se passe-t-il ?

Elle se fait la remarque qu'une fois encore elle semble être en-dehors, ne pas être au courant de ce qu'il se passe. Une bulle d'ignorance.

– Penny a été arrêtée.

– Comment ? Quand ? Pourquoi ?

– Ils sont venus l'arrêter à son travail hier. On la soupçonne d'être une espionne russe.

– C'est ridicule ! Pourquoi l'accuser d'une telle chose ?

– Une dénonciation anonyme.

Les épaules de Summer s'affaissent. Sous le poids du choc, elle est plus lourde et s'enfonce profondément dans le canapé.

– C'est impossible. Il y a forcément une erreur.

– Penny a eu droit à un coup de téléphone. Elle m'a appelée depuis une cellule de la base dans laquelle ils la retiennent préventivement.

– Pourquoi ne m'a-t-elle pas appelée ?

– Vous sembliez préoccupée ces derniers temps...

– Je suis désolée.

– Vous avez traversé une période difficile.

Mrs Burns lui adresse un regard triste et profond. Se pourrait-il qu'elle ait été au courant de ce que Summer s'apprêtait à faire ? Savait-elle pour sa relation avec Charlie ? Non, c'est impossible. Personne ne sait. Sans doute parle-t-elle du premier trimestre de sa grossesse.

Summer s'en veut terriblement de ne pas avoir été présente pour ses amies. Mais l'heure n'est pas aux récriminations personnelles, elle doit trouver un moyen de sortir Penny de là.

– Elle a d'abord tenté de joindre Harry mais il n'a pas répondu, alors elle a pensé à moi, explique Mrs Burns.

– Je ne suis pas étonnée. Je suis sûre qu'il s'amusait avec elle, rien de plus. Il ne fera rien pour l'aider.

– Pourtant, elle pense que Harry va venir à son secours.

– Je suis certaine du contraire.

La vieille dame vérifie qu'aucune oreille indiscrète ne traîne à proximité.

– Je suis persuadée que c'est lui le délateur.

– Harry ?
Elle hoche la tête.
– Pourquoi ?
– Depuis quelque temps, Penny souffre de la situation et insiste pour que Harry quitte sa femme. Je lui ai dit qu'il ne le ferait jamais. Elle m'a répondu qu'il l'aimait et n'était pas heureux avec sa femme.
– Penny est si naïve.
– Elle refusait de voir la vérité en face. Elle était très amoureuse de lui et se voyait déjà l'épouser. Elle a continué à se montrer pressante avec lui. La semaine dernière, dévastée par le chagrin, elle l'a menacé de tout dévoiler s'il ne quittait pas Charlie.
– Du chantage ?
– Elle ne l'aurait jamais fait ! Elle voulait simplement le faire réagir.
– Pour réagir, il a réagi. Je suis d'accord avec vous, Mrs Burns, cette dénonciation anonyme, c'est tout à fait Harry.
Summer réfléchit. La situation est claire. Le maccarthysme est bien pratique quand il s'agit de se débarrasser d'une maîtresse encombrante.
– Que pouvons-nous faire ? demande-t-elle à Mrs Burns.
– Votre mari est le directeur scientifique de la base. Il peut sûrement nous aider.
Summer affiche une moue dubitative.
– Edward voit des espions communistes partout. Même si je lui explique que Penny est une amie et que j'ai toute confiance en elle, je ne suis pas certaine qu'il nous aide.
La vieille dame lui attrape les deux mains.

— Nous devons essayer. Une chance infime est toujours mieux que rien du tout.

Summer n'y croit pas trop. Elle sait à quel point l'idéologie de la guerre froide est ancrée en Edward. Elle va devoir redoubler d'ingéniosité pour le forcer à aider Penny.

Un coup de pied dans son ventre la fait tressaillir. Malgré la situation, elle sourit. Sa fille lui montre déjà qu'elle est de son côté.

44

L'antichambre des rêves

6 mars 1953

Dans le bus, Summer et Mrs Burns restent silencieuses. La situation ne s'est pas arrangée pour Penny, qui entame son cinquième jour de détention. Les interrogatoires se multiplient et se ressemblent. Ils n'ont qu'un seul objectif : lui faire avouer son appartenance au Parti communiste.

Il n'y a rien de plus ridicule ! Penny est un pur produit américain, nourri aux céréales et aux rêves de grandeur. Certes, son aventure avec Harry était une erreur mais mérite-t-elle de gâcher sa vie pour autant ? Summer ne peut accepter que cet homme détruise la vie d'une autre femme. Il a suffisamment fait de mal comme cela.

Le bus cahote sur le goudron usé de la route. Ces soubresauts lui donnent des haut-le-cœur. Elle observe le paysage à travers la fenêtre recouverte d'une fine couche de sable du désert. Elle n'était jamais allée dans ce quartier. Dans quel monde étriqué elle vivait !

Penny leur a demandé de s'occuper de son chat. Le pauvre animal est livré à lui-même, et sa maîtresse s'inquiète beaucoup. Bien sûr, les deux amies ont immédiatement accepté d'aller prendre soin de la bête. Summer ne sachant pas conduire et Mrs Burns s'estimant trop âgée, elles ont décidé de faire le trajet en bus.
– Où en êtes-vous avec Edward ? Va-t-il nous aider ?
Summer soupire.
– Je l'espère. J'ai fait tout mon possible.
– J'en suis persuadée.
– Il a accepté de lire son dossier.
– Très bien, au moins nous saurons de quels éléments ils disposent.
– D'aucun, à mon avis. Uniquement la dénonciation anonyme.
– En ce moment, cela peut suffire à détruire une vie. C'est ici !
La vieille dame s'accroche à la barre et tire sur ses bras pour se lever. Le bus s'arrête brutalement et Summer s'avance pour l'empêcher de tomber mais Mrs Burns est solide comme un roc, ce n'est pas un simple autobus qui la ferait plier.
Les deux femmes sortent en se tenant par le bras. Elles suivent les indications fournies par Penny et se retrouvent assez vite devant un immeuble de quatre étages divisé en appartements. Summer relit ses notes.
– Le 14A.
Coup de chance, l'appartement de Penny est au rez-de-chaussée. Summer cherche le petit pot de fleurs dont leur a parlé la jeune femme. Enfin, elle le trouve et le retourne,

une clé y est scotchée. Elle la tend à la vieille dame qui déverrouille la porte.

Summer est mal à l'aise. Elle a l'impression de violer l'intimité de Penny. Rentrer chez une personne, c'est découvrir ce qui se cache sous la surface, l'endroit dans lequel elle se sent bien, en sécurité.

Les murs sont recouverts de photos de stars de cinéma. Marilyn Monroe souriant, la moue mutine, Katharine Hepburn en tenue de savane pour *African Queen*. Mrs Burns pointe du doigt le poster où Marlon Brando s'illustre en tee-shirt blanc, les muscles saillants et l'air renfrogné pour *Un tramway nommé désir*.

– Notre chère Penny avait déjà un faible pour les mauvais garçons.

Summer montre l'affiche de *Singing in the rain* avec Gene Kelly, Debbie Reynolds et Donald O'Connor vêtus de cirés jaunes, auréolés de leurs parapluies.

– Elle aime aussi ceux qui dansent sous la pluie.

– Tout n'est peut-être pas perdu.

Les deux femmes continuent leur visite. L'appartement n'est pas bien grand et elles arrivent dans le coin cuisine. Une petite table en bois et une seule chaise.

– La pauvre petite devait se sentir bien seule, raisonne à haute voix Mrs Burns.

– C'est sûrement pour cela qu'elle a pris un chat.

– Le chat ! Je l'avais complètement oublié. Il doit mourir de faim. Comment s'appelle-t-il ?

Summer consulte ses notes et sourit.

– Marlon.

Mrs Burns jette un œil sévère au poster de Marlon Brando et secoue la tête, comme si ce prénom justifiait les mauvais choix de Penny ces derniers temps.

Elles appellent en chœur le chat qui finit par sortir de sa cachette avec un miaulement.

– Marlon ! Te voilà, s'écrie Summer en caressant son pelage noir.

Elle ouvre un placard et y trouve des croquettes qu'elle verse dans la gamelle. Le petit félin se jette sur sa pitance. Summer ajoute de l'eau fraîche.

– Sauvetage réussi ! s'enthousiasme Mrs Burns en entendant le chat ronronner de plaisir tout en mangeant.

Les deux amies s'assoient sur le canapé du salon. Elles entendent les craquements des croquettes brisées sous les dents de Marlon. Elles regardent la pièce. Toute une vie résumée dans une seule pièce.

– J'espère que nous réussirons à sortir Penny de ce mauvais pas.

Summer ne sait pas si Mrs Burns parle de la prison ou de cet appartement, antichambre des rêves. Elle se demande si on peut vraiment juger quelqu'un à son intérieur. Dans ce cas, que dire du sien ? Tout est parfaitement rangé, quelques livres, un téléviseur, deux ou trois photos du couple. Rien d'extravagant. Rien qui sorte de l'ordinaire. Cela veut-il dire que Summer est banale ?

Sa maison est aussi pastel que l'était sa vie. Fade et sans relief. Son couple n'était pas triste mais n'était pas heureux non plus. Ils avaient oublié de garder une place pour la joie, la spontanéité et l'extraordinaire. Ils étaient devenus ennuyeux.

LES MAUVAISES ÉPOUSES

Et que penser de la maison de Charlie ? Tout y était faux, jusqu'à ses rideaux beiges. Rien dans son intérieur ne reflétait la passion qui l'animait. Le drame qu'elle vivait. Les luttes qu'elle menait.

Pour Penny, c'était pareil. Cet appartement n'était qu'un début, un sas avant sa vraie vie. Grâce à son métier de secrétaire, elle mettait de l'argent de côté en attendant de pouvoir vivre son rêve hollywoodien.

Tout le monde cachait son rêve sous une couche de banalité en patientant sagement. Sauf que certains finissaient par l'oublier. Combien d'espoirs abandonnés se cachaient à Artemisia Lane ?

Marlon ayant terminé son repas, il vient se lover sur les genoux de Mrs Burns en quête d'affection. La main ridée de la vieille dame se pose sur le pelage doux et chaud.

– Nous ne savons pas combien de temps Penny sera absente de chez elle. Il faut prendre le chat avec nous, décrète Summer.

– Vous avez raison, gardez-le.

– Moi ?

– Je suis trop vieille pour avoir un chat.

– Et moi je suis enceinte !

– Vous, ça ne va pas durer. Moi, c'est pour la vie.

Mrs Burns joue les dures mais elle a gardé la main sur le dos du chat. Une compagnie ne lui ferait sans doute pas de mal. Summer en profite.

– Ne dites pas de bêtises. Et puis, regardez ! Il vous a déjà adoptée.

La vieille dame caresse la petite boule de poils.

– Je ne le garde que le temps que Penny sorte de prison.

Summer sourit.
– Marlon sera entre de bonnes mains.
Elles se lèvent et regardent une dernière fois l'appartement. Quand Summer referme la porte, Mrs Burns lui demande :
– Qu'avez-vous dû faire pour le persuader ?
– Qui ? Marlon ?
Elle lui donne une tape sur le bras.
– Edward ! Pour qu'il regarde le dossier.
Summer soupire.
– J'ai dû accepter le prénom Robert si le bébé est un garçon.
Mrs Burns semble dubitative.
– Quelqu'un de sa famille ?
– Non. Enfin, on pourrait presque le dire. Cela fait référence à Robert Oppenheimer, le directeur scientifique du projet *Manhattan* durant la Seconde Guerre mondiale, et père de la bombe atomique.
Mrs Burns fait la grimace. Summer rit.
– Ne vous inquiétez pas, mon bébé ne s'appellera pas Robert.
– Vous ne comptez pas tenir votre promesse ?
– Ce sera une fille.
Les deux femmes, un chat sous le bras, se dirigent vers le bus de retour.

45

Repartir à zéro

3 avril 1953

Mrs Burns sourit. Ses yeux moqueurs se posent sur l'assemblée réunie dans l'église. Ils semblent suivre les voisins, tous vêtus de noir, qui s'assoient sur les bancs frais. Un rayon de soleil, telle une lumière divine, vient se poser sur elle. Ses cheveux forment des rouleaux, sans doute sortait-elle de chez le coiffeur au moment de la photo.

Summer fixe le portrait de son amie, placé juste à côté du cercueil. Tout s'est passé si vite ! Lorsqu'elles se sont vues, seulement quelques jours auparavant, elle ignorait que cet au revoir serait définitif. Aurait-elle agi différemment si elle l'avait su ? Mrs Burns pressentait-elle quelque chose ou bien est-elle allée se coucher avec la certitude de se réveiller le lendemain ?

Tout le monde rêve de mourir dans son sommeil. Cela semble être la mort la plus sereine mais n'est-ce pas, au contraire, la plus traîtresse ? Personne ne nous prévient que nos paupières resteront à tout jamais closes. Depuis, Summer se méfie du sommeil.

Les conversations chuchotées parviennent à ses oreilles. On se console en disant que la vieille dame a vécu une belle vie. Mais qu'en savent-ils ? Mrs Burns a connu deux guerres mondiales et un changement de siècle. Elle a vu l'arrivée du téléphone, de l'automobile, des feux de signalisation, de la télévision, de l'escalator, du cinéma et de la bombe atomique.

Summer regrette de ne pas avoir pu passer plus de temps en sa compagnie. Ses thés brûlants, ses sourires en coin et ses remarques pertinentes lui manqueront. Elle caresse son ventre bien rond, elle aurait aimé lui présenter son bébé.

Assise au premier rang, elle fait figure de famille. Mrs Burns n'a pas seulement perdu son mari, elle a aussi subi la perte d'un enfant. Mort dans un accident de voiture. Il ne restera plus aucune trace de Mrs Burns. Plus d'ADN en tout cas.

Summer aurait voulu que Penny soit à ses côtés. Mais elle est partie, elle aussi. Ce matin même. La police militaire l'a enfin relâchée, après un mois d'enfermement et d'interrogatoires. Elle a mis un certain temps avant d'admettre le fait que son amant, Harry, soit responsable de son arrestation mais s'est finalement résignée.

Faute de preuves, Penny a été relaxée. Summer ignore si Edward est intervenu ou non en sa faveur. Cependant, elle a été licenciée et ne pourra plus jamais retravailler pour l'armée. Quand on a été soupçonnée d'être une espionne russe, on retrouve difficilement un emploi. C'est pourquoi

Summer lui a conseillé de quitter la ville. Repartir à zéro pour se créer une autre vie. La destination était évidente. Hollywood.

Penny et Summer se sont retrouvées ce matin à la gare routière. Devant un bus *Greyhound*, elles se sont fait leurs adieux.

– Vous allez vous construire une nouvelle vie.

Penny a essuyé une larme avec un mouchoir en tissu. Avant de se rendre compte qu'il était brodé aux initiales de Harry. Elle l'a jeté par terre et piétiné.

– Je ne sais pas comment vous remercier.
– C'est ce que font les amies.
– Mrs Burns me manque.
– À moi aussi.
– Je regrette tellement de ne pas avoir pu lui dire au revoir.
– Elle savait que vous l'aimiez.
– Vous pensez que je devrais rester pour ses funérailles ? Je le lui dois.

Summer a posé une main sur l'épaule de la jeune femme. Enfant unique, elle n'a jamais connu la sensation d'être la grande sœur mais s'est doutée que ce devait être ce qu'elle vivait à cet instant.

– Ce n'est plus votre place. À quoi bon affronter les regards en coin et les mesquineries ? Mrs Burns n'aurait pas souhaité cela pour vous. Elle aurait voulu que vous suiviez votre rêve.

– Comment vous remercier ?
– En devenant une grande star d'Hollywood !

Un sourire a alors illuminé le visage trempé de larmes de Penny.
– Je ne vous oublierai jamais.
Summer a sorti de son sac une enveloppe qu'elle a tendue à la jeune femme.
– Vous l'ouvrirez plus tard. Maintenant, montez dans le bus, le chauffeur nous fait signe.
Penny a plaqué une bise aussi tendre que mouillée sur la joue de Summer et rejoint l'autocar qui n'attendait qu'elle pour fermer ses portes et se mettre en marche. Un nuage de poussière s'est soulevé tandis que Penny s'éloignait vers ses rêves étoilés.
Summer est restée un moment assise sur un banc de la gare routière à contempler les voyageurs. Elle a repensé à son plan d'évasion avec Charlie. Elles auraient dû se retrouver ici et prendre un bus les menant vers le ranch. Mais la vie en a décidé autrement.
Le nuage de poussière retombé, tout était calme à présent. Summer était seule. De ses complices, il ne lui restait rien. Charlie ne lui parlait plus, Mrs Burns s'était endormie et Penny était partie. Seul subsistait Marlon, le chat de la jeune femme, comme preuve qu'elle n'avait pas rêvé. Penny ne pouvait pas l'emmener à Hollywood, alors Summer a proposé de le garder. Il est le trait d'union entre toutes ces femmes.
Elle a souri en imaginant la tête de Penny quand elle ouvrirait l'enveloppe. Summer y a placé une belle somme d'argent. Elle a continué à mettre de côté quelques billets au fur et à mesure. C'est ce qu'elle appelle «sa part».

LES MAUVAISES ÉPOUSES

Elle les cache dans une petite boîte en aluminium dans la cuisine.

Elle ne sait pas pourquoi elle continue à faire cela. Est-ce par défi ? Par ennui ? Simplement pour se prouver qu'elle en est capable ? Non, c'est plus profond. Elle veut se donner l'espoir de pouvoir, un jour peut-être, changer de vie. Une possibilité de dévier son chemin. Même s'il y a de fortes probabilités pour qu'elle n'utilise jamais cet argent, elle sait qu'il est là et que l'alternative existe. C'est aussi une sorte d'hommage à Charlie, montrer que son enseignement n'est pas perdu, que Summer n'a rien oublié de ces moments passés ensemble.

Elle a repensé à ce qu'elle avait dit à Penny : « Ce n'est plus votre place ici. » Et elle, où est sa place ? Certainement pas ici, sur un quai de gare routière. Summer a lissé sa robe informe de femme enceinte qui la fait ressembler à une baleine fleurie. Et elle est partie.

La cérémonie funèbre commence et Summer se sent seule. Elle n'a jamais été aussi seule de toute sa vie. Elle a perdu ses deux amies. Elle a perdu Charlie. Il ne lui reste personne pour la réconforter. Personne avec qui discuter politique ou extraterrestres, personne pour lui servir un thé fumant et des petits gâteaux trop cuits. Personne pour déposer un baiser sur ses lèvres en manque d'amour.

Edward, assis à côté d'elle, a l'air de s'ennuyer. Il a la tête ailleurs, à son projet de méga bombe qui devrait se concrétiser dans un peu plus d'un mois. Il travaille beaucoup et à chaque fois qu'il rentre tard, Summer se demande s'il revient de la base ou d'un rendez-vous avec

Lucy. Il recommence à se « changer les idées » en écoutant la radio pendant qu'elle fait la vaisselle, son gros ventre collé contre l'évier.

Summer s'accroche à l'image de sa fille. Elle lui installera une balançoire dans le jardin pour lui donner l'impression de voler. Elle veut qu'elle connaisse le sentiment de liberté.

Elle enfonce ses ongles dans le bois tendre du banc. Toutes les personnes présentes ne connaissaient pas vraiment Mrs Burns. Elles la voyaient comme la vieille dame, la veuve d'Artemisia Lane. Savaient-elles que les jours d'explosion, elle se réfugiait à l'intérieur pour tourner le dos à la bombe ? Qu'elle n'aimait pas l'instrument de mort autour duquel tournaient leurs vies à tous ?

Quelque chose attire l'attention de Summer. Comme une force qui la pousse à tourner la tête. Elle quitte le père Andrew des yeux et cherche la source de ce sentiment. Elle la trouve. Là. Deux yeux noirs qui sont fixés sur elle. Deux scalpels qui la découpent. Charlie est ici, assise quelques rangs plus loin. Un grand chapeau noir sur ses cheveux.

Summer sent un frisson la parcourir. C'est la première fois que leurs regards se croisent depuis la dispute. Chaque fois qu'elle a aperçu la silhouette de Charlie à travers la fenêtre ou qu'elle l'a vue traverser la pelouse pour se rendre à l'épicerie ou ailleurs, Summer s'est forcée à rester stoïque. Mais aujourd'hui, elle ne peut pas. Elle ne peut lâcher ces yeux. Elle se noie dans ces yeux.

Charlie lui fait un cadeau immense en lui accordant ce moment. Summer s'en rend compte. Charlie sait l'affection qui l'unissait à la vieille dame et comprend la douleur, le vide qu'elle ressent à cet instant.

Summer voudrait la remercier. Lui montrer l'importance de ce cadeau, lui dire à quel point elle lui manque. Une secousse contre son épaule la force à se retourner. C'est Edward qui l'appelle.

– Concentre-toi un peu !

Summer se détache de lui et bascule à nouveau vers Charlie, mais elle lui refuse un autre regard. Summer fixe le sol.

– Oui, c'était mon amie et tu ne la connaissais pas.

Edward fronce les sourcils, il n'apprécie pas ce ton mais le met sur le compte de l'émotion. Il sait se montrer magnanime.

Summer observe les mouvements du père Andrew, se focalise sur ses lèvres qui prononcent des paroles auxquelles elle ne croit plus. Elle se lève et quitte l'église.

46

Serpent à sonnette

4 mai 1953

Une brise brûlante fouette le visage de Summer quand les portes du bus s'ouvrent. Il fait exceptionnellement chaud en ce début de mois de mai. Les trente-cinq degrés font fondre les mascaras, les fonds de teint et les permanentes. Quelle idée de se rendre dans la vallée de la Mort par cette température !

Même Lucy, d'ordinaire si résistante à la chaleur ou à la moindre trace d'humidité qui prouverait son appartenance à l'espèce humaine, est obligée de s'éponger le front. À côté d'elle, Beth est en sueur. Georgina est liquéfiée et toutes les autres sont rouges comme autant de tomates abandonnées au milieu du désert.

L'épouse du commandant a souhaité instaurer une nouvelle activité. Elle pense que les femmes d'Artemisia Lane doivent sortir un peu de la base et connaître leur environnement. C'est ainsi qu'elle a organisé cette virée dans la vallée de la Mort.

LES MAUVAISES ÉPOUSES

Il faut bien admettre que l'idée n'est pas mauvaise. Cette immense étendue de roches blanchies par la sécheresse est magnifique à cette époque de l'année. À seulement deux heures trente de route et pourtant, aucune d'elles n'y était jamais venue.

Au début, les femmes n'étaient pas ravies de cette excursion en-dehors de leur zone de confort, mais quand la commandante propose, on dispose. Lucy, bien que déçue de ne pas être l'instigatrice du projet, en profite pour se mettre en avant et montrer à quel point elle est essentielle à la vie de la base.

Les têtes couvertes par de grands chapeaux de paille, les yeux cachés derrière des lunettes de soleil, les femmes sortent du bus qui les a conduites ici. Une espèce de concours implicite s'est installé. La circonférence de la capeline étant, apparemment, proportionnelle au pouvoir sur la base. La commandante porte donc un chapeau digne d'une ombrelle tandis que Lucy, qui n'a pas su se retenir, est coiffée d'un véritable parasol.

Summer essaie de ne pas rire en les voyant lutter pour s'extraire du bus sans abîmer leurs précieuses coiffes. Assise au troisième rang, elle patiente sagement que ces dames réussissent à sortir sans encombre.

Un frisson la parcourt soudain quand elle sent le regard scalpel dans son dos. Elle a été très étonnée quand elle a aperçu Charlie, ce matin, qui se joignait au groupe pour la visite de la vallée de la Mort. Harry a dû la forcer, on ne se soustrait pas à une activité organisée par la commandante. Un tel crime de lèse-majesté est impensable, même pour Charlie.

Summer ressent une douleur qui lui serre le cœur, elle ne peut s'empêcher de penser que, peut-être, elle est venue pour elle. Immédiatement, elle se fustige. Pourquoi Charlie ferait-elle quoi que ce soit pour elle ? C'est Summer qui a rompu leur alliance. Mais peut-être... Il y a bien eu ce regard à l'enterrement de Mrs Burns. La vieille dame a trouvé le moyen de les réconcilier, au moins une fois.

Cet échange de regards a beaucoup perturbé Summer. Elle le revit souvent la nuit, et cela lui fait autant de bien que de mal car elle se rend compte à quel point sa complice lui manque.

Charlie est au fond du bus. Elle fixe les montagnes blanches, parfois jaunies par une traînée de sable. Ce sable sauvage, libre, qui rend fou. Elle refuse de regarder Summer en face. C'est trop dur. Quand Harry l'a obligée à participer à cette sortie, elle a trouvé mille prétextes. Mais aucun n'a résisté aux poings de son mari contre ses côtes.

Elle a eu beau se préparer à revoir Summer, elle n'était certainement pas prête à voir son énorme ventre. Cette masse ronde qui pointe sous sa robe à motifs et qui lui rappelle tout ce qu'elle manque. Ce bébé, elles auraient pu l'élever ensemble au ranch. Comment Summer avait-elle pu être aussi aveugle, si policée, si uniforme ?

Charlie sent le regard de Summer sur elle et s'y refuse. Elle ne veut pas, elle ne peut pas. Cette fois à l'église était différente. Elle ne peut pas se permettre de replonger dans la candeur de ses yeux bleus. Elle attend que toutes les femmes soient sorties du bus pour descendre. Elle pourrait feindre un malaise et rester ici à les attendre. Mais il fait si chaud dans le véhicule que Charlie a l'impression qu'elle va s'évanouir. Et puis, elle a du mal à respirer à cause de ses côtes endolories.

Elle ferait mieux de sortir prendre un peu l'air. Elle n'aura qu'à se tenir loin de Summer pour éviter de sentir son odeur de lilas fraîchement cueilli. Elle ne le supporterait pas, cette odeur, c'est celle de ses souvenirs, de leurs après-midi lovées l'une contre l'autre dans le canapé en lisant et en refaisant le monde. Le lilas aurait été le premier arbre qu'elles auraient planté au ranch.

La commandante a bien fait les choses. Un guide les attend. Même si Charlie est bonne dernière, elle n'a aucune difficulté à retrouver le groupe grâce aux gigantesques chapeaux de paille. Elles sont parties très tôt pour pouvoir profiter d'un peu de fraîcheur – c'est raté – et du spectacle du soleil qui se lève – c'est réussi. Des teintes roses et violettes habillent les montagnes d'un somptueux manteau. Happées par le spectacle, toutes se taisent et admirent en silence. Le temps semble arrêté, seule la course colorée du soleil marque les minutes.

Quand les montagnes recouvrent leur teinte naturelle, le guide s'exclame :

– Bienvenue à Zabriskie Point, Mesdames !

Beth se met à applaudir. Ses petites mains potelées et moites font un drôle de bruit mouillé et collant. Les autres l'imitent. La commandante s'incline pour recevoir le compliment comme si ce spectacle naturel était son œuvre.

Le guide monte sur un promontoire rocheux afin d'être bien vu par l'ensemble du groupe. Immédiatement, la commandante se joint à lui. Après un instant d'hésitation et un regard noir de la commandante, Lucy décide à regret de rester avec le groupe.

— Je m'appelle John. Nous allons profiter de cette belle journée pour découvrir les merveilles de ce paysage. Nous commencerons par une petite marche à travers le sentier où je vous montrerai les...

— John ?

C'est Beth, visiblement inquiète, qui l'a interrompu.

— Nous ne risquons rien ?

— C'est-à-dire ?

— Y a-t-il des bêtes sauvages qui pourraient nous attaquer ?

— Ne sois pas ridicule, Beth ! s'emporte Lucy, en faisant un clin d'œil à John pour lui signifier qu'elle a l'habitude de gérer ce genre de bêtises.

Le guide se veut rassurant.

— Ne vous inquiétez pas. Je connais la vallée de la Mort comme ma poche. Il ne vous arrivera rien...

— Beth aurait peur de son ombre ! se moque Lucy.

— Vous pouvez me faire confiance, vous ne risquez rien. Regardez simplement où vous mettez les pieds et évitez de toucher les rochers.

Lucy arque ses sourcils parfaits.

— Pourquoi ?

Le guide la regarde comme si elle était la dernière des idiotes.

— À cause des serpents à sonnette.

47

Tuez-le !

À l'évocation du serpent à sonnette, le groupe se resserre telle une armée face à l'ennemi. Seule Charlie fait bande à part. Elle est fascinée par ces roches aux formes ondulées qui dessinent une mer figée pour l'éternité. Elle se demande combien de ciels, combien d'orages elles ont vus passer. Elle ressent l'énergie qui émane de cette terre. Même l'air sec lui fait du bien. Ce paysage apocalyptique, et pourtant si beau, lui rappelle qu'elle peut survivre. Charlie aspire cet air à pleins poumons, elle se remplit de ce chaos bienfaisant.

De son côté, Summer peine à suivre le sentier. La chaleur fait peser son ventre encore plus lourd, et ses jambes sont gonflées. Edward a fortement insisté pour qu'elle participe à cette virée au pays de la mort. *Fais un petit effort !* lui a-t-il dit pour la convaincre. *Pense un peu à moi. De quoi aurai-je l'air si ma propre femme n'assiste pas à la sortie de la commandante ?*

Quelle surprise elle a eue en voyant que Charlie était là, elle aussi. Paradoxalement, cela lui a fait du bien.

Même si elles ne se parlent plus, elle a senti qu'elle aurait une alliée. Elle jette un œil à Charlie qui paraît revigorée. Elle le savait, c'est exactement le genre de paysage qui lui convient. Des montagnes torturées, un vent chaud et violent qui vous fouette le visage pour vous rappeler que vous êtes en vie. Charlie l'intense, Charlie la sombre, Charlie la forte, fait partie de cette nature-là. Summer, elle, a le sentiment d'être une minuscule fourmi au cœur de cette étendue infinie. Aucune limite, aucune frontière à laquelle se rattacher. Seulement un immense espace vide.

Charlie se retourne et leurs regards se croisent. Cela fait l'effet d'une cascade à Summer. D'abord une fraîcheur apaisante, puis l'impression de se noyer sous le flot du courant. Charlie détourne la tête. Elles se remettent à marcher.

Summer est devant. Elle sent le regard de Charlie dans sa nuque autant que lorsqu'elle y glissait sa main pour l'embrasser. Il se passe quelque chose, elles le sentent toutes les deux. Est-ce l'énergie particulière qui se dégage de ce lieu ? Ou le fait de se retrouver si proches ?

Le groupe continue sa progression. La voix monotone de John mêlée à la chaleur plonge les femmes dans une sorte de torpeur moite. Il explique que, contrairement à ce qu'indique son nom, la vallée de la Mort est loin d'être morte. Beth, sous tension dans cette nature hostile, éclate d'un rire un peu trop fort. Lucy, l'air affligé, tente un regard de connivence avec la commandante qui ne le lui rend pas.

Les randonneuses repartent, Summer se retourne vers Charlie, à plusieurs mètres en retrait. Leurs yeux se rencontrent. Elles restent un long moment ainsi. Se baignant l'une dans le cœur de l'autre. C'est comme une armure qui se fend, un vase qui se brise, elles sentent toutes leurs résistances s'effondrer.

Elles n'ont même pas besoin de parler. Les mots sont superflus, elles se comprennent autrement. Ici, elles parlent nuages, sable, vent, chaleur. La nature est leur moyen de communication. Summer demande pardon à Charlie, elle est tellement triste de lui avoir fait du mal. Elle voudrait qu'elle comprenne, elle n'avait pas le choix. Instinctivement, elle caresse son gros ventre.

Charlie hoche la tête. C'est une libération pour Summer autant qu'une tentation. Elle meurt d'envie de courir l'enlacer. La couvrir de baisers pour panser les blessures qu'elle lui a causées.

Charlie a un léger sourire. Le vent a transmis le message.

– Qu'est-ce que vous fabriquez plantées là ? leur crie Lucy.

Summer et Charlie se rendent alors compte que le groupe a continué à avancer et les a sérieusement distancées.

– Nous n'avons pas toute la journée, s'énerve Lucy en cheftaine.

Charlie fait un clin d'œil à Summer, et les deux femmes rejoignent le reste de la troupe.

Le guide reprend ses explications. Il parle de la faune et de la flore endémiques à cette région.

– Le crotale, plus connu sous le nom de serpent à sonnette, utilise un organe, la cascabelle, pour produire ce son si caractéristique. Il sait parfaitement se camoufler…

Les femmes, essoufflées, profitent de cette pause à l'ombre pour s'appuyer sur des rochers.

– De nombreuses espèces de végétaux réussissent à survivre ici : le créosotier, le mesquite, l'arbre de Josué...

Lucy sort de son sac à main une gourde en métal. Les autres la regardent avec envie. Elle s'empresse de la boire en intégralité.

– Ce sont les Indiens Mojaves qui ont donné leur nom à ce désert, continue John.

– Les Indiens, toujours à se garder les meilleures terres, plaisante Lucy.

Le guide, ne souhaitant pas entrer dans ce genre de considérations, poursuit :

– Nous trouvons des pumas, des lynx...

– C'est peut-être parce que ces terres leur appartenaient en premier..., coupe Charlie, faisant suite à la remarque de Lucy.

– Des coyotes, des lézards, des renards nains...

– Ce sont quand même les Blancs qui les ont fait fructifier.

– Spolier une terre pour s'emparer de ses bénéfices, c'est ce que tu appelles « faire fructifier » ?

– Des mouflons canadiens, des cerfs hémiones...

Lucy voit rouge. Elle ne va certainement pas s'en laisser conter par cette pimbêche arrogante de Charlie. Surtout pas devant la commandante.

– Certaines personnes ne savent pas ce qui est bien pour elles. Elles ont besoin qu'on les remette dans le droit chemin.

– En les volant et les parquant dans des réserves ?

– Des pumas, trois espèces d'amphibiens...
Les femmes assistent à cet échange comme à un match de tennis. Un point pour Charlie. La balle est à Lucy, qui est loin d'en avoir fini avec cette impertinente. De quel droit ose-t-elle la contredire devant son groupe d'amies ? Pour qui se prend-elle, cette Charlie, avec ses grands airs ? Depuis le début, elle se méfie d'elle. Toujours secrète, un sourire en coin, à ne jamais se mêler à elles. Pas même une seule confession au père Andrew. Comment Lucy pouvait-elle la contrôler si elle ne connaissait pas ses secrets ?
Elle sourit. Il y a bien quelque chose.
– Certaines personnes sont... Comment dire ? Inférieures. Ce n'est pas de leur faute, c'est la nature. Elles arrivent dans un quartier sans histoires et créent des problèmes. Il arrive même qu'on les entende crier la nuit parce qu'elles sont incapables de rendre leur mari heureux.
Elle a une moue mauvaise avant de continuer :
– Ce sont des inadaptées. Des bonnes à rien. Des anormales.
Charlie est soufflée par la violence de la remarque. Lucy a visé là où ça fait mal, dans ses fêlures les plus profondes. Charlie ne s'est jamais sentie normale. Peut-être qu'après tout, Lucy a raison, qu'elle est une bonne à rien. Peut-être que Harry a raison de la frapper pour la remettre à sa place. Et cet amour pour Summer, il n'est pas normal lui non plus.
Summer ne peut supporter de la voir ainsi malmenée.
– Lucy ?
La mauvaise, toujours tranquillement appuyée sur un rocher, se retourne vers elle.

– Oui ?
– Tu as un crotale dans le dos.
Lucy ouvre de grands yeux et sa bouche se tord. D'un bond, elle se lève et gesticule dans tous les sens en hurlant :
– Il est sous mon chemisier !
Les autres, horrifiées, se sont reculées et l'observent, pétrifiées.
– Oh, mon Dieu ! Il est sous mon chemisier, je le sens !
– Restez calme, enlevez votre chemisier, conseille le guide, imperturbable.
Lucy gesticule dans tous les sens. John s'approche.
– Ne vous affolez pas, vous allez l'effrayer.
– L'effrayer ? répète Lucy, les yeux fous. Je n'en ai rien à faire de l'effrayer ! Enlevez-le ! Tuez-le !
Le guide n'allant pas assez vite à son goût, Lucy déchire son chemisier. Des petits boutons en nacre roulent jusqu'aux pieds de Summer. Lucy se retrouve à hurler en soutien-gorge.
– Enlevez-le !
Le guide se place dans son dos.
– Il n'y a rien.
– Je le sens, vite ! Débarrassez-moi de cette horreur.
– Il n'y a rien.
– C'est tout gluant.
– Il n'y a rien.
Lucy finit par entendre les paroles du guide.
– Comment ?
– Il n'y a aucun serpent dans votre dos.
– Mais…
– Vous avez eu peur pour rien.

Les cheveux hirsutes, les joues écarlates, en soutien-gorge au milieu du groupe de femmes, Lucy lance un regard noir à Summer.
– Toi !
Summer sourit.
– Désolée, Lucy, j'ai dû rêver.
Elle observe Lucy de haut en bas avec un air faussement compatissant.
– Tu nous as donné un sacré spectacle. Mais, tu sais, ce n'est rien, certaines personnes ne sont pas très courageuses. Ce n'est pas de leur faute, c'est la nature.

Le groupe redescend le sentier pour rejoindre le bus. Le retour se fait en bon ordre. Les femmes conversent avec la commandante et évitent soigneusement de regarder Lucy qui s'est couvert la poitrine des restes de son chemisier en lambeaux. C'est avec un soulagement certain qu'elles prennent place dans le bus qui les ramènera au calme d'Artemisia Lane.

Summer reprend sa place au troisième rang et attend que tout ce petit monde soit installé. Elle jette un dernier regard à la vallée de la Mort quand elle sent une caresse sur sa main posée sur l'accoudoir, c'est aussi doux que furtif. Charlie est passée à côté d'elle et se dirige vers le fond du bus. En passant, ses lèvres ont dessiné un merci silencieux.

48

Les pancakes sont froids !

12 mai 1953

    Summer se sent bien aujourd'hui. Elle s'est levée en pleine forme malgré sa difficulté à trouver une position confortable pour dormir. Son énorme ventre l'empêche de se placer correctement.
    Avant de préparer le petit déjeuner, elle s'accorde un petit moment dans la chambre du bébé. Elle a acheté un rocking-chair en osier. Elle pourra s'y asseoir pour bercer sa fille. Elle s'y voit déjà…
    En attendant, elle prend le stéthoscope qu'elle a caché au fond de l'armoire et écoute les battements de cœur puissants. Dans un peu plus d'un mois, son enfant sera là.
    Bercée par les mouvements du fauteuil, Marlon le chat sur les genoux, elle ferme les yeux et repense à Charlie. Elle lui a frôlé la main. Elle ne l'a pas oubliée.
    Edward s'agite. Elle entend le parquet grincer sous ses allées et venues. Il doit chercher sa chemise blanche. Elle l'a pourtant lavée, repassée et rangée en haut de son

étagère. Il est stressé. Aujourd'hui est un grand jour pour le NTS. Son équipe va procéder aux derniers tests pour leur méga bombe. Tout doit être prêt pour le 19 mai.
— Où est ma chemise blanche ?
Summer sourit de cette prévisibilité. Elle se lève péniblement du rocking-chair.
— Sur la première étagère de ton armoire !
— Je ne la trouve pas !
Summer soupire. Elle se tient à la rampe de l'escalier et commence l'ascension. Elle retrouve Edward dans la chambre, il est dans tous ses états. On peut dire que cette bombe le met sous tension. Pas encore rasé, en caleçon et maillot de corps, ses chaussettes remontées jusqu'aux genoux, Summer pourrait le trouver attachant.
— Tu devrais ranger un peu ! Ce n'est quand même pas difficile de plier correctement les affaires de son mari.
Summer aurait pu le trouver attachant. Elle n'a qu'à tendre la main pour récupérer la chemise. Elle la donne à Edward qui, inquiet, regarde sa montre.
— Je suis en retard.
Il part en quatrième vitesse dans la salle de bains et l'interpelle en faisant couler de l'eau.
— Tu te souviens ? Je ne rentrerai pas cette nuit.
— Je sais.
— Nous effectuons les tests nocturnes.
— Je sais.
— Cette bombe sera exceptionnelle ! Son nuage va être exceptionnel. On devrait le voir jusqu'en Californie.
— Je sais.
— Trente-deux kilotonnes, tu te rends compte ?

Elle n'a pas le temps de répondre.
— Celle d'Hiroshima n'était que de seize kilotonnes.
Il reprend déjà, rêveur :
— Je vais entrer dans l'histoire.
Quelques coups de lame contre le rebord de l'évier indiquent à Summer qu'Edward a fini de se raser. Il sort de la salle de bains, il lui reste un peu de mousse dans le cou.
— Ne m'attends donc pas pour dîner. Nous travaillerons toute la nuit. Il ne nous reste que cinq jours pour tout régler.
— Vous serez prêts, le rassure Summer en essuyant la mousse avec une serviette.
Edward lui lance un regard reconnaissant. Il veut lui déposer un baiser sur le front mais est gêné par sa circonférence. Il lui prend la main.
— Tu verras, ce sera une belle explosion.
Il pose une main sur son ventre.
— Mon fils va apprécier !
En son for intérieur, elle prie secrètement pour le contraire. Elle ne veut pas d'un deuxième scientifique. Elle veut un enfant rêveur, doux, gentil, attentionné et certainement pas fasciné par un engin comme la bombe atomique. De toute façon, son bébé sera une fille.
Elle descend préparer le petit déjeuner pendant qu'Edward termine de s'habiller. Il sait que cette bombe peut propulser sa carrière au sommet. Il veut donc être sur son trente-et-un. En plus, le commandant sera présent pour les derniers essais.

Une pile de pancakes aux myrtilles trône sur la table de la cuisine. Summer espère qu'il ne va pas tarder à la rejoindre car ils vont refroidir et les pancakes froids, c'est moins bon. Elle décide d'aller relever le courrier en l'attendant. Il fait déjà chaud et le chemin jusqu'à la boîte aux lettres lui paraît faire des kilomètres. Elle ouvre la boîte surmontée d'un petit drapeau américain. Une pile d'enveloppes s'y entassent. En rentrant chez elle, Summer les inspecte. Quelques publicités, des factures et une lettre.

Elle se rattrape au chambranle de la porte pour ne pas tomber. Elle reconnaît l'écriture. C'est pourtant impossible ! Elle passe son index sur les lettres rondes et suit l'empreinte du stylo qui les a tracées. Une encre noire qui sent le thé bouillant et les gâteaux trop cuits. Summer arrive même à percevoir dans sa bouche la brûlure familière du Earl Grey. Cette lettre a été envoyée par Mrs Burns.

– Les pancakes sont froids !

La voix d'Edward la fait sursauter. Elle cache vite l'enveloppe en bas de la pile. Elle ne sait pas pourquoi mais elle ne veut pas que son mari la voie. Elle sait que le moment de sa lecture sera particulier et ne veut pas l'y inclure. C'est son monde à elle, et il serait capable de le lui gâcher.

Le reste du petit déjeuner se déroule comme si elle était absente de son propre corps. Son esprit est obnubilé par cette lettre. Que peut-elle bien contenir ? Pourquoi Mrs Burns lui a-t-elle écrit ? Comment peut-elle recevoir cette lettre maintenant ? Elle se remémore sa tristesse au moment de l'enterrement, la solitude qui l'avait étreinte, et Charlie qui l'avait regardée pour la première fois depuis leur horrible dispute.

Elle reçoit régulièrement des nouvelles de Penny. La jeune femme a trouvé un logement à Los Angeles qu'elle partage avec une autre aspirante starlette. Loin de souffrir de cette promiscuité, Penny est heureuse de rentrer le soir à son appartement et de trouver quelqu'un avec qui discuter. Elle court les castings et a même auditionné pour un petit rôle dans *Fenêtre sur cour*. Elle a croisé James Stewart dans les studios et a failli s'évanouir.

– … parce que l'atome, c'est l'avenir…

Edward continue son discours. Ses lèvres bougent, mais aucun de ses mots n'atteint Summer.

– … les cocos n'auront qu'à bien se tenir et…

Summer devrait-elle prévenir Penny pour la lettre ? En a-t-elle reçu une, elle aussi ?

– … premier site stratégique de tout le Nevada…

Summer fronce les sourcils. Et si c'était une mauvaise blague ? Quelqu'un qui se paierait sa tête. Qui pourrait bien avoir une idée aussi morbide ? Immédiatement, elle pense à Lucy. Sa voisine n'a pas digéré son humiliation dans la vallée de la Mort. Elle doit chercher un moyen de rendre à Summer la monnaie de sa pièce, c'est certain. Mais de là à se servir d'une pauvre vieille dame décédée, il y a des limites que même elle ne franchirait pas. Et puis, l'écriture sur l'enveloppe est bien celle de Mrs Burns, comment Lucy pourrait-elle l'avoir imitée ?

– Summer ?

Elle secoue la tête et dirige son attention sur son mari.

– Oui.

– Tout va bien ?
– Oui.
– Tu vas t'en sortir, toute seule cette nuit ? Tu veux que je demande à une de tes amies de passer ? À Lucy ?
– Sûrement pas !
Summer se rend compte de la brutalité de sa réponse. Elle pose la main sur l'avant-bras de son mari.
– Tout ira bien, Edward.
Elle l'accompagne jusqu'à la porte. L'aide à enfiler sa veste, époussette son chapeau, vérifie le nœud de sa cravate. Il dépose une bise sur sa joue et il est parti. Enfin ! Summer lui adresse un dernier signe de main sur le pas de la porte et, quand la voiture s'engage dans l'allée, se jette sur l'enveloppe.

49

Il est temps de vivre

Summer s'est assise sur le canapé. La lettre entre ses mains, elle s'imprègne de son parfum. Elle reconnaît l'odeur de rose de sa propriétaire. C'est comme si Mrs Burns était assise à côté d'elle, prête à lui servir un thé brûlant. Summer peut sentir sa présence rassurante et familière. Cela lui donne le courage d'entamer sa lecture.

Ma chère Summer,

Si vous recevez cette lettre, c'est que je suis morte.
C'est drôle, j'ai toujours voulu écrire cela. Il y a quelque chose de mystérieux, d'envoûtant et peut-être même d'éternel dans cette phrase. Un peu comme moi...
J'imagine votre surprise en recevant ma missive et je suis heureuse de réussir à vous surprendre de là où je suis. Mais aucun mystère là-dedans, j'ai simplement chargé mon notaire de vous envoyer la lettre.
Je vous vois comme si j'étais à vos côtés. Vous êtes assise sur votre sofa et une larme est en train de rouler sur votre

joue droite qui, allez savoir pourquoi, réagit toujours plus vite que la gauche. Essuyez-la vite avant qu'elle ne coule sur votre ventre rond. Les bébés ne devraient pas goûter les larmes avant de naître.

Summer se surprend à frotter sa joue droite. En effet, elle est mouillée. Une seconde plus tard, la gauche se joint au mouvement. Elle ne peut s'empêcher de rire devant la perspicacité de son amie.

Je suis, ou du moins j'étais, une vieille dame et la vie m'a enseigné deux ou trois choses que je n'ai, malheureusement, pas pu partager avec vous. C'est idiot, on pense toujours qu'on aura le temps. Même à mon âge, quand l'horloge tourne plus vite. Je vous ai écoutée, je vous ai observée, je vous connais, sûrement plus que vous-même qui refusez de faire connaissance avec la femme forte et sensible que vous êtes. Je ne peux m'en aller sans vous dire tout ce que j'ai sur le cœur car je sais que vous avez besoin de l'entendre.
Vous vous souvenez de cette fois où vous avez saigné du nez lors d'un de nos rendez-vous ? Vous vous étiez excusée de ne pas vous adapter assez bien à l'atmosphère de la base, comme aime à le répéter Edward. Je peux bien vous le dire maintenant, votre mari est un idiot. Oh, je vous vois d'ici en train de le défendre, lui et ses diplômes. C'est un idiot instruit. Et, pour ne rien vous cacher, ce sont les pires. Car il est possible de pardonner à une personne qui n'a pas reçu d'éducation sa faiblesse d'esprit, mais cela l'est beaucoup moins pour une autre qui a eu la chance d'être instruite.

Je n'ai pas fait de grandes études, les guerres et ma condition de femme m'en ont empêchée. Mais je sais que vivre à côté d'une bombe n'est pas sain. Et surtout, pas sans conséquences. Je n'ai pas besoin d'un doctorat pour le savoir, je n'ai qu'à sentir le goût métallique de l'air après une explosion pour le comprendre.

Connaissez-vous Marie Curie ? Cette femme brillante qui n'a pas su se protéger de sa propre découverte et a fini par en mourir. Elle aussi a dû saigner du nez. Tout cela pour vous dire que les radiations ne s'arrêtent pas à la porte de la base, contrairement à ce que veut nous faire croire l'armée.

Je vais probablement vous choquer mais je ne fais aucunement confiance à l'armée. Je ne suis pas une communiste pour autant ! Simplement une personne qui a vu de jeunes hommes envoyés vers une mort certaine par des gradés en uniforme bien en sécurité dans des bunkers.

Vous n'appartenez pas à ce monde-là, Summer. Vous le sentez mais n'osez pas vous l'avouer. Vous n'êtes pas heureuse à Artemisia Lane...

Je sais que vous cachez un secret. J'ai songé, un temps, que vous me le confieriez, mais cela n'est jamais arrivé. Peut-être avez-vous eu peur du jugement d'une vieille dame.

Je vous ai vue vous épanouir pour devenir celle que vous étiez destinée à être, vous étiez joyeuse, puis d'un seul coup, vous vous êtes refermée, vous étiez triste et parfois absente. Je regrette de ne pas avoir pu vous aider.

Comme vous le savez, l'Artemisia tridentata *est* l'emblème du drapeau du Nevada. Cette fleur jaune vous correspond bien. Intelligente, elle dégage une odeur âcre qui lui permet de survivre en éloignant les herbivores. Ne vous méprenez pas, je ne suis pas en train d'insinuer que votre parfum m'incommodait, loin de là. Je veux vous montrer que l'Artemisia s'accommode des régions arides et désertiques. Elle est capable de minimiser la perte d'eau grâce à la forme de ses feuilles, elle a su s'adapter. Comme vous, c'est une fleur qui s'est épanouie dans l'adversité.

Cependant, même la plus forte des plantes a besoin de changer de terreau au bout d'un moment. Ce temps est venu pour vous, Summer. Mon sixième sens m'indique que vous avez été très proche de partir, de tout quitter pour recommencer, mais quelque chose vous a fait renoncer. Mon sixième sens me dit toujours que ce quelque chose est en train de grandir en vous. Mais vous avez mal interprété ce signe divin. Ce bébé n'est pas un ordre céleste vous obligeant à rester avec un mari qui vous délaisse et ignore qui vous êtes réellement. C'est, au contraire, l'impulsion qui vous manquait pour tout risquer et tout recommencer.

Je n'aurais jamais eu le courage de vous dire tout cela en face, la pudeur fait des ravages en amitié. En un sens, la mort nous fait du bien puisqu'elle fait paraître tout cela insignifiant.

Aucune famille ne me survit mais j'ai l'audace de croire qu'un peu de moi restera sur cette terre à travers notre amitié. Je n'oublierai pas votre gentillesse et votre présence discrète mais essentielle. Nos rendez-vous ont égayé mes après-midi, je vous en suis très reconnaissante.

Il me reste une dernière chose à vous dire. Je suis une femme simple qui a mené une vie simple. Je n'ai jamais couru après l'argent et il n'a jamais couru après moi, mais j'ai sagement mis de côté des économies. Cela me semble

LES MAUVAISES ÉPOUSES

bien stupide à présent. Combien de voyages, combien de découvertes aurais-je pu faire si j'avais utilisé cet argent ? Je suis passée à côté de beaucoup de choses en restant chez moi, le confort est parfois le pire des choix.

Ne vous laissez pas paralyser par l'inertie de l'habitude, la tyrannie de la norme et par ce que les autres attendent de vous. Personne n'est mieux placé que vous pour savoir ce dont vous avez besoin. Pour certains ce sera une belle maison à Artemisia Lane, pour d'autres une virée en Oldsmobile...

Vous l'avez compris, je ne vous dis pas ce que vous devez faire, je vous offre le choix. Mon notaire vous versera une somme sur un compte qu'il ouvrira pour vous. Vous en ferez ce que bon vous semble.

Je peux maintenant partir en paix. Je ne sais pas ce qui m'attend. Un grand trou noir ou un paradis lumineux. Une absence ou une présence. Mais je suis prête. J'ai vécu ma vie, à vous de vivre la vôtre.

Servez-vous un thé bien chaud à ma santé ! Prenez bien soin de notre Penny, elle aura besoin de vous. Et n'oubliez pas Marlon, ce chat est une adorable brute.

Celle qui se dit fière d'être votre amie,

Mrs Burns

Summer replie soigneusement la lettre. Ses larmes ont dessiné des cercles irréguliers sur le papier. Elle prend une grande inspiration quand elle se rend compte qu'elle a oublié de respirer. Elle comprend que c'est exactement ce que Mrs Burns lui a offert, une respiration.

LES MAUVAISES ÉPOUSES

Summer essuie ses yeux rougis. Elle regarde la lettre et hésite entre la relire et la replacer précieusement dans son enveloppe pour ne pas l'abîmer. Mais ce n'est pas ce qu'aurait voulu son amie.

Elle se lève soudain et, sans même prendre la peine de se regarder dans le miroir, sort de chez elle. La porte claque mais elle ne l'entend pas, son esprit est occupé ailleurs. Il est temps de vivre.

50

Entre la peur et le désir

Les graviers crissent sous ses pas comme s'ils étaient heureux de la retrouver. Lorsqu'elle emprunte le chemin qui relie sa maison à celle de Charlie, Summer a le sentiment de retrouver une douce habitude. Comme un pull tout doux qu'on aurait plaisir à retrouver chaque hiver. Charlie, sa chaleur, sa force, sa puissance, lui ont tant manqué.

Elle se refuse à réfléchir. Ses pas la guident, ils savent mieux qu'elle. Devant la porte de Charlie, sa main se lève d'elle-même pour venir frapper. Trois coups brefs. Un long. Trois coups brefs. Charlie comprendra.

Summer ne se demande pas si les voisines l'observent, ce qu'elles pourraient penser. Tout ce qui lui importe, c'est cette porte. Qu'est-ce qu'elle attend pour l'ouvrir ?

Le cœur de Summer bat fort dans sa poitrine, peut-être va-t-elle faire une attaque ici, sur le pas de la porte de Charlie. On la retrouvera là, allongée, en se demandant ce qu'elle pouvait bien faire ici. On spéculera, on se dira qu'elle avait sans doute besoin de farine ou de sucre et était venue en demander à sa voisine avant de s'effondrer.

LES MAUVAISES ÉPOUSES

Le silence de cette porte est insoutenable. Pourtant, Charlie est chez elle, sa voiture est là, garée dans l'allée. Elle ne lui ouvre pas. Sans doute sait-elle ce qui va se passer. Cherche-t-elle encore à protéger Summer ? Mais Summer n'a plus envie d'être protégée, elle veut vivre.

Elle repense aux mots de Mrs Burns : *vous étiez joyeuse*. Oui, elle l'était, grâce à Charlie. Ses moments de bonheur, de liberté, elle les a connus avec Charlie. Comment a-t-elle pu penser pouvoir l'éliminer de sa vie ?

Ses poings frappent à la porte. Plus fort. Trois coups brefs. Un long. Trois coups brefs. Son cœur cesse de battre. Il attend d'entendre le bruit familier des talons des escarpins rouges de Charlie sur le parquet.

L'a-t-elle vraiment entendu ou a-t-elle rêvé ? Combien de fois a-t-elle imaginé cet instant ?

Les talons se rapprochent. Summer croit percevoir un souffle derrière la porte. Une hésitation. Un battement de cœur.

Les gonds grincent comme s'ils avaient, eux aussi, souffert de cette attente. Charlie ouvre la porte et fixe son regard scalpel sur Summer qui se dit qu'elle doit être un peu ridicule, les yeux rougis, les cheveux en épis, une robe informe.

Charlie se tait. Elle pourrait paraître placide si sa poitrine ne se soulevait pas à un rythme effréné sous son chemisier de satin rouge. Summer a envie de sourire en remarquant qu'une fois de plus, elle a ouvert un bouton de trop laissant entrevoir une partie de son corps que les femmes bien-pensantes d'Artemisia Lane jugent bon de cacher.

Summer comprend que c'est à elle de faire le chemin. Après tout, c'est à cause d'elle si elles en sont arrivées là. De sa faute, si leurs chemins se sont éloignés. Si elles ont tant souffert. Le monde des hommes est déjà si violent, si injuste, pourquoi a-t-elle, à son tour, voulu rajouter de la souffrance ? Tant de peine ces derniers mois, pour rien.

C'est indéniable, sa vie sans Charlie n'a pas de saveur. Elle a essayé de redonner une chance à son couple, à sa vie bien rangée avec Edward, essayé de faire ce qui semblait juste. Mais Mrs Burns a raison, personne ne peut savoir mieux qu'elle ce dont elle a besoin. Et, elle a besoin de Charlie.

La porte moitié ouverte, moitié fermée, Charlie attend. Elle a beaucoup minci et sa taille frêle est soulignée par son pantalon fuseau noir. Ses joues se sont creusées aussi. Une ride est apparue sur son front. Summer a envie de la suivre du doigt pour en effacer le trait, elle s'en sait responsable.

La bouche est toujours aussi charnue, comme prête à mordre le premier venu. Les lèvres ont également gardé cet éternel sourire en coin qui donne l'impression de se moquer du monde entier. Harry déteste ce sourire qu'il n'arrive pas à faire disparaître malgré les coups. Ce sourire et ces yeux scalpels sont les seules armes dont dispose Charlie dans ses combats inégaux avec son mari. Elle les brandit autant qu'elle peut jusqu'à ce qu'il ferme ses yeux d'un coup de poing et efface son sourire d'un coup de ceinture.

Son maquillage expert a réussi à atténuer le nuage violacé autour de son œil gauche, mais sa paupière est encore un peu fermée. À la manière dont elle se tient les côtes, Summer comprend que la lutte a été acharnée. Cela fait un moment qu'elle n'a plus entendu les cris, mais cela ne veut pas dire pour autant que les coups ont cessé, seulement que Charlie a appris à se taire.

Pourtant, cette femme qui se tient devant la porte n'a rien d'une femme blessée. Elle est droite, aussi stable et inflexible qu'un roc, aussi sensuelle qu'un air de rock'n'roll.

Si Summer connaissait cette histoire, elle saurait que Charlie est en train de penser à un vase brisé, plus beau, plus fort grâce à ses cicatrices. Elle saurait que Charlie fait ce qu'elle peut pour rester stoïque mais qu'elle n'est pas loin de s'effondrer. Et, qu'à l'intérieur d'elle, un cri la déchire. Une envie d'enlacer Summer pour l'empêcher de s'enfuir à nouveau.

Il faut que l'une d'elles parle. Il faut que la tension s'apaise sinon elles vont imploser. Summer sait qu'elle doit initier le dialogue mais ignore par quoi commencer. Une impulsion la force à avancer d'un pas, comme si Mrs Burns l'avait poussée. Charlie reste inflexible, mais quelque chose s'est allumé dans son regard. Quelque chose entre la peur et le désir.

Summer ouvre la bouche, mais aucun son n'en sort. Le vent happe les mots qu'elle aurait pu esquisser et qui s'en vont au loin. Les lèvres de Charlie dessinent un sourire en coin.

– J'ai failli attendre.

Summer fait encore un pas. Elles sont si proches l'une de l'autre qu'il est impossible de distinguer le souffle de chacune.

– Je sais. Je suis en retard.
– Pourquoi ?
– Pourquoi ce retard ? demande Summer, incertaine.
Les yeux scalpels ne la lâchent pas.
– Pourquoi maintenant ?
– Pourquoi pas ?
Charlie semble en proie à une lutte intérieure. Puis, elle se dit qu'elle s'est assez battue. Elle ouvre la porte. Summer n'attend pas une seconde, elle s'engouffre et ferme vite la porte derrière elle, de peur que Charlie ne change d'avis.

Dans ce couloir que l'air extérieur a rendu chaud, une volute de fumée s'échappant d'une cigarette délaissée, un air de rock'n'roll en fond sonore, Summer et Charlie s'enlacent.

51

Je le déteste !

La nuit est tombée. Allongées l'une contre l'autre, Summer et Charlie regardent, à travers la fenêtre de la chambre, l'obscurité conquérir Artemisia Lane. Quelques étoiles, impatientes, brillent déjà. L'air est encore lourd mais pas suffisamment pour obliger leurs corps à se désolidariser. Elles ne forment plus qu'une seule personne, une entité. Summer étendue sur le côté pour laisser poser son ventre et Charlie, dans son dos, plaquée contre elle. Ce contact leur suffit.

Summer est heureuse. Ce moment devrait durer une éternité. Elle pourrait mourir ici et maintenant, dans les bras de Charlie. Pas de lendemain, pas de « et après », juste Charlie, la lune et les étoiles.

Charlie doit éprouver la même chose car elle resserre son étreinte. Elle a besoin de se prouver qu'elle ne rêve pas. Les beaux moments sont-ils toujours des rêves ? La réalité de Charlie est brutale, violente, faite d'attente et de coups, elle a du mal à accepter la douceur. Elle enfouit son nez dans les cheveux blonds de Summer, ils sentent le chewing-gum, la fraîcheur, le bonheur. Elle se rend compte, avec stupéfaction, qu'une larme s'est frayé un chemin sur sa joue. C'est la première fois qu'elle pleure de joie. Elle n'est pas habituée.

La nuit leur appartient. Leurs maris seront retenus jusqu'à l'aube par cette bombe qui explosera bientôt. Pour une fois que l'atome leur rend service !

Summer laisse son regard errer dans la pièce et il se porte sur une photo de mariage posée sur la table de nuit. Harry, sublime en costume sombre, pose avec son sourire de star de cinéma. Il maintient la taille de Charlie d'une façon possessive qu'on pourrait trouver touchante si on ne la savait maladive. Charlie, dans une robe écrue, paraît ailleurs. Elle semble, déjà, chercher une issue.

Summer a beaucoup de mal à imaginer Harry couché dans ce lit. Ronfle-t-il ? Tourne-t-il le dos à Charlie ? Prend-il toute la couette ? Ces questions idiotes parcourent l'esprit de Summer. C'est étrange d'imaginer l'intimité d'un monstre.

Elle se retourne vers Charlie et caresse son visage. Son doigt s'attarde sur l'œil violacé, en dessine lentement les contours puis elle vient y déposer un baiser léger pour le réparer. Elle sent monter une bouffée de haine pour cet homme au costume sombre de la photo.

– Je le déteste ! Je pourrais le tuer !

Charlie s'amuse du poing vengeur dressé en l'air.

– Ne dis pas ce genre de choses.

– Mais je le pense !

Charlie cale un coussin dans son dos et s'assied contre la tête de lit.

– Je ne veux pas entendre ce genre de phrases dans ta bouche. Ne le laisse pas te salir.
– Mais enfin, comment peux-tu rester si calme ?
– Je ne suis pas calme, je suis résignée. C'est différent.
– Pourquoi ?
Charlie fronce les sourcils.
– Pourquoi quoi ?
– Pourquoi t'infliger une telle souffrance ?
– Je l'ai choisi. Je l'ai épousé.
– Pourquoi rester avec lui ?
– Parce que je n'avais pas trouvé de raison de partir.
– Tu n'as jamais imaginé comment serait ta vie sans Harry ?
– Si, une fois.
Charlie plante ses yeux scalpels dans ceux de Summer, qui comprend que c'est d'elle qu'il s'agit. De leur départ avorté pour le ranch. Si Charlie a eu une fois le courage de se délivrer de l'emprise de Harry, c'était cette fois-là. Et, Summer a tout gâché.
– Tu mérites tellement mieux.
Charlie se mord la lèvre. Elle semble au bord des larmes.
– Je ne crois pas, non.
Summer se redresse d'un bond.
– Bien sûr que si ! Tu es belle, intelligente, forte, drôle, vive, indépendante. Tu ignores à quel point tu es merveilleuse, Charlie.
– Peut-être que je n'ai que ce que je mérite.
– Non ! Si la vie était juste, ça se saurait.
Charlie sourit de voir Summer si vindicative. Les rôles sont inversés. Cette nuit volée leur permet cela.

Elle pose une main sur le ventre de Summer.
- Si Harry n'était pas là, tu me suivrais ?
- Il y a Edward, aussi.
- Et s'ils n'étaient pas là ?

La vision du ranch s'impose à toutes les deux. La liberté, elles l'avaient goûtée de si près. Summer s'imagine élever sa fille dans cet environnement sain et lumineux, loin des bombes et de leurs champignons atomiques. Elles y seraient bien, toutes les trois. Elles feraient du cheval toute la journée.

Puis cette image se brouille. Les moments doux ne sont, décidément, destinés qu'aux rêves. Sa vie est ici. Pourrait-elle vraiment tout quitter maintenant ? Doit-elle parler à Charlie de l'argent laissé par Mrs Burns ? Grâce à cette somme, elles pourraient refaire leur vie. Il faut lui dire, puisque c'est justement la lettre de Mrs Burns qui lui a donné le courage de venir retrouver Charlie.

- Il faut que je te dise quelque chose...
- Non, ne dis rien.

Charlie pose son index sur les lèvres of Summer pour l'empêcher de continuer.

- Ne gâchons pas ce moment. L'avenir et ses questions arriveront bien assez tôt. Laisse-nous la nuit pour rêver.

Summer hoche la tête. Elle se rallonge et vient placer sa tête contre Charlie. Les doigts fins de son amie lui caressent les cheveux, et elle sent une onde bienfaisante apaiser tout son corps.

- Je voudrais garder un souvenir de cet instant, murmure Charlie.

Summer se redresse. Elle regarde autour d'elle et aperçoit un roman posé sur la table de nuit. *Un tramway*

nommé désir. Celui que Charlie lui lisait quand elles rêvaient du ranch.
Elle s'en saisit et l'ouvre à la première page. Elle y applique alors un baiser. Elle embrasse ces pages, la nuit, la fiction qui se mêle à la réalité, la soif de vengeance, les pulsions violentes, le désir, l'envie, la vie et Charlie. Ce baiser rose nacré déposé sur la première page, c'est le souvenir de cette nuit.
Summer tend le roman à son amie dont les mains tremblent un peu. Charlie presse le livre contre son cœur puis vient plaquer délicatement ses lèvres sur l'empreinte laissée. Ce baiser littéraire est peut-être le plus beau qu'elles aient jamais partagé.
Summer glisse alors sa main dans sa nuque pour décrocher la chaîne où pend une petite croix en or qui ne la quitte jamais. Les maillons caressent ses doigts fins quand elle dépose le pendentif au creux de la main de Charlie.
– Voilà, tu auras deux souvenirs de moi.
Summer se rallonge, la tête posée sur l'épaule de Charlie. Elles écoutent les bruits de la rue qui s'apprête à s'endormir. Les tintements de vaisselle qu'on lave, les cris des enfants qui refusent d'aller se coucher, la radio, le ronronnement des appareils électroménagers, le grésillement des lampadaires...
Il y a de la solennité dans ce silence qu'elles partagent. Un instant d'éternité. Quelque chose est en train de se jouer. Rien ne sera plus pareil, elles le savent, mais ignorent les détours que prendra le destin.
Summer a envie de fermer les yeux mais lutte pour les garder ouverts. Elle ne veut gâcher aucune seconde en

sommeil. Elle repense aux paroles de Charlie. La vie sans Harry et Edward... Elle n'y avait jamais vraiment pensé. Ils faisaient partie du décor, elle ne pouvait pas en faire abstraction. Elle se surprend à imaginer un soldat frappant à sa porte pour lui annoncer qu'il y a eu un problème à la base. *Un terrible accident*, lui dirait-il. Elle s'assiérait dans le canapé, choquée. *L'expérience a mal tourné*, continuerait le soldat. *Une explosion. Deux morts.*
Les doigts de Charlie se sont arrêtés. Elle a les yeux dans le vague. Pense-t-elle à la même chose ?
Elles n'osent pas se regarder. Leurs yeux pourraient les trahir. Elles sentent un mélange de honte et de désir monter en elles. Elles ne devraient pas envisager ce genre de chose, c'est mal. Il ne faut pas se laisser contaminer par la médiocrité des hommes qui les entourent. Elles doivent rester droites, solides.
Mais, parfois le hasard fait bien les choses...
Les doigts de Charlie reprennent leurs arabesques dans les cheveux de Summer. Elles fixent l'obscurité dans l'allée d'Artemisia Lane.
De quoi sera fait l'avenir ? Reviendront-elles à la normale demain ? Charlie avec Harry, et Summer avec Edward ? Vivent-elles leurs derniers instants ensemble ? Une nuit pour se dire au revoir. Se verront-elles uniquement aux barbecues en s'effleurant du regard ? Ou bien reprendront-elles leurs habitudes d'avant ? Les après-midi lovées l'une contre l'autre à lire dans le canapé. Le ranch ?
Pour l'instant, rien ne compte. Le bonheur retrouvé pèse lourd sur leurs paupières épuisées. Elles sont heureuses de pouvoir fermer les yeux en même temps.

52

Un terrible accident

13 mai 1953

Summer est réveillée par les rayons du soleil qui chauffent ses paupières. Elle ouvre les yeux, et sa première réaction est de se demander où elle est. Elle ne reconnaît pas cette couette ni ces rideaux, ce ne sont pas les siens. Puis, son regard se pose sur le cadre de la table de nuit. Un couple faussement heureux qui sourit au photographe.
Elle est dans la chambre de Charlie. Elles ont passé la nuit ensemble. Quel bonheur d'avoir pu partager l'intimité d'un sommeil avec elle ! Summer remercie silencieusement la vie – Dieu ? – de lui avoir offert ce moment.
Charlie dort encore. Ses cheveux reposent en cascade sur son beau visage. Summer repousse doucement une mèche et voit l'œil barré de noir. Une grimace déforme alors ses traits, elle a envie de jeter la photo par la fenêtre, de découper l'homme aux ciseaux pour ne garder que la belle mariée.

Elle dépose un baiser aussi léger que tendre sur la joue assoupie et se lève. Son ventre rond pèse lourd ce matin, mais elle n'a pas le temps d'y penser. Elle doit rejoindre sa maison, Edward ne va pas tarder à rentrer.

Elle attrape ses chaussures déposées au pied du lit et quitte la chambre sans un bruit. Elle ne veut surtout pas réveiller Charlie. Le sourire sur les lèvres de l'endormie l'a émue. Chaque minute de bonheur gagnée compte.

Le parquet craque sous le poids de Summer mais reste relativement silencieux. Il est complice de sa sortie. Avant d'ouvrir la porte, elle se recoiffe dans le miroir de l'entrée et lisse ses cheveux du plat de la main. Malgré le peu de sommeil, elle a un teint magnifique. Ses joues sont roses, ses yeux rieurs, sa bouche prête à sourire. Alors c'est ça, le bonheur ?

Elle enfile ses chaussures et sort en passant par la porte de derrière. Elle ne voudrait pas qu'une voisine indiscrète lui demande pourquoi elle l'a vue quitter la maison de Charlie au petit matin.

Quand elle rentre chez elle, Summer éprouve une drôle d'impression. Comme si elle pénétrait chez une inconnue. Cette maison n'est plus la sienne. C'est celle d'une autre femme, une épouse, une future mère au foyer, une femme d'intérieur. Tout est parfaitement rangé, du livre sur la bibliothèque au bloc-notes à côté de la radio où Edward « se change les idées ».

Aussi vite que sa circonférence le lui permet, elle se glisse sous la douche. Tant pis, elle n'a pas le temps de se laver les cheveux. De toute façon, Edward ne remarque

pas ce genre de choses. L'eau fraîche lui fait du bien car il fait déjà chaud. Ce mois de mai promet d'être caniculaire.
Il lui semble entendre le téléphone sonner mais le bruit de la douche l'empêche d'en être certaine. Et puis, il est bien tôt pour appeler. Elle a dû se tromper.
Une fois séchée, elle s'accorde un moment pour se maquiller. Elle a besoin de cela pour endosser le rôle de la femme d'Edward. Chaque coup de pinceau, chaque aplat de crème, lui permet de redevenir celle qu'elle doit être, celle qu'on attend qu'elle soit. Un tracé de rouge à lèvres rosé et elle est prête.
Elle descend à la cuisine préparer le petit déjeuner. Quand Edward rentrera, il sera sûrement épuisé. A-t-il vraiment passé toute la nuit à travailler à la base ? Ne lui aurait-il pas menti ? Peut-être qu'il a rejoint Lucy dans un de ces hôtels sordides de Las Vegas. Impossible, comment aurait-il fait ? Et puis, tous les hommes étaient réquisitionnés pour les derniers réglages de cette bombe dont on parle tant depuis des mois.
Les images de Charlie, Lucy et Edward se superposent dans sa tête. Elle bat les œufs si fort qu'ils finissent par s'échapper du bol. Quand la sonnerie stridente du téléphone retentit, le récipient termine sa course par terre. L'omelette se répand sur le sol. Summer peste, elle sait à quel point il lui sera difficile de se baisser pour frotter les taches.
Elle se précipite sur le téléphone.
– Summer, enfin ! Où étais-tu passée ? Je cherche à te joindre depuis des heures ! s'agace Lucy.

Entendre, dès le matin la voix de Lucy, déformée par l'énervement lui donne la nausée.
– Que puis-je faire pour toi, Lucy ?
– Je t'ai appelée plusieurs fois ! Tu ne répondais pas...
Un peu du courage de Charlie doit avoir déteint sur Summer dans la nuit car elle ose l'interrompre :
– Je ne pense pas que tu me téléphones pour savoir si je fais la grasse matinée...
Lucy marmonne des paroles inintelligibles puis ravale sa fierté pour annoncer :
– Il s'est passé quelque chose...
Summer entend ce ton lugubre, cette inquiétude sourde dans la voix de sa rivale, et sait déjà ce qu'elle va dire avant même qu'elle prononce ces mots :
– ... un terrible accident.
Summer lâche le combiné qui pend lamentablement au bout du fil entortillé. Elle repense à sa nuit, aux propos échangés avec Charlie. *Et si Harry et Edward n'étaient pas là ?*
– Summer ?
Un terrible accident.
– Summer ?
La voix aiguë de Lucy réussit à percer à travers le combiné ballant. Summer s'assied sur une chaise, le choc ne permet pas à ses jambes de la soutenir.
– Summer !
Son estomac se contracte en un violent spasme. Elle court au bord de l'évier pour vider ce trop-plein d'émotions. Dans sa précipitation, elle marche dans le jaune d'œuf encore au sol. Elle s'étonne que son esprit soit

encore capable de penser que le meilleur moyen pour enlever ce genre de tache soit de l'eau citronnée. Quel genre d'épouse se préoccupe des taches sur le sol de sa cuisine quand elle apprend que son mari est sûrement mort ? C'est Charlie qui a raison, il y a quelque chose de mauvais en elles.
– Summer !
Lucy s'agite au téléphone. Summer essuie sa bouche avec un torchon et reprend le combiné.
– Que s'est-il passé ?
Lucy semble surprise d'avoir enfin quelqu'un au bout du fil.
– Il y a eu un problème technique. Un mauvais réglage. On ne sait pas exactement. Ils étaient en train de préparer la bombe et...
– Qui, « ils » ?
– Mike et Edward.
– Pas Harry ?
– Qui ?
– Harry, le mari de Charlie.
– Celui qui s'occupe de la sécurité ? Pourquoi aurait-il été avec eux ?
Summer se rend compte de sa terrible déception. Elle n'a pas le temps de poser une autre question que déjà, Lucy enchaîne, dédaigneuse :
– Tu ne connais vraiment rien à l'organisation de la base, ma pauvre Summer ! Les tests de cette nuit ont été réalisés par équipes. Et puis, pourquoi est-ce que je t'appellerais pour te parler du mari d'une autre ? Surtout de celle-là !

Elle rit toute seule puis reprend :
– Bon, j'ai promis de te contacter pour te prévenir. C'est fait. Heureusement que je réponds toujours au téléphone, moi. La femme du commandant m'a appelée en personne pour m'avertir.

Suivent quelques paroles d'autocongratulation qui n'arrivent pas jusqu'aux oreilles de Summer. Lucy se félicite d'être un pilier de la communauté, celle sur qui toutes les femmes de la base peuvent compter...

Elle termine son monologue :
– Edward est à l'hôpital de la base.
– À l'hôpital ?
– Évidemment ! Où voudrais-tu qu'il soit ? lui rétorque-t-elle comme si elle était la dernière des idiotes.

Elle raccroche, laissant Summer l'estomac retourné et les pieds dans le jaune d'œuf.

53

Des draps blancs

L'hôpital militaire est semblable à un hôpital de ville. La même odeur écœurante de désinfectant, de mort et de souffrance. La plupart des gens pensent que les hôpitaux sont des lieux calmes, or c'est tout l'inverse. Les bruits des moniteurs se mêlent aux conversations des patients et des médecins rythmées par les pas pressés des infirmières. La vie ne s'arrête jamais, même dans l'antichambre de la mort.
Les pieds de Summer pèsent une tonne sur le linoléum ciré et collant. Elle ne sait pas à quoi s'attendre. Lucy est restée vague sur les circonstances de l'accident. Dans quel état va-t-elle retrouver le pauvre Edward ?
Un problème électrique, c'est tout ce qu'on lui a dit. Apparemment, les épouses n'ont pas le droit d'en savoir plus. Elles peuvent vivre, élever leurs enfants dans la poussière de la bombe atomique, mais quant à comprendre les circonstances exactes dans lesquelles s'est produit un accident...
Summer repense aux paroles de Mrs Burns : *L'armée ne nous dit pas tout*. Effectivement. Elle voudrait que la

vieille dame soit là, avec elle, dans ce couloir nimbé du halo jaunâtre des ampoules.

Elle a téléphoné à Charlie pour la prévenir, mais son appel est resté sans réponse. Elle devait être sous la douche. Summer aurait tellement aimé entendre la voix de son amie. Elle aurait pu lui dire comment réagir. Que devait-elle faire à présent ?

Elle s'appuie contre le mur d'un blanc trop immaculé pour être honnête. Elle se force à respirer lentement et profondément. Elle en est à son huitième mois de grossesse, des émotions trop fortes pourraient déclencher un accouchement prématuré. *Nous ne voudrions pas que votre angoisse empêche le fœtus de grandir correctement, n'est-ce pas ?* lui avait dit le médecin.

Cette atmosphère lourde lui rappelle la dernière fois qu'elle a fréquenté un hôpital. Cela faisait deux ans qu'elle était mariée à Edward. Le téléphone avait sonné, exactement comme ce matin : son père lui annonçait que sa mère avait fait une chute dans la salle de bains.

Une petite chute de rien du tout, l'avait-il rassurée. Summer s'était précipitée à l'hôpital. Les mêmes odeurs, les mêmes sons, les mêmes murs blancs. La petite chute de rien du tout s'était vite transformée en une hospitalisation de quelques jours. Puis de plusieurs mois. Un cancer. Des os qui se brisent comme du verre. Un staphylocoque. Des bactéries qui colonisent un corps fatigué.

Son père qui ne comprenait pas. Il refusait de voir la vérité. Cet homme si fort, qui l'avait terrifiée par son autoritarisme, n'était plus que l'ombre de lui-même. Elle devait désormais s'occuper de ses deux parents.

Depuis cette période, Summer refuse catégoriquement de dormir dans un lit blanc. Chez elle, les draps sont colorés, la housse de couette fleurie. Tout mais pas ce blanc triste, indécent, oiseau de mauvais augure.

C'est dans des draps blancs qu'elle les avait retrouvés tous les deux morts. D'abord sa mère, qui n'avait plus jamais revu sa maison. Puis son père, que des années de mariage avaient rendu incapable de s'occuper de lui tout seul.

Summer a beaucoup de mal à respirer. Elle sent son cœur battre trop fort, trop vite.

– Madame ? Vous vous sentez bien ?

Une infirmière la prend par le bras et la fait asseoir sur une chaise.

– Je suis Summer Porter, je viens voir mon mari.

– Ah oui, l'accident électrique.

Dans son brouillard mental, Summer note quand même qu'à l'hôpital, il n'y a pas de personnes mais des cas. Edward n'est pas Edward, il est l'accident électrique. Summer ne sait pas s'il faut en rire ou en pleurer. Elle n'en veut pas à cette gentille infirmière qui lui apporte un verre d'eau. La distanciation est sûrement le seul moyen de supporter la douleur des autres.

– Vous vous sentez mieux ? Vous voulez que j'appelle un médecin ?

– Non merci, ça va aller.

Summer se remet debout.

– Pourriez-vous m'indiquer le numéro de sa chambre ?

L'infirmière la regarde, confuse. Elle semble avoir déjà oublié pourquoi Summer est là.
– Quelle chambre ?
– L'accident électrique.
Elle vérifie dans son registre.
– La 14.
Summer la remercie d'un signe de tête et longe le couloir à la recherche de la chambre de son époux. Finalement, elle la trouve. Elle reste un moment à fixer les chiffres en plastique collés sur la porte. Doit-elle frapper ? À quoi doit-elle s'attendre ? Pas un drap blanc, s'il vous plaît...
Elle pousse lentement la porte. La pièce est baignée dans une douce lumière. La fenêtre entrouverte laisse pénétrer la chaleur, mais cela ne dérange pas Summer. Elle n'est plus à cela près.
Edward est allongé sur le lit. Ses longues jambes reposent au-dessus des draps. Un bandage lui entoure le crâne. Summer s'avance au bord du lit et lui prend la main. Elle est froide et sèche malgré la température ambiante. Elle la caresse pour la réchauffer.
L'épouse regarde le corps inerte et se met à pleurer. Elle l'a tué. Oui, elle l'a tué. Cette nuit, elle a souhaité qu'il disparaisse. Vraiment souhaité. Elle a pensé que sa vie serait plus facile sans lui. Elle est responsable de son état.
Si son bébé était un signe divin pour la faire rester auprès de son mari, que dire de cela ? Quel message derrière un époux aux yeux clos ?
D'abord légers, ses sanglots se transforment en torrent. Elle enfonce sa tête dans la poitrine d'Edward et se laisse aller à la tristesse d'une vie gâchée. Elle se dit que le destin

n'a que faire des petites femmes au foyer perdues dans le désert du Nevada. Sa vie n'est pas différente de celle des mannequins de cire de la ville fantôme. Elle fait semblant en attendant de fondre sous une explosion.
– Je lui avais dit de ne pas t'appeler.
Summer sursaute et son cœur oublie de battre pendant quelques secondes quand elle voit Edward qui la fixe de ses yeux sévères.
– Tu vas bien ? Oh mon Dieu, j'ai cru que tu étais mort.
Edward lui tapote la tête comme on le ferait à une enfant qui a fait un cauchemar.
– Mais non, voyons. Je vais très bien.
– Que s'est-il passé ?
– Un petit accident électrique. Je vérifiais les compteurs quand une surcharge en a fait exploser un près de moi. Rien de grave, une simple brûlure.
Summer est pétrifiée. Elle ne sait plus comment réagir. Est-elle soulagée ou déçue ? Edward met cette absence de réaction sur le compte de l'hyperémotivité de sa femme. Comme d'habitude, il trouve cela un peu encombrant.
– Je lui avais dit de ne pas t'appeler. Il ne fallait pas faire toute une histoire d'un simple incident, répète-t-il.
Summer ne comprend pas.
– Qui ? Qui ne devait pas m'appeler ?
– Lucy.
– Lucy ?
Summer se sent idiote de répéter toutes les phrases d'Edward mais elle ne trouve rien d'autre à dire. La surprise la prive de mots.

– Oui, Mike l'a prévenue immédiatement. J'ai insisté pour qu'elle ne t'inquiète pas avec ça, dans ton état... Mais elle a dû penser que tu préférerais savoir.

Summer sent la colère monter en elle, un venin qui remplit toutes ses veines. Lucy n'a pas pu s'empêcher de faire un mauvais coup. Et Edward qui lui trouve des excuses...

Elle lui lâche la main qui s'abat mollement sur le lit. Elle se relève avec toute la grâce et la dignité que lui permet son ventre et s'en va sans un mot. Ses pas sont, étrangement, beaucoup plus légers qu'en arrivant.

54

Encore un peu de bacon ?

19 mai 1953

L'explosion est imminente. Elle occupe tous les esprits, toutes les conversations. L'atmosphère est électrique en ce mardi matin. Chacun sent que cette journée sera spéciale, des vies vont changer, des destins se jouer, des carrières se former, des cœurs se briser. La bombe va exploser.

Edward s'est couché tard, il voulait encore vérifier tous les détails. Il est resté peu de temps à l'hôpital, déjà six jours que Summer est allée le voir dans la chambre 14, pensant qu'il était mort. Ses blessures étant superficielles, il a pu reprendre le travail rapidement.

– Il ne manquerait plus que Mike récolte tous les bénéfices de mon travail ! s'était-il écrié. C'est moi le directeur scientifique, c'est moi qui expliquerai tout au commandant.

Edward ne vit que pour cet instant, celui où il verra l'admiration briller dans le regard de son supérieur. Le patriote est toujours en quête d'approbation.

Summer décide de s'accorder quelques minutes de calme avant la tempête. Elle va dans la chambre du bébé et s'installe dans le rocking-chair en osier. Les mouvements lents et réguliers du fauteuil l'apaisent. Elle regarde les murs tapissés de motifs enfantins, des ballons, des éléphants, des fleurs. Edward voulait y mettre des clowns. Tout le monde sait que les enfants ont peur des clowns ! Elle est heureuse de son choix en matière de décoration. Les tons pastel sont relaxants tout en étant joyeux. La petite armoire est déjà remplie de grenouillères et de pyjamas. Summer embrasse la pièce du regard, dans deux semaines, sa fille sera là.

Elle entend Edward s'affairer à l'étage. Ses pas font grincer le parquet au rythme de son agitation. La veille, Summer lui a préparé une tenue qui l'attend, sagement pliée, sur une chaise dans la chambre. Tout y est, de la paire de chaussettes à la cravate. Ainsi, Edward n'aura pas à s'angoisser en cherchant tel ou tel vêtement. La voix de son mari, teintée d'aigu par le stress, lui parvient. Il répète à voix haute la présentation qu'il fera au commandant. Cette mégabombe sera l'apogée de sa carrière, il en est certain.

Tu ne te rends pas compte à quel point c'est important pour moi ! n'arrête-t-il pas de lui marteler. Il n'a pas tort. Elle ne voit pas en quoi lancer une bombe atomique en plein désert fera avancer la démocratie. Elle repense à Mrs Burns qui refusait d'assister au spectacle macabre de l'explosion. Peut-être devrait-elle faire la même chose.

Summer est dans la cuisine afin de préparer le petit déjeuner équilibré qui permettra à son mari de tenir toute

LES MAUVAISES ÉPOUSES

la journée. Un fumet appétissant enveloppe déjà toute la pièce. Les œufs brouillés sont en train de cuire dans la poêle, le bacon de frémir et les toasts de griller. Elle a allumé la radio et écoute les informations. L'explosion est déjà au cœur des actualités. Les reporters se félicitent de cette formidable avancée dans la guerre contre le communisme. *Un grand pas dans la protection de notre grande nation.* Ils invitent les familles à se regrouper pour observer l'explosion qui se déroulera à Yucca Flat.

Summer baisse le volume de la radio quand elle entend Edward descendre les escaliers avec l'énergie d'un premier jour de classe. Il attrape une tranche de bacon qu'il fourre dans sa bouche.

La sonnette de la porte d'entrée retentit. Il lèche ses doigts huileux.

– C'est Mike, je lui ai dit de me rejoindre ici pour le petit déjeuner afin que nous puissions revoir la présentation une dernière fois. Je vais lui ouvrir.

Edward disparaît et Summer se fait la réflexion qu'il paraît absolument normal à son époux d'inviter quelqu'un à leur table sans même la prévenir. La gentille Summer, la douce Summer, ne se formalisera pas...

Elle prépare une deuxième assiette, y glisse des œufs et du bacon, rajoute une cuillère de haricots à la tomate.

– Bonjour, Summer !

Mike se tient sur le pas de la porte. Il est vêtu de son uniforme, prêt pour le grand jour. Il l'observe en souriant :

– Tu es magnifique ! La grossesse te va à merveille.

Elle rougit. Depuis combien de temps Edward ne lui a-t-il pas fait de compliments ? Les yeux de Mike ont l'air sincères. Après tout, peut-être qu'elle est vraiment belle. Le résultat de sa nuit passée aux côtés de Charlie. Quelques poussières d'elle qui lui restent et lui permettent encore de briller.

Elle se souvient de son teint frais et réjoui dans le miroir. Elle porte machinalement la main à son cou pour toucher la petite croix en or, puis se rappelle qu'elle en a fait cadeau à Charlie. Cette croix lui a été offerte par ses parents pour ses seize ans. En la lui donnant, son père avait eu cette phrase qui lui est restée à l'esprit : *Dieu te protège*. Puis, il lui avait adressé un œil sévère : *Il te surveille aussi*.

Au souvenir des bras de Charlie autour d'elle, Summer sent ses joues devenir encore plus rouges. Les deux hommes mettent cela sur le compte du compliment de Mike.

– Installez-vous. Je vais vous servir le petit déjeuner, se reprend-elle.

Elle tend les assiettes aux deux héros du jour. Edward s'empare de sa fourchette et attaque avec la voracité d'un félin qui vient de capturer sa proie.

Mike pose ses yeux doux sur Summer.

– Merci, c'est délicieux.

Edward ne lui dit jamais que ses plats sont savoureux. Sans doute est-ce encore une de ces banalités qu'il se refuse à prononcer. *À quoi bon, quand tout le monde le sait ?*

Une nouvelle fois, Summer ne peut que remarquer la différence entre Mike et son épouse, Lucy. Il est aimable et sincère, là où elle n'est que méchanceté et manipulation.

Summer se demande ce qui peut bien unir ce couple disharmonieux.
— J'ai proposé à Mike que nous allions à la base ensemble aujourd'hui. Pour fêter le succès de notre collaboration.
Edward presse sa main contre l'épaule de son assistant comme un père fier de sa progéniture. Il veut surtout l'avoir à l'œil afin d'être certain qu'il ne se mette pas trop en avant. Pourtant Mike n'est pas de ce genre-là, au grand dam de Lucy, qui le pousse à gravir toujours plus d'échelons.
Ces derniers temps, Edward est partagé entre deux sentiments contradictoires. D'un côté, il apprécie Mike et se sent un peu coupable de sa liaison avec Lucy. De l'autre, il craint de se faire voler la vedette par son subordonné. Son attitude oscille donc entre paternalisme et méfiance.
— Encore un peu de bacon ? demande Summer à Mike.
Les yeux de Mike brillent pendant une seconde, puis il se ravise :
— Non, merci.
— Tu es sûr ?
— Lucy ne veut pas que j'en mange trop, répond-il, penaud.
Summer, qui n'a jamais pensé qu'elle pourrait interdire quoi que ce soit à Edward, est étonnée.
— Pourquoi ?
— Elle trouve que j'ai grossi.
Summer se retient de rire quand elle comprend que Mike ne plaisante pas. Le pauvre affamé regarde avec envie Edward se régaler de son assiette bien garnie.
— Eh bien, aujourd'hui est un jour spécial.

LES MAUVAISES ÉPOUSES

Summer lui tend une assiette d'œufs brouillés avec supplément bacon. Elle lui fait un clin d'œil.
– Ce sera notre petit secret.
Mike sourit et se régale de son repas. Summer est tout aussi ravie de lui faire plaisir que de jouer un tour à Lucy. Edward, lui, n'a rien remarqué de ce manège, il est trop excité par la journée à venir.
Il donne une tape dans le dos de Mike qui manque de s'étouffer.
– Trente-deux kilotonnes !
Summer se demande s'il aura l'air aussi heureux à la naissance de leur enfant.
– Nous avons de la chance, la météo est de notre côté, renchérit Mike.
– Dieu est de notre côté, lui répond solennellement Edward avant de replonger dans son assiette.
Le reste du petit déjeuner se passe en répétition de leur présentation. Enfin, les deux hommes sont prêts. Summer les accompagne à la porte, aide Edward à enfiler sa veste, resserre son nœud de cravate, époussette son chapeau.
– N'oublie pas de regarder l'explosion tout à l'heure, lui recommande-t-il.
– Que vas-tu faire aujourd'hui ? lui demande Mike.
La question la surprend. Edward ne cherche jamais à savoir comment elle occupe ses journées. Mike la surveille-t-il ? Elle préfère éluder la question.
– Que va faire Lucy ?
Mike sourit.
– Elle est surexcitée par la fête de ce soir, elle va passer la journée à la préparer. Elle veut que tout soit parfait.

Summer avait complètement oublié. Lucy organise une *atomic party* ce soir. Rien qu'à imaginer son sourire satisfait, ses cheveux aux rouleaux soignés, son parfum sucré et ses gestes maniérés, Summer a envie de vomir. Et Edward qui la dévorera du regard.

Elle secoue la tête et prend son gros ventre comme excuse.

– Je ne suis pas certaine de pouvoir venir...
– Elle fera un petit effort, gronde Edward, comme si elle était une enfant récalcitrante.

Il entraîne Mike dehors, l'air est déjà chaud. Des relents de désert viennent parfumer les rues d'Artemisia Lane. Les chaussures cirées brillent au soleil. Il fait si chaud que le bitume commencera à fondre cet après-midi.

Les deux hommes suivent l'allée gravillonnée. Avant de pénétrer dans sa voiture, Edward se retourne vers Summer.

– N'oublie pas de regarder l'explosion !

55

Une mesure de précaution

Les heures défilent gentiment et Summer vaque à ses occupations domestiques. Elle lave, plie, range. Quand tout est à la hauteur de ce qu'une maison de directeur scientifique doit être, elle s'accorde enfin un peu de repos. Elle s'allonge dans le canapé, Marlon ronronnant sur ses genoux.

Elle repense à ce qui s'est passé quelques heures plus tôt à l'épicerie. En faisant des courses pour la semaine, elle est tombée sur Lucy et sa bande. Bien que refroidies un temps par l'allusion de Summer au fait que Lucy puisse être une briseuse de ménage, les femmes d'Artemisia Lane sont vite rentrées dans le rang et suivent toujours aussi aveuglément leur modèle. Sans doute est-il préférable d'avoir un chien de berger à suivre.

Mais la faiblesse d'esprit de ces femmes n'est plus le problème de Summer, qui ne se sent pas appartenir à cette caste. Contrairement à l'année dernière, elle sait maintenant que sa différence est une force.

En la voyant dans les rayons, Lucy s'est précipitée sur elle comme une hyène sur une charogne.

— Summer ! Tu n'as pas répondu à l'invitation que j'ai envoyée à tout le monde pour mon *atomic party*...

Lucy a laissé un silence éloquent s'installer. Summer a profité de ce suspense pour remarquer qu'avec Lucy, même une bombe devenait l'occasion de parader. *MON atomic party*. À croire que l'explosion lui serait dédiée.

Summer a réussi à feindre l'embarras.

— Je ne suis pas certaine de pouvoir venir.

Elle a caressé son ventre.

— C'est vrai que tu es vraiment énorme ! s'est exclamée Lucy en la détaillant avec autant d'horreur que d'envie dans le regard.

— Les dernières semaines de grossesse sont épuisantes, est intervenue innocemment Beth en posant un paquet de marshmallows dans son panier.

Lucy a haussé ses sourcils parfaitement arqués. Elle ne supportait pas qu'une personne lui résiste. Tout le monde devait assister à son triomphe de ce soir. Surtout son ennemie. Elle savourait déjà le moment où Edward la dévorerait du regard devant son épouse. Elle ne se sentait jamais aussi puissante que dans l'œil vengeur d'une autre femme.

— Edward viendra, lui ?

Il y avait du défi dans sa voix. Une sorte de *Je sais que tu sais*.

Summer a eu envie de lui crever les yeux avec les piques à brochettes qui pendaient dans le rayon. Elle a pris une grande inspiration et réussi à se calmer. Elle s'est rappelé qu'elle n'était plus la même qu'avant, tant de choses s'étaient passées. Les méchancetés de Lucy n'étaient que les folles tentatives d'une femme à l'âme désespérément vide. Elle le savait maintenant, et Lucy n'arrivait plus à la faire vaciller.

Summer a attrapé un paquet de pâtes et fait mine de se diriger vers la caisse. Elle s'est retournée au dernier moment vers Lucy :

— Au fait, Mike est venu déjeuner chez moi ce matin. Il a adoré mon bacon. Il en a repris trois fois.

Elle lui a adressé un sourire candide et a quitté l'épicerie.

En passant ses mains dans le doux pelage de Marlon, Summer sourit. Elle se dit qu'il n'était sûrement pas très juste de se venger par maris interposés. Mais à ce jeu-là, c'est Lucy qui a commencé. Elle glisse lentement vers le sommeil. Ses paupières se ferment en pensant que Charlie serait fière d'elle.

Un bruit la réveille en sursaut. Le tonnerre ? Marlon est parti se réfugier sous un fauteuil. Elle regarde par la fenêtre. L'air a pris une coloration orange. Summer se frotte les yeux et va ouvrir la porte d'entrée. Ce sont les premiers crachats de la bombe, comme si elle se raclait la gorge avant son chant du cygne.

Une lumière intense envahit tout Artemisia Lane. Summer est obligée de se couvrir les yeux pendant plusieurs secondes. Puis, elle distingue une énorme boule orange qui monte dans le ciel. Elle entend plusieurs acclamations au loin, les femmes de la base se sont regroupées pour profiter du spectacle. Elles n'auraient manqué cela pour rien au monde. Summer peut imaginer la fierté se peindre sur leurs visages d'épouses de militaires.

La chaleur est étouffante. Sa peau se couvre de sueur en même temps qu'elle est parcourue de frissons. Puis vient le bruit. Un son qui vous broie mais qui paraît un peu ridicule, car en retard. Déjà, le nuage orange s'éclaircit pour se transformer en un immense champignon blanc. La masse immaculée s'évapore pour ne laisser en son centre qu'un amas noirâtre ; et Summer a la conviction qu'il s'agit du cœur de la bombe, sombre, puissant, nocif.

Le souffle parvient jusqu'à elle. Un vent chaud lui balaie les cheveux. L'air a un goût métallique, il sent la destruction. La Terre tremble sous ses pieds pour exprimer son mécontentement et sa souffrance. Le champignon noir continue sa lente ascension, comme s'il voulait conquérir le ciel bleu du désert.

Summer pense aux mannequins de cire dans la ville-test. Leurs alter ego patientant sagement d'être fondus sous l'explosion. Elle imagine leurs visages dégoulinants. Cette fausse mère de famille en train de préparer le repas à ses faux enfants.

Il faut plusieurs minutes pour que le ciel dévasté retrouve son calme. Summer n'est pas une experte mais elle sent que quelque chose n'est pas normal. Cet air vicié, ses yeux qui continuent de pleurer, son nez qui saigne. De fines particules volettent dans l'air. Et toujours ce goût métallique qui refuse de s'en aller. La Terre a tremblé plus que de coutume, le souffle a été terrible et cette lumière qui lui a brûlé les yeux. Les effets des autres bombes ne durent jamais aussi longtemps.

Il fait encore extrêmement chaud. Summer décide de rentrer se mettre à l'abri. Ses yeux ont du mal à s'habituer à la pénombre de l'intérieur. Une tache orange marque sa vision, souvenir involontaire de l'explosion. Elle a la tête qui tourne.

Soudain, son corps se contracte et elle est prise d'une terrible nausée. Elle court à la cuisine et se libère dans l'évier. Elle veut s'asperger d'un peu d'eau fraîche, mais l'eau qui coule a une drôle de couleur et elle est chaude.

Une alarme retentit à travers les haut-parleurs installés un peu partout dans la base. Aucun habitant ne l'a jamais entendue, mais tous connaissent sa signification. Ils ont fait des exercices pour se préparer à une telle éventualité, même s'ils ne pensaient pas un jour les mettre en pratique. L'alarme poursuit sa longue plainte tandis que le téléphone sonne. Summer s'essuie la bouche et va décrocher. C'est Edward.

– L'explosion a été plus forte que ce que nous avions imaginé.

Il y a quelque chose d'étrange dans sa voix. De la peur ?

– Edward, que se passe-t-il ?

Il soupire.

– Les hasards de la météo. Le vent n'a pas soufflé dans le sens prévu.

– Tu vas bien ?

– Mais oui !

Il la gronde comme une petite fille geignarde et ne pense même pas à demander à sa femme enceinte comment elle se sent.

– Tu vas rentrer à la maison ?

– J'ai beaucoup trop de travail ! Nous devons étudier les conséquences de cette bombe extraordinaire. Tu ne

LES MAUVAISES ÉPOUSES

te rends pas compte des progrès que nous faisons, ma pauvre Summer !

Il semble déçu par l'inaptitude de sa femme à comprendre l'importance de ses travaux. Mais il est habitué, alors il en vient au but de son appel :

– Cette explosion étant beaucoup plus puissante, les autorités veulent que la population reste calfeutrée chez elle durant les deux prochaines heures.

– J'ai entendu l'alarme.

– C'est simplement une mesure de précaution, le temps que le nuage se disperse. Il n'y a aucun danger. Après, tu pourras retourner dehors faire tes courses comme si de rien n'était.

C'est la première fois qu'une telle mesure est prise. Summer sent une angoisse sourde monter en elle. Mais il est inutile de demander à Edward de la rejoindre. D'abord, parce qu'il ne le ferait pas et ensuite, parce que sa présence ne lui apporterait pas le réconfort dont elle a besoin. Elle se demande comment va Charlie. Elle tire sur le fil du téléphone pour aller jusqu'à la fenêtre. Les rideaux beiges sont tirés, aucune activité chez son amie.

Summer fronce les sourcils, elle aimerait voir apparaître la fine silhouette de Charlie. Elle se met sur la pointe des pieds pour avoir un aperçu plus large, mais rien. La voix d'Edward lui revient, elle est lointaine et elle ne comprend pas ce qu'il dit. Elle replace le combiné à son oreille, son mari continue son monologue :

– Reste confinée et allume la radio. Les informations te diront quand tu pourras sortir. C'est compris ?

Elle hoche la tête par réflexe, oubliant qu'il ne peut la voir. Cet assentiment silencieux semble suffire à Edward, satisfait de s'être acquitté de la corvée d'appel et impatient de retourner travailler.
– On se voit ce soir à la fête de Lucy.
Il raccroche.
Summer écoute les bips réguliers du téléphone puis dépose le combiné sur son socle. L'appel d'Edward la laisse perplexe. Elle va voir à la fenêtre. Artemisia Lane est vidé de ses habitants. Aucun enfant en train de pédaler dans la rue, aucune mère en train de l'apostropher, aucune femme se promenant sur le trottoir ou rentrant des courses, aucune voiture en mouvement. Le temps semble figé, même les oiseaux ont cessé de voler. Il y a quelque chose dans l'air qui les en empêche.
Le plus étonnant est le silence. Le désert s'est tu. Pas un coyote pour se lamenter, rien. C'est à la fois étrange et effrayant. Summer se sent seule, alors que ses voisins ne sont qu'à quelques mètres d'elle.
Mais elle ne doit pas paniquer. Elle tente de ralentir les battements un peu trop rapides de son cœur. Elle s'assied sur le canapé et respire lentement. Est-ce une impression ou même à l'intérieur l'air a encore ce goût vicié ? Elle plaque un mouchoir en tissu sur son nez qui a recommencé à saigner.
Elle décide d'écouter les conseils d'Edward et allume la radio. Les commentateurs répètent les consignes. Il ne faut pas sortir de chez soi. Deux heures, c'est tout et la vie reprendra son cours normal.

LES MAUVAISES ÉPOUSES

Cette bombe d'une puissance extraordinaire est la preuve de la suprématie de l'Amérique sur les puissances communistes !
Ils continuent à flatter le grand corps d'armée puis expliquent que l'explosion a été visible jusqu'en Californie.
Quel exploit !
Le vent, soufflant plus fort que prévu, pourrait véhiculer les particules radioactives jusqu'en Utah, à deux cents kilomètres de là.
Dirty Harry restera dans l'histoire des États-Unis ! s'enthousiasme la presse.
Elle a l'habitude que les bombes soient appelées par des prénoms. *C'est une manière de dédramatiser, de les rendre plus humaines*, lui avait expliqué Edward. Elle n'avait pas compris l'utilité de rendre un instrument de mort plus humain mais n'avait pas cherché à approfondir la question avec lui.
Dirty Harry. Summer sursaute en entendant ce nom. Celui du mari de Charlie. Cette bête sanguinaire qui se cache derrière des traits aimables. Celui qui distribue les coups autant que les bons mots. Oui, cette bombe semble sale et ce nom lui convient à la perfection.
Le téléphone retentit à nouveau. Elle se demande si c'est Edward qui la rappelle pour lui donner des nouvelles.
– C'est moi.
Pas besoin de plus de précisions. Il n'y a qu'une voix comme celle-là.
– Charlie ! Tu vas bien ?
– J'ai tué Harry.

56

Dirty Harry

Viens.

C'est tout ce que Charlie lui a dit de plus avant de raccrocher. Il y avait quelque chose de froid, de glaçant dans sa voix. Un mélange de peur et de résignation.

Summer est pétrifiée devant son téléphone. Debout dans son salon, elle reste un moment immobile, le combiné toujours collé à l'oreille attendant des réponses qui ne viennent pas.

Viens.

Charlie ne pouvait pas avoir dit vrai. Impossible qu'elle ait tué Harry. D'ailleurs, il ne devrait même pas être chez lui, tous les hommes sont à la base pour la bombe. Oui, Charlie a sûrement fait une erreur. Le choc de cette explosion hors norme sans doute.

Viens.

Il faut qu'elle aille voir. Mais elle n'a pas le droit de sortir. L'atmosphère dehors est toxique. Summer repose enfin le combiné du téléphone et va à la fenêtre. L'air est toujours orangé, anormal, dangereux. Et si quelqu'un la

voyait sortir pour rejoindre Charlie ? Il n'y aurait qu'elle dans la rue, elle serait totalement à découvert. Edward lui a dit de rester à l'intérieur.
Viens.
Et si Charlie disait la vérité ? Qu'a-t-il bien pu se passer ? Summer regarde l'horloge murale. Les deux heures d'enfermement viennent à peine de commencer. Elle a le temps. Juste un petit saut.
Elle attrape un torchon dans la cuisine et le noue autour de son visage pour se protéger des gaz et des particules. Elle ne sait pas si ce sera efficace mais dans le doute... Elle doit penser à protéger son bébé, on ignore les effets des retombées radioactives sur un enfant à naître, autant être prudente. Elle rencontre son reflet dans le miroir de l'entrée. Elle a l'air d'un gangster prêt à piller une banque. Si la situation n'était pas aussi chaotique, cela pourrait la faire rire.
Elle prend une grande inspiration et ouvre la porte. Elle reste figée sur le perron. Elle s'attendait à quelque chose qui ne vient pas. Une sorte de danger qui menace, tapi dans l'ombre. Elle traverse l'allée. Même le gravier a un son différent. Les rues sont vides. À travers le torchon, l'odeur dégradée de l'air ne lui parvient que peu mais le goût métallique est toujours sur ses lèvres. Elle espère que son nez ne va pas se remettre à saigner quand elle arrivera chez Charlie.
Elle frappe à la porte. Trois coups longs. Un bref. Trois coups longs. C'est un peu idiot d'utiliser le code car personne d'autre ne pourrait venir rendre visite à Charlie, mais l'habitude est rassurante.

Étrangement, elle n'entend pas les talons des escarpins rouges de Charlie lorsqu'elle vient lui ouvrir. Charlie est pieds nus. Mais ce n'est pas le plus choquant. La vision est si forte que Summer doit la découper en plusieurs parties. D'abord, le visage de Charlie. Un teint gris, une mine défaite, une affreuse marque sur la pommette, les cheveux sens dessus dessous.

Puis, son chemisier déchiré. Les boutons ont été arrachés. Il n'y a qu'une bête furieuse pour faire cela. Charlie retient pudiquement les deux pans de l'étoffe pour se couvrir. Seul un petit bout de dentelle émerge d'une poitrine qui se soulève beaucoup trop vite.

Enfin, ce qui frappe Summer, c'est tout ce rouge. Partout sur Charlie. Et particulièrement une tache sombre qui macule son chemisier autrefois blanc.

– Que s'est-il passé ?

Charlie veut parler, mais c'est un sanglot qui s'échappe de sa bouche. Elle tremble comme une feuille en fin d'automne. Summer l'attrape par l'épaule et la mène jusqu'au canapé. Elle la prend dans ses bras et la berce doucement. Quand elle sent que Charlie s'est un peu calmée, elle demande :

– Raconte-moi.

Charlie renifle et essuie son œil, laissant une traînée de mascara.

– J'ai tué Harry.

Summer est suffoquée. Non, elle n'a pas mal entendu tout à l'heure au téléphone.

Charlie semble avoir repris ses esprits, elle se lève et entraîne Summer dans la cuisine. Là, au sol, gît Harry.

Une éclaboussure rouge comme une cible au milieu de son estomac.
– Il est devenu fou, explique Charlie.
Summer se précipite au chevet de Harry. Que doit-elle faire ? Bizarrement, ce sont des images de films qui lui reviennent en mémoire. Il faut vérifier s'il a encore un pouls. Elle fait la grimace et place son index et son majeur dans le cou de Harry. Le contact avec la peau de cet homme la dégoûte, et puis elle a peur. Elle est terrifiée à l'idée qu'il puisse se réveiller et se jeter sur elles deux. Elle fixe les yeux clos et prie pour qu'ils ne se rouvrent pas.
Elle ne sent aucun battement dans le cou inanimé mais n'en est pas certaine. Elle n'a jamais pris le pouls d'un mort avant ! Son corps ne peut plus la porter, elle s'assied à même le sol de la cuisine à côté de la dépouille.
Charlie reste debout. Son corps est trop tendu pour qu'elle puisse s'asseoir. Elle s'appuie simplement contre le mur.
– Harry buvait beaucoup en ce moment. Encore plus que d'habitude. Je crois qu'il a perdu de l'argent en jouant.
– Que s'est-il passé ?
– Il est parti ce matin pour la base après une nuit de jeu. Il sentait encore le bourbon, mais je n'ai pas osé le lui dire. Une brindille suffisait à le transformer en brasier.
Summer remarque que Charlie frotte machinalement ses avant-bras. Ils sont veinés de marques violacées. Elle voudrait intervenir, mais Charlie reprend ses explications :
– Quelques heures à peine après être parti, il est rentré. Edward l'avait renvoyé à la maison à cause de son état d'ébriété. Harry était fou de rage. Il s'est mis dans une

colère noire et a traité ton mari de tous les noms. Il criait et fracassait des objets par terre.

C'est seulement à cette mention que Summer se rend compte du désordre qui règne dans cette maison. De la vaisselle cassée, des coussins déchirés... Elle a du mal à imaginer cet homme à l'aspect si parfait, si charmant, entrer dans une telle rage destructrice. Les apparences peuvent être tellement trompeuses.

— Je me suis tue en attendant que l'orage passe, continue Charlie. Mais, quand il a commencé à t'insulter toi aussi, je n'ai pas pu me retenir. Je lui ai dit que tu n'étais pas responsable des actes de ton mari. J'ai ajouté qu'Edward avait sans doute eu raison de le renvoyer, il n'aurait jamais pu faire son travail dans cet état, surtout aujourd'hui avec cette énorme bombe.

Summer hoche simplement la tête. Les mots ne viennent pas.

— Il est devenu ivre de colère. Il aurait tout détruit sur son chemin et, à cet instant, il n'y avait que moi sur ce chemin. Il m'a administré une gifle d'une telle violence qu'elle m'a envoyée au sol.

Charlie se redresse. Elle n'a plus besoin de l'appui du mur.

— Mais je n'avais plus envie de me laisser faire.

Summer sent un poids dans sa poitrine en imaginant ce qu'a dû vivre son amie. Il y a sûrement un point de rupture, un seuil de tolérance à partir duquel on décide de se battre, de survivre.

— C'est peut-être parce qu'il avait prononcé ton nom. Il était si laid dans sa bouche. Harry salit tout, explique Charlie autant pour Summer que pour elle-même.

Summer veut se remettre debout mais Charlie lui fait signe de rester assise, elle n'a pas fini de parler.
— Alors, j'ai riposté. Je me suis relevée et je lui ai donné un coup de poing dans la mâchoire. Le plus gros que j'aie jamais donné.
Summer regarde alors le poing de Charlie. Ses articulations gonflées virent déjà au noir.
— Il m'a frappée encore et encore. Les coups ont fait tomber la petite croix que tu m'as offerte et que je gardais près de mon cœur. Harry est très observateur, c'est la grande force des manipulateurs. Il l'a tout de suite reconnue, il savait qu'elle t'appartenait mais ne comprenait pas pourquoi je l'avais. Pendant un moment, j'ai cru qu'il ne ferait pas le lien. Puis, il s'est mis à rire. Il m'a alors plaquée au sol. Il a arraché mes vêtements...
Un sanglot fait trembler sa voix. Summer frémit en pensant à la suite du récit. Au fur et à mesure que Charlie lui raconte les événements, elle en voit les stigmates dans cette cuisine dévastée. Les casseroles renversées, les couverts éparpillés sur le sol, les assiettes brisées...
Charlie, comme pour se protéger de ce souvenir, resserre les pans déchirés de son chemisier contre elle. Elle paraît si fragile, si vulnérable. Summer regarde le corps musclé qui gît à côté d'elle et l'imagine forçant de tout son poids celui de son épouse si mince.
— Il a remonté ma jupe et m'a dit : *Tu vas avoir ce que tu mérites. Un homme qui te remette sur le droit chemin.* Je ne voulais pas. Je ne pouvais plus supporter cela. Pendant qu'il palpait violemment mon corps et retirait son pantalon, il a attrapé mon cou et a commencé à le serrer. Il

voulait me punir. Je ne pouvais plus respirer. Mon ciel s'est obscurci et seules quelques étoiles dansaient devant mes yeux prêts à se fermer pour toujours. Je me suis dit que c'était la fin. Que c'était peut-être mieux.

Elle plonge son regard scalpel dans celui de Summer.

– Puis, j'ai pensé à toi. Ton image ne voulait pas s'effacer, elle a remplacé les petites étoiles. Elle a même remplacé les horribles traits de Harry déformés par la rage. Ce n'était plus lui sur moi, mais toi. Tu étais là et tu me criais de réagir, de vivre.

Summer sent une larme couler sur sa joue mais n'interrompt pas Charlie.

– Alors, de mes doigts libres, j'ai fouillé le sol autour de moi. J'ai gratté, sondé. Je commençais à perdre espoir quand j'ai senti quelque chose de froid. J'ai tout de suite compris et j'ai su que nous étions destinés, lui et moi, à cet instant. C'était écrit depuis le début. Juste une question de temps.

Elle revit le moment et tend le bras comme elle l'a fait plus tôt lorsque Harry s'acharnait sur elle.

– J'ai attrapé le couteau et l'ai enfoncé. Il a eu une expression étonnée, hébétée, puis il s'est effondré et je t'ai appelée.

Summer est abasourdie par cet aveu. Elle en veut à l'homme allongé à côté d'elle. Par sa violence, il a engendré de la violence. Par sa bassesse, il a transformé Charlie en meurtrière. Que va-t-elle devenir ? Faut-il appeler la police ? Pour quoi faire ? Ils ne viendront pas à cause de la bombe, et puis ils enfermeraient Charlie. Circonstances atténuantes ou pas, elle irait en prison. Impossible.

LES MAUVAISES ÉPOUSES

Un liquide chaud et gluant vient se coller à ses mains toujours posées sur le carrelage de la cuisine. Du sang ! Celui de Harry qui s'écoule de sa plaie. Charlie aussi en a sur les mains. Summer veut s'essuyer mais elle ne peut tout de même pas le faire sur sa robe de grossesse. Elle frotte ses mains ensanglantées sur la chemise de Harry. Elle frotte de plus en plus énergiquement pour se débarrasser de ce sang qui gâche tout. Chaque frottement est un peu plus fort. Elle a envie de lui faire mal, de le faire souffrir comme il a fait souffrir Charlie.

C'est alors que le pire se produit. Harry ouvre les yeux. Summer n'a pas le temps de réagir, il a déjà attrapé ses poignets et les serre avec beaucoup trop de force pour un homme mort. Ses yeux lancent des éclairs.

– Salopes ! Vous êtes toutes les deux des salopes !

Il tire sur les poignets de Summer pour l'approcher de lui.

– Tu vas voir ce que tu vas prendre quand ton mari saura.

Puis, il se tourne vers Charlie qui se plaque contre le mur en gémissant.

– Et toi, tu vas payer.

Il a un rire gras.

Summer réagit très vite. Ses mains savent ce qu'elles doivent faire avant même que son cerveau soit au courant. Elle est envahie d'une colère froide et salvatrice. Elle se dégage d'un coup sec. Elle crie à Charlie :

– Tiens-lui les bras !

Comme si elle avait toujours attendu cet ordre, Charlie se précipite sur Harry et lui cloue les bras au sol. Summer en profite pour placer ses mains autour du cou de Harry. Elle serre. De toutes ses forces. Elle pèse de tout son poids sur lui. Faire cesser ce rire surtout.

Les yeux du monstre reflètent d'abord la stupéfaction, puis la colère. Il se débat comme le diable qu'il est, mais les deux femmes tiennent bon. Le visage de Charlie est proche du sien, elle sent son souffle chaud et rendu rauque par l'effort.

Summer n'en peut plus, elle va lâcher. Harry a les yeux exorbités, mais est toujours vivant. Elle n'a pas assez de force et lui trop. Qu'est-elle en train de faire ? L'horreur de la situation la frappe de plein fouet.

Au moment où elle sent son emprise se desserrer, les mains de Charlie viennent se poser sur les siennes. Ensemble, elles appuient avec l'énergie du désespoir. Harry voudrait crier, mais c'est un pauvre gargouillis qui sort de sa bouche devenue bleue.

Les yeux des deux amantes se croisent. Ceux de Charlie sont brillants, ses pupilles sont dilatées. Ceux de Summer sont étonnamment calmes. Deux scalpels y ont pris leur place.

À mesure que leurs doigts ensanglantés s'entremêlent au-dessus de la gorge du tortionnaire, elles sentent un poids qui se libère de leurs épaules. Elles sont là où elles doivent être. Ensemble.

Summer se tourne vers Charlie et lui sourit. Jamais elle ne s'est sentie aussi vivante.

Mot de l'auteure

J'ai commencé à penser aux *Mauvaises épouses* durant le confinement. Il est vrai que cette période était stressante et anxiogène mais elle a aussi été pour moi une source de remise en question et de liberté de création.

Ainsi, pendant que le monde se calfeutrait et se couvrait le visage, je me réfugiai dans le désert du Nevada. J'ai habité Artemisia Lane pendant un long moment, j'ai côtoyé Lucy et sa bande avant de tomber sous le charme de Summer et Charlie.

Ce roman est une première fois. Je suis plus habituée à faire rire que pleurer, émouvoir que crier. Mais, en toute personne sommeillent plusieurs personnalités. Et ce confinement m'a permis de découvrir un nouveau pan de mon écriture.

Écrire c'est raconter une histoire mais c'est aussi expliquer, analyser, dénoncer. Les mots deviennent des munitions qui n'attendent plus qu'à être chargées.

L'écriture de ce roman est incisive. C'est aussi l'occasion de défendre des causes fortes telles que l'émancipation féminine ou la lutte face aux violences faites aux femmes.

Ce livre n'est pas un roman contre... C'est un roman pour. Pour les femmes, bien sûr, mais aussi plus généralement pour ceux qui osent sortir des lignes de conduites établies, pour ceux qui pensent en-dehors du cadre.

La violence qu'elle soit verbale, physique ou psychologique me tétanise. Les rapports de force inégaux, la manipulation, la dévalorisation sont des techniques qui me révoltent. Je ne supporte pas qu'un puissant impose sa domination à un plus faible que cela soit sur un animal, un enfant, une femme…

Je crois en l'humain, en ce qu'il a de pire comme de meilleur et j'espère que cette histoire en est le reflet.

J'ai situé l'histoire dans l'Histoire. L'action se déroule dans un passé qui montre la fragilité de l'être, le pouvoir des dominants, la flexibilité des normes, la manipulation des masses et le surréalisme de certaines décisions politiques.

Pourtant, le tout n'est pas dénué de poésie et la dramaturgie des explosions nucléaires est dépeinte de manière à la fois métaphorique et très empirique.

Historienne de l'art, je remarque avec tendresse l'apparition des quatre valeurs défendues par le groupe des Surréalistes : le rêve (s'échapper de sa prison à ciel ouvert), l'amour (défendu avec une autre femme), la connaissance (s'affranchir des discours préconçus servis par les dirigeants et les gradés de la base), la révolution (intérieure et extérieure).

Je m'intéresse aux mensonges de l'Histoire. Toujours écrite après et par ceux qui ont vaincu. Une autre forme de manipulation. Lorsque j'ai réalisé mes recherches pour écrire *Les mauvaises épouses*, j'ai été subjuguée par la candeur de cette époque. Les années 1950 aux États-Unis sont nimbées d'une aura de glamour. Cependant, quand on mélange les dangers de la bombe atomique au charme vintage de cette décennie, il en sort une sorte de toxicité au milieu de ce monde parfait et manichéen. C'est donc un roman dangereusement glamour.

LES MAUVAISES ÉPOUSES

Tous les éléments historiques relatés dans ce livre sont basés sur des faits réels. Artemisia Lane et ses habitants sont le fruit de mon imagination mais la base du NTS et les expériences qui y ont été menées ont bel et bien existé. Il est d'ailleurs possible de visiter le musée qui y est consacré à Las Vegas et de voir la zone-test. L'endroit est déconseillé aux personnes fragiles et aux femmes enceintes en raison des retombées radioactives toujours présentes.

Les discussions autour d'un thé brûlant entre Summer, Mrs Burns et Penny tournent autour de sujets d'actualité authentiques : les époux Rosenberg, le concours Miss Atomic, le projet Blue Book ...

J'ai beaucoup ri en découvrant la phrase de Kenneth Arnold, le premier à avoir parlé des soucoupes volantes, qui disait « Si ce n'est pas américain, c'est extraterrestre »... Et, si cela vous intéresse, l'hypothèse officielle retenue aujourd'hui pour parler de ces apparitions est celle de pélicans blancs... La vérité est sûrement ailleurs.

Je tiens à remercier toutes les femmes qui ont joué un rôle précurseur dans le combat pour l'égalité. Il y a bien sûr les grandes égéries que nous connaissons tous mais aussi des héroïnes du quotidien qui m'inspirent tout autant.

Je voue une profonde admiration à ma mère. Une battante, une rebelle, une source d'amour inconditionnel. Nous avons traversé des tempêtes ensemble mais jamais elle n'a perdu le cap. Tu es la preuve que la gentillesse est une force, que le rire est une arme et l'amour un pouvoir.

Lina Pinto, mon éditrice et amie, fait partie de ces femmes fortes. Merci de t'être battue comme une lionne pour ce projet. Tu y as cru depuis le début, parfois même plus que moi !

Anna Pavlowitch pour nos échanges aussi galvanisants que fructueux.

Un grand merci aux éditions Albin Michel de m'avoir fait confiance avec ce roman différent.

Les libraires qui se réchaufferont au soleil du Nevada et feront entrer de nouveaux lecteurs à Artemisia Lane.

Les blogueurs et lecteurs qui me suivent dans cette nouvelle aventure. J'espère que vous avez aimé car j'ai encore beaucoup d'autres idées...

Comme dirait Elvis : Viva Las Vegas !

À bientôt,

Zoe

DE LA MÊME AUTEURE

LA SOLITUDE DU GILET JAUNE, City, 2017
L'HABIT NE FAIT PAS LE MOINEAU, Fayard, 2019 ; LGF, 2020
LE SYNDROME DE L'HIPPOCAMPE, Fayard, 2020 ; LGF, 2021
PLUS ON EST DE FOUS…, Michel Lafon, 2021 ; LGF, 2022
LES ÉGARÉS, Michel Lafon, 2022
LA FILLE QUI N'AIMAIT PAS NOËL, Michel Lafon, 2022

Pour contacter l'auteure :
zoebrisby@gmail.com
Sur Facebook et Instagram : @zoebrisby.

Retrouvez toute l'actualité des éditions Albin Michel
sur notre site albin-michel.fr
et suivez-nous sur les réseaux sociaux !
Instagram : editionsalbinmichel
Facebook : Éditions Albin Michel
Twitter : AlbinMichel

Composition : IGS-CP
Impression : CPI Firmin Didot en février 2023
22, rue Huyghens, 75014 Paris
www.albin-michel.fr
ISBN : 978-2-226-47991-4
N° d'édition : 25253/01 – N° d'impression : 173616
Dépôt légal : mars 2023
Imprimé en France